魍魎世界

張恨水 著

這年頭，不瘋魔不行

抗戰多年，我們有得吃，還有什麼話說？
不過這裡面有一點不平：我們儘管是吃青菜豆腐，
而吃肥雞填鴨的，還是大有其人。

目錄

目錄

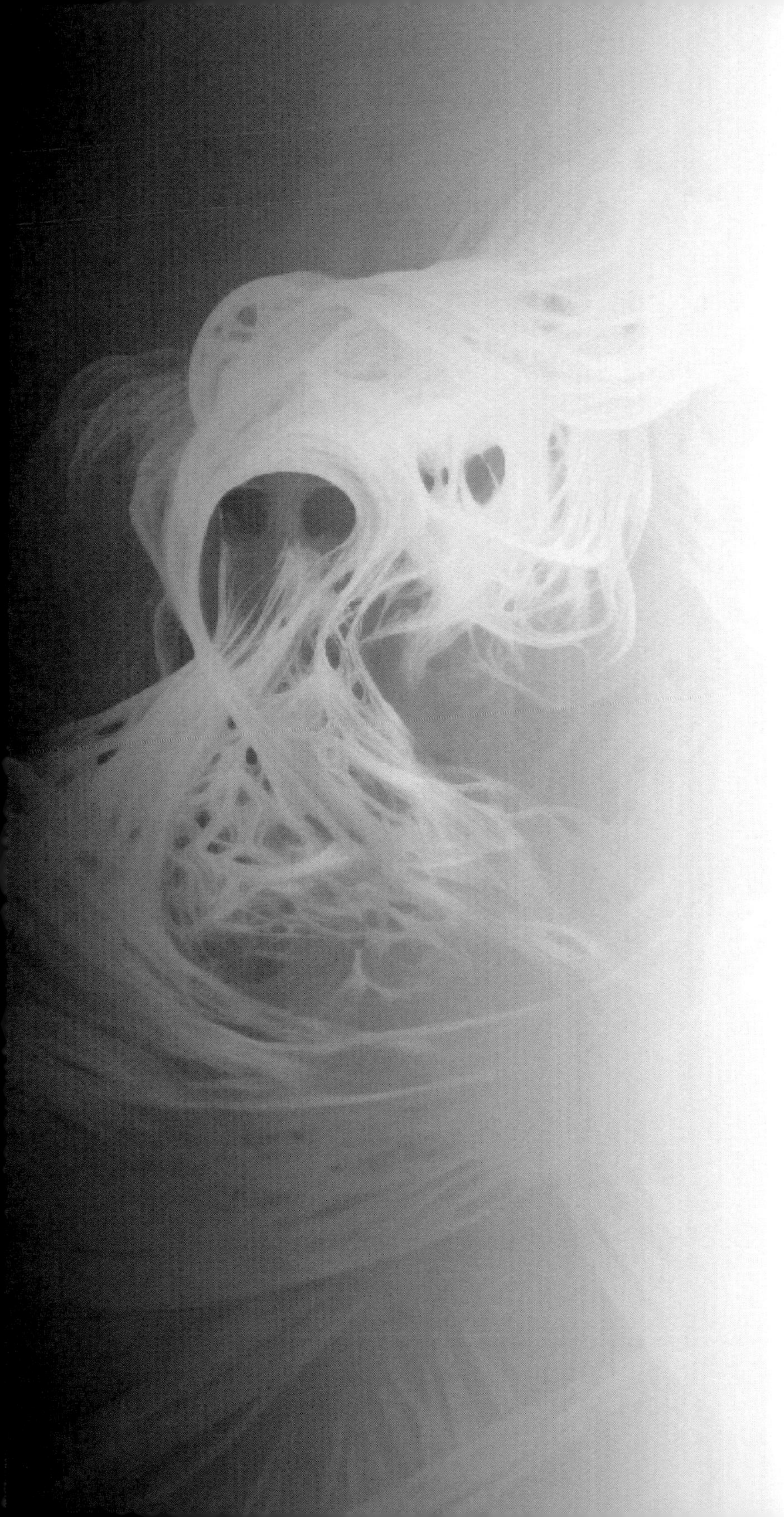

心理學博士所不解

本書開場的時候，正是抗戰時期的重慶一個集會散場的時候。天空集結著第三天的濃霧，兀自未晴，整個山城罩在漆黑一團的氣氛裡面。不過是下午三點鐘，電燈已經發亮了。老遠看那電柱上的燈泡，呈著橘紅色的光芒，在黑暗裡掙扎出來。燈光四周，霧氣映成黃色，由那燈光下照見一座半西式的大門裡，吐出成群的人。門邊小廣場上，停著兩輛汽車和四五乘藤轎。其中有一乘藤轎，椅座特別寬大，倒像乘涼坐的。轎槓有碗口粗，將藍布纏了，槓頭上纏著白布，相當精緻。三個健壯的漢子，各人的對襟褂子敞開胸前一排鈕釦，盤膝坐在地面的石頭上，都望著大門裡吐出來的人群，看看其中有他們的主人沒有。

他們的主人，是極容易發現的，身體長可四尺六七，重量至少有二百磅。長圓的臉，下巴微光，這也就顯得他的兩腮特別凸出。在他臉腮上，也微泛出一線紅暈。鼻梁上，架著一副無框的眼鏡。眼鏡相當的小，和他那大面孔配合起來，是不怎麼調和的。他穿著一套粗呢中山服，左脅夾了一隻大皮包，右手拿著手杖，口裡銜了大半截土雪茄，在人群後面，緩步的走了出來。

轎伕看到他出來，立刻站起。前面的人蹲在地上，肩扛著轎槓，橫檔後面的人，將轎槓扶起，站著放在肩上。另一個人站在轎邊。主人泰然的坐上轎子，旁邊那人兩手捧著轎槓，讓前面的轎伕伸直了腰。於是轎子四平八穩的放在兩個轎伕肩上，立刻抬了走。轎伕照例是不開方步的，盡可能的快走，因為有個不走路的壓著呢。剩下來的一個轎伕，跟在轎子後面跑。他第一輪該換抬後槓的下來，他兩手抄起轎槓，肩膀伸入了槓底。原來抬著後槓的轎伕，趁此身子向下一蹲，離開了轎槓，喘著氣，也在「轎子」邊上跑，在褲帶上扯下粗布手巾，擦著胸脯和頸子上的汗。他一面擦，還是一面跑。他聽到抬前槓的，也在喘氣，正和轎上的人鼾聲相應和，因為主人已被均勻的搖撼弄得睡熟了。於是這原來抬後面的人伸入座前轎槓，換下抬前面的人來。這三個轎伕，出著汗，喘著氣，這樣交替輪換，終於把主人抬到了目的地。

轎子一停，轎上的人自然地睜開了眼。那面一座巍峨的洋樓，代表著這裡主角的身分，足以驅逐他的睡魔。他下了轎子，站著定了一定神，先把衣襟牽上兩牽，然後從從容容走到大門裡面去。左邊一間門房，敞開了門，正有兩位穿西服夾皮包的人，在和傳達辦交涉。這新來的人，只好站在門外等上一等。等那兩位西裝朋友走開了，這位先生才含笑走了進去，從衣袋裡掏出一張名片，向那傳達點了點頭道：「請見陸先生。」說畢，把名片遞過去。

那傳達和他一般，穿了青呢短裝，但態度比他傲慢得多。左手夾了一枝菸卷放在嘴角裡吸，右手接過名片來斜了眼睛看著。見上面印的官銜，是×國××大學心理學博士，××會研究委員，姓名是西門德，字子仁，而籍貫是河北，並非主人同鄉。便將名片隨便向桌上一扔，愛理不理的道：「今天公館裡請客，這時候沒有工夫會客。」西門德道：「是陸先生寫了信，約我今天這時候來談話的，並非我要來求見，我早料著有困難，信也帶來了。」說著在衣袋裡掏出一封信來。這傳達自然認得是公館裡發出去的信，接過來抽出信籤來看，見第一句稱著：「子仁先生雅鑑」，後面有主人鑑的字：「陸神洲」，不用看信裡說的是什麼事了，可見西門德是赴約而來。便依舊將信交還了他，臉上帶了半分和氣的樣子，點了點頭道：「請隨我來。」於是他拿了那張名片在前面引路，西門德跟在他後面，走上了一層樓，到一個會客室裡等著。

這會客室不怎麼大，中間兩張大餐桌接起來，面對面的放了椅凳，等著來賓。這裡已有七八位客人坐著，低聲談天，並無茶水，更沒有菸。桌子兩頭各放了一隻燒料瓶子，裡面插著一叢鮮花，大概這就算是款待客人的東西了。西門德看看這些來賓中，恰沒有一個熟人，只好在桌子盡頭一張椅子上悶悶地坐下。坐到十分鐘之後，感到有點無聊，抬頭見牆上懸有兩張地圖，就反背了兩手，向地圖上查閱地名消遣。看了一陣，也沒有什麼興趣，依然坐到原來的椅子上去。這時，門口來了個聽差，舉著名片問了一聲：「哪位是何先生？」一位穿著漂亮西裝的朋友，有點受寵若驚的樣子，立刻搶著站起來說了一聲「有」，他回轉頭來向另一個西裝朋友道：「倒不想第一個傳見的就是我！」於是笑嘻嘻地跟著那個聽差去了。西門德看了，不由得微微一笑。坐在附近的一位朋友，對他這一笑，有相當的了解，也跟著一笑。接著低聲道：「陸先生見客，倒無所謂先後。」西門德借了這個機會，開始向那人接談，因道：「聽說今天陸先生請客？」那人道：「陸先生請客，那倒不耽誤見客。記得民國十六七年北伐之後，有些要人每天有三樣事忙得頭疼，乃是開會忙，見客忙，吃飯忙。」西門德道：「雖然抗戰多年了，有些人還是這樣。」

這問題引起了在這裡等候傳見的人一種興趣，正要跟著這話頭談下去，卻見一個穿西裝的朋友走了進來；有兩個人稱他仰祕書，都站了起來。自然這種打趣要人的話，也就不能繼續再談。仰祕書向在屋子裡的人看著，西門德含著笑向他點了個頭，意思是要和他說什麼。恰好他已找著一位在座的人談話，不曾看見。西門德搭訕著輕輕咳嗽了兩聲，依然坐下。

仰祕書和那人捱了椅子坐著，頭就頭的談了一陣，然後站起來拍著那人肩膀，笑道：「好，不成問題，就是這樣，我替你辦。」西門德見是機會了，站起來預備打招呼，可是那仰祕書不曾停留，扭身就走。西門德只好大聲叫了一聲仰先生。仰祕書回轉頭來，西門德就迎上前遞了一張名片給他。他接著名片看了一看，笑道：「哦，西門博士。」西門德伸手跟他握了一握，滿臉是笑道：「神交已久，總沒有機會談話。」仰祕書道：「尊札我也看見過了。陸先生很同意，回頭陸先生自會向你細談，請稍坐，等一下。」說畢，他自走了。西門德雖沒有和他談話，但是已知道自己那封信，陸先生很同意。這個訊息不壞，在無聊情景中，得了不少安慰，還是坐到原處去。

這時，在座的來賓，已傳見了四五位，那個拿名片傳人的承啟員，始終也不曾向他看一眼。雖然至少他已在口袋裡掏出錶來看了六回，還是不免將錶拿出來看看。已是五點半鐘了，在會場上消磨了三四個鐘點，到這裡來又是兩個鐘點，提早吃的一頓午飯，這時已在肚子裡消化乾淨。他覺得肚中那一分饑荒，漸漸逼迫，同時也因為過去在會場上說話太多，嗓子乾燥，這樣久沒有茶水喝，也不易忍受，便二次再站到牆根去看地圖。似乎這主角有意為難，直待把這屋子裡候見的來賓一一都傳見過了，最後，才輪到他。當那承啟員將他的名片拿來在門外照一照，說聲「請」的時候，掏錶看看，已是六點三刻了。好在這個「請」字，也有強心針的作用，立刻精神一振，一面挺起胸脯，牽著衣襟，一面就跟了那位承啟員來到了內會客室。承啟員代推了門，讓他進去。

那主角陸神州，穿了件半新舊的灰嗶嘰袍子，微捲了袖子，露出裡面的白內衣，口裡銜了半截雪茄，正斜坐在沙發上，見有人進來，才緩緩起身伸手和他握了一握，讓著在對面椅子上坐下。那主角面前有一張矮桌子，上面放了一疊印好的見客事由單子，在各項印字下，墨筆填就所見賓客姓名、身分、事由，及其來見的背景。陸神洲左手夾著雪茄，右手翻著那疊單子，找到了西門德來見的事由。先「哦」了一聲，然後向他點了兩點頭道：「西門先生，我很久仰。來信所提到的那個工廠計劃，兄弟也仔細看過了。不過現在籌劃大量的資本，不是一件易事，應當考量考量。就是資本籌足了，這類專門人才，恐怕也很費羅致。」西門德在他說話的當兒連稱了幾個「是」，這便答道：「關於資本方面，自然要仰仗陸先生的大力，至於人才方面，兄弟倒有辦法，而且我也和這些專家談過。他們都說，若是由陸先生出來主持，大家很願意竭誠盡力，在陸先生領導之下作一點事業。」這時，聽差送來兩玻璃杯茶，放在主客面前。

陸神洲端起茶杯來先喝了一口，然後向西門德笑道：「我是個喜歡作建設事業的人，已往成功的事不少，可是讓專家把我這乘轎子抬上火焰山的，卻也有幾回，哈哈！」他一笑之後，又喝了一口茶。西門德聽了這話，很不高興，心想怎麼一見面，就把我當著抬轎的？陸神洲既這樣說了，他卻自不介意，接著笑道：「笑話是笑話，真事是真事。假如有人才，有辦法，籌劃點資本，我倒也不十分為難。」正說到這裡，有一個聽差走向前來，垂手站立，低聲報告道：

「那邊客廳裡酒席已經擺上了。」他「哼」了一聲，然後向西門德笑道：「真是對不起，趕上今天我自作主人，改日再談吧。好在這件事，也不是三言兩語可以解決得了的。」西門德聽了這話，自然明瞭是主人逐客之意，只好站了起來告辭，主人只在客房門口點個頭就算了。

西門德走出陸公館，那三個轎伕各人拿了乾燒餅在手上啃，便笑道：「這很好，我餓到現在連水都沒有喝一日，你們又吃點心了。」轎伕王老六把乾燒餅由嘴裡拖出來，手扶起轎槓，自言自語道：「好大一乘轎子喲！不吃飽，朗格抬得動？不為要把肚子吃得飽，也不抬轎子！」西門德自也懶得和他們計較，餓得人有氣無力，讓他們抬了回家。他家住在一個高崖底下，回家正要下著一道百餘級的石坡。當轎子抬到坡正中的時候，恰好另有一乘滑竿綁了一隻大肥豬在上面，由下面抬上來。那豬側躺了身子，在一方篾架子上，繩子勒得緊緊的，連哼也不哼。倒是兩個抬豬的轎伕，和抬西門德的轎伕吵了起來。他道：「你三個人抬一個，走的是下坡路。我們兩個人抬一個，走的是上坡路。你那乘轎子雖大，總沒有我這肥豬重，你不讓我，倒要我讓你。一隻豬值好多錢？你把豬撞下崖去了，你賠不起！」西門德睡在轎子上，本也有點模糊，被那抬豬的轎伕吵醒，便喝道：「你這混帳東西，不會說話就少說話，你可以把人和豬拿到一處說嗎？」他口裡喝著，身子不免氣得搖撼了幾下，這二百多磅重的身體，加以搖撼，三個在坡子上立腳未定的轎伕，便有點支援不住，籐椅一側，把西門德翻將出來。幸而「轎子」所翻的這面是石壁，而不是懸崖，轎子和人齊齊向那邊一翻，被石壁給擋住了，未曾落到地上。西門德手膀子上，卻擦破了一塊皮。那個跟著轎子換班的轎伕，立刻伸手將轎槓抓住，才沒有讓「轎椅」翻了過去。西門德罵道：「你們三個人抬我一個，真不如人家兩個人抬一隻豬。你們把我當主人嗎？你們還沒有把我當一隻豬看待？」他坐在轎子上罵了一陣子，轎伕都沒有作聲，抬到他所住的屋子門口，他兀自罵著沒有住口。

他這裡是土庫牆的半西式樓房，樓下住有一戶人家，樓上是西門一家。他要上樓的時候，必須穿過樓下堂屋。這時，樓下姓區的人家，正圍了一張大桌子吃飯。有的放了碗，有的還坐在桌子旁。他們的家長區老太爺坐在堂屋邊舊木椅子上，口裡銜了一枝旱菸袋，要吸不吸的抿了嘴，眼望屋梁上垂下來的電燈，只管出神。他見西門博士走了進來，就站起身來點了點頭。西門德道：「老太爺，你們二先生回來了嗎？我要向他討一點紅藥水，人在轎子上翻下來了，手膀子擦破一塊皮。」區老太爺道：「紅藥水，家裡有，用不著等他回來。他忙著要出門，在外面設法弄車子，忙得腳板不沾灰。亞男，去把屋裡桌上的紅藥水拿來，還有紗布橡皮膏，一齊都拿了來。」隨著這話，有一位十八九歲的姑娘，起身進屋去，把所說的東西拿了出來，都交給了西門德。他道過了謝，又向區老太爺敷衍了兩句，笑道：「回頭到樓上來坐坐。」說畢，上樓去了。

西門德的夫人，已是中年以上的人，雖從旁人看來，確已半老，可是她在鏡子裡看著自己影子的時候，總覺自己很年輕。所以她除了塗抹脂粉而外，還梳著兩條尺多長的辮子，由後腦勺倒垂到前面的肩頭上來。穿一件花布長夾袍，兩個短袖口，卻也齊平胳窩。她正收拾整齊了，要出去看話劇，因為話劇團裡送來的一張戲票，不用花錢，覺得這機會是不可失掉的。偏是西門德今天回來得特別晚，不便先走，只好等著共飯；而飯菜擺在桌上，全都冷了，西門先生才由大門口罵進來。話劇是七點開演，便是這個時候去，第一幕戲已經不能看到了。西門太太對於博士這次晚歸，實在有些掃興。然而他在大門口已經在罵轎伕了，必是所謀失敗，且等他上樓，看了他的態度再作計較。

那西門德上得樓來，沉著兩塊胖臉腮，手上拿了藥水瓶子和紗布。太太更不便生氣，因道：「你這是怎麼樣了？」西門德道：「轎伕抬我下坡子，為了讓兩個抬豬的過去，他們竟把我由轎子上翻下來。不是石壁擋住了，要把我跌成肉餅。這都罷了，我也不去怪他。你猜他們說什麼？他們說餓了一天，老爺身體太重，他們當然抬不動。他們餓了一天，我並沒有獨自吃飯呀！」他一面埋怨著，一面掀起衣袖來，自己擦藥水，紮紗布。西門太太道：「那麼，先吃飯吧。為什麼忙到現時才回來呢？」西門德見飯菜全擺在桌子上，便坐在桌子邊，扶起擺得現成的筷子，夾了幾根紅燒黃豆芽嘗嘗，皺了眉道：「冰冷的，而且是清淡的。」西門太太道：「那只怪等得太久了。」西門德又夾了一筷子菠菜吃，嚼了兩口便吐了。鼻子一聳，重重的哼了一聲，因道：「怎麼這樣重的菜油味？」

西門太太道：「素油煮菜，總是有點氣味的，這都是依著你的營養計劃買的菜。黃豆芽富於蛋白質，菠菜富於鐵質。羅！新鮮蘿蔔，買不到！」說著，她的筷子在一碟泡菜裡面撥了兩撥，接著道：「這醃蘿蔔總也是一樣。這含著維他命幾……我都說不上了，老實說，含著維他命A也好，B也好，沒有一點葷菜，你實在吃不下飯去。而況這碗裡又是你所說的，富有營養的糙米飯。」西門德含了富有澱粉的糙米飯，緩緩在嘴裡咀嚼著，筷子只管在泡菜碗裡撥著，翻了眼向她道：那麼，你作管家太太的人，就應該想法子。」西門太太道：「讓我想法子去買肉嗎？那怨你不曾和殺豬的屠戶交朋友。」西門德道：「家裡有雞蛋沒有？」西門太太笑道：「黃豆芽紅燒豆腐乾，這還不能代替雞蛋嗎？據你所說的，這兩樣菜裡面，都是富於蛋白質的。」西門德道：「雞蛋究竟是雞蛋，豆腐乾究竟是豆腐乾，家裡有，就給我去炒兩個來吃。我今天受了一天的委屈了：開會，是瞎混了幾個鐘點，見人，又是瞎等了幾個鐘點，回來，又在轎子上碰破了一塊皮。」西門太太笑道：「好，既然如此，我們交換條件，我讓老媽子到樓下區家去借兩個雞蛋來炒給你吃，你讓我去看話劇，要不然，把這張劇票糟蹋了也是怪可惜的。」西門德道：「生活問題……西門太太已經站起身來了，點著頭道：「少陪，少陪！生活問題，自然是要打算，娛樂也要享受。」她隨了這話，走進臥室去了，出來時，見她臉上粉茸茸的，分明又撲了一次粉，手裡夾著一個手提皮包，匆匆下樓去了。

她去了，女僕劉嫂由樓下上來，笑著說：「區先生家裡沒有雞蛋，我給先生到對門雜貨攤子上買塊臭豆腐乳來吃吧。」西門德皺了眉，只擺擺頭。看看太太放下的飯碗裡，還剩著小半碗飯，倒不覺嘆了口氣。

那區老太爺倒是應約而來，口裡銜了那旱菸袋，緩緩走近桌子，伸頭向菜碗裡看看，笑道：「博士也吃這樣的菜？西門德道：「請坐請坐，女太太們總是這樣不知死活，天天愁著開門七件事，還要去看戲。」區老太爺坐在下方椅子上道：「這也難怪，她就不去看戲，整日在家裡發愁，又能愁出個什麼來呢？剛才你家劉嫂到我家去借雞蛋……」說到這裡，將椅子拉攏一點，低聲笑道：「實不相瞞，我家有半個多月沒吃雞蛋了。人口多的人家，買兩三個雞蛋，請問，給誰吃？若是想大家都可以吃兩筷子……」他撇了撇鬍子，又一笑道：「那非二十個雞蛋不可。乖乖隆的咚，這勝似當年一碗紅燒魚翅。我想還是少進點蛋白質吧！」西門德道：「我倒不是一定要吃好的。抗戰多年，我們有這碗青菜豆腐飯吃，祖先給我們遺留下來的產業，總算十分豐富。我們還有什麼話說？不過這裡面有一點不平。我們儘管是吃青菜豆腐，而吃肥雞填鴨的，還是大有其人。」他一面說著，一面到屋子裡去拿出溫水瓶來，向飯碗裡倒下半碗開水，將水和飯用筷子一頓亂攪，然後唏哩呼嚕，連扒帶吞，把飯向口裡倒下去。放下碗，向區老太爺笑道：「我這是填鴨的法子。不管口味，把肚子塞滿了完事。」區老太爺笑道：「我倒很久有一句話要問西門先生：自己沒有孩子，兩口子吃得有限，倒用上那三個轎伕，未免伙食太多。」西門德道：「這也是不得已。我整天在外面跑，上坡下坡，一天到晚，要有無數次。沒有轎子，我就成了無腳的螃蟹，一點不能活動。這問題我正在考量中，假使這個星期內，想不出辦法，我就不坐轎子了。還是幹我的老本行，去教書。」說著他又盛了一碗糙米飯，兌上開水。區老太爺道：「西門先生，還想教書嗎？我正有一件事來請教。我那第三個孩子，向來會開汽車，昨天弄到一張開車的執照，來信和我商量，要把中學裡的課辭掉，打算改行開汽車。」說著，把眉皺了起來，接著道：「我覺著這有點斯文掃地。親戚碰到了，不像話！」

西門德正扒著開水淘飯，聽了這話，倒引起了興趣，停下不吃，向他望著道：「老太爺，憑你這種思想，慢說半個月沒有吃雞蛋，你半年不吃雞蛋，也不足為奇。」區老太爺吸了兩口旱菸袋，因道：「我倒並不反對，不過所有家裡的人，都像有一種……」說著，把手摸了兩摸鬍子。西門德道：「你不要干涉他，他願意幹，你就讓他幹好了。但不知跑哪一條公路？」區老太爺道：「當然是跑進出口了。主人是個五金行老闆，原來是他中學裡的同學，還是天大的交情，才把這肥缺讓給了他。」西門德道：「主人既是舊日同學，那更好了，稍微多帶一點私貨，主人也不好說什麼。」

正說到這裡，區老太爺的大小姐來了，便是剛才拿紅藥水的亞男女士。她站在門框邊，有點尷尬的樣子，先笑了一笑。西門德笑道：「大小姐，請進來坐，晚上無事，擺龍門陣。」亞男點頭笑了一笑，因道：「我這裡也正有一點事情要請教西門先生呢。」說著，坐在旁邊椅子上，先對她父親看了一看，笑道：「爸爸，我聽到你談起了三哥的事。」區老太爺道：「你把你反對的理由，對西門博士談一談吧！」亞男回轉頭來，向西門德笑道：「我知道西門先生是會贊成我的主張的。我今天聽到西門先生的演講詞，主張抗戰時候，各人緊守自己的職位，尤其是知識分子，站在領導民眾的地位，不可離開職位。自然，現在知識分子的生活，都是很苦的。唯其是很苦，還不肯離開，這才可以表示知識分子的堅忍卓絕，才不愧是受了教育的人，才不愧是國民中的優秀分子。我三哥不能說他有什麼能耐，可是不能否認他是個知識分子，由此我相信西門先生會反對我三哥丟了書不教，去開長途巴士。」西門德聽了她的話，臉上帶著微笑，因道：「大小姐今天也在會場裡？」亞男笑道：「我還是專門去聽西門先生的偉論呢！」區老太爺將旱菸袋嘴子點著亞男道：「你猜的是適得其反。西門先生正是贊成你三哥改行呢！而且西門先生自己就為了要改行，才用了三個轎伕，晝夜抬著自己跑。」亞男聽了這話，自是有點驚訝，可又不便反詰西門德，於是坐在方凳子上，互扭著兩隻腿，只管搖撼，眼望他搖頭笑道：「不像是真的吧？」

西門德正好只吃得剩了一口飯，於是連飯帶水齊向口裡倒去，好像是很忙的樣子，沒有工夫談話。這樣，他有了一兩分鐘的時間，把飯吃下去之後，才向亞男笑道：「大小姐，我們是近鄰，生活環境，彼此都知道。在會上，我的話不能不那樣說。至於令尊和我談的事，那是私話。既是私話，我就不能打官話來答覆了。」區老太爺將手一拍大腿，笑道：「這就對了。在會場上說的話，哪裡句句都可以到會場外來實行？」亞男聽到這些話，好像受了很大的侮辱，臉漲得通紅，向她父親道：「你老人家還是仔細考量一下的好。三哥若是當了汽車司機，第一個受打擊的，還是他自己。朱小姐的性格我是知道的。知道了這事，必定要痛哭一場，甚至和三哥解除婚約，也未知。」

西門德已經把開水淘飯倒了三碗下肚。進屋裡去擦臉，他隔了屋子問道：「所謂朱小姐是令兄的愛人了。這個人應該是有知識的女子。她以為司機的地位，比中學教員的地位低嗎？」亞男向屋裡笑道：「西門先生對於某一部分婦女的心理，應該知道得比她們自己還多。這還用得著問嗎？」說到這裡，那個劉嫂來收堂屋桌上的碗。亞男便操著川語向她笑道：「劉嫂，你屋裡老闆是做啥子的？」劉嫂透著難為情，把頭低下去，嘆口氣道：「不要提起。」區老太爺道：「這當然用不著問。她老闆若是收入還可以，她又何必出來幫人家？」劉嫂已經走出堂屋門去了，聽到這話，卻回過頭來道：「他倒是可以賺石把米一個月。」亞男哼了一聲道：「能賺石把米的人，還不能養活你嗎？」劉嫂道：「他自己就要用一大半，剩下幾個小錢做點啥子？」說著，她下樓去了。亞男搖搖頭道：「這裡面有祕密，石把米的錢一個月，比我們兄妹賺的多之又多了。是個什麼職業，還不能養活妻子呢？」

西門德手指裡夾了一支土雪茄，笑著出來，搖手道：「沒有祕密，她丈夫是拉黃包車的。本來他每天所入，應該能養活家口。可是中國的車伕轎伕，根本是一種人力的出賣，就我所知，劉嫂的丈夫是拉近郊生意的，或者拉一天，休息一天，或者拉半天，休息半天。到了休息的時候，茶酒館裡一坐，四兩大麴，一碗回鍋肉，這不算的耗費，高興，晚上還到茶館裡去聽說書的說一段《施公案》。這種生活方式，怎麼養得起家口？在他自己呢，總算出賣力氣，一天工作也好，半天工作也好，似乎沒有白吃。可是他所出的力氣，只是為另一種人代步，對於國家社會生產，毫無補益呵！這話說出題外去了。劉嫂之不能不出來幫人家，這答案可以明白了。」亞男笑道：「同時，她也代答了另一個問題，就是婦女們對於丈夫職業的高低，比收入多少更要重視些。假如劉嫂的丈夫是個中小學教職員，儘管收入少，她一定也自負的說，你不要看我幫人家，我丈夫還是個先生呢？」西門德笑道：事實不盡然。假如她丈夫是位教書先生，他就為了那長衫身分的顧慮，不出來傭工了。縱然出來傭工，她也不會說出丈夫是教書先生。你沒有聽說過這個故事嗎？有一位小公務員，白天到機關裡去辦公，天黑回家，把制服一脫，就在電燈所照不到的馬路上拉車。這種人自然可予以同情，可是他那長衫觀念，依然在作祟。既然是拉車了，為什麼白天不能拉？他以為晚上拉車，是飽肚子，白天作公務員，是保留面子；用兩重身分出現，可以說小小的名利雙收。其實瞞著人賣苦力，白天在機關裡暗想，自己是個車伕，晚上拉車，又暗想自己是個芝麻大的官，二十四小時吃苦，還是鬼鬼祟祟，內心更為痛苦。乾脆拉車就拉車，工作時間拉長，多賺幾個錢，心裡也痛快。這年頭，身分能作什麼？亞男笑道：「怪不得西門先生，要不教書另找出路了。可是在你的文章上，在你的演講詞上，並沒有變更向來的主張。」西門德將右手依然夾著那截雪茄，左手抬起來搔著頭髮皮，微笑道：「若是我的主張，要那樣公開的表示變更，我的發財機會，就相距不遠了。」亞男是反對三哥變更工作的。聽西門德的話，顯然是以發財為目的，其他在所不問。這話就不便向下說，微笑著默然坐了，打算找個機會下樓去。

就在這時，聽到樓梯板上一陣皮鞋聲，抬頭看時，正是區老太爺第二個兒子亞英回來了。他沒有戴著帽子，頭髮梳得溜光，一套淺灰色的西服，穿得筆挺。西門德看到，站起來和他握了一握手，笑道：「亞英兄，一個星期沒有回來了。」亞英笑道：「所裡太忙，實在分不開身來。博士也忙？」說著在對面椅子坐下。西門德吸著土雪茄，搖搖頭坐著，因道：「我這個忙是瞎忙，忙不到一個大銅板。」亞英兩手提了提西裝褲腳管，然後伸了腳，嘆口氣道：「誰又不是忙得沒一個銅板？西門德道。我正有一句話要問你。現在有幾個走運的醫生，每天收入幾千元，你老哥既是替人家幫忙，打個一折，每天也該有幾百元收入，何以也和我們這窮措大一樣，總是叫窮？」

亞英道：「博士所看到的是走運的醫生，卻沒有看到倒楣的醫生，更沒有看到替醫生作助手的倒楣蛋。」亞男將手指了他，從中插嘴道：「怎麼沒有看見？這不就是！」大家都隨了這一指，哈哈大笑。

區老太爺道：「今天怎麼回來得這樣晚，沒有等你吃飯了。」亞英搖了搖頭道：「我不等汽車，早到家兩小時了。站在汽車站上，等一車，又過一車，不是客滿不停，就是擠不上去。後來索性車子不來了，候車的人走的走，改坐黃包車的坐黃包車，站上只剩了我一個人。又等二十分鐘之久，還是沒有車子來，不等了，開步向前走。巧啦，不到二三十步路，很漂亮的一輛公共汽車來了，而且車子上空蕩蕩，並沒有人。可是我要轉回去趕上車子，又來不及，終於一步步走回來了。」西門德道：「你若是抄小路坐轎子回來，到家也很快的。」亞英兩手抖了西服領子，笑道：「你不要看我西裝穿得漂亮，在口裝裡能掏出兩元法幣來，那就是你的。有錢坐轎子，我也不會和自己客氣。在山城裡，你若看到穿西裝的朋友，以為就是有錢的人，那是一種錯誤。西門博士，你根據心理學，研究研究，為什麼市面上西服一套，值窮漢一年的糧食，而穿西裝的人，身上會掏不出一個銅板來？」西門德吸了兩口雪茄菸，笑道：「這個問題，容易解答。因為西服是舊有的，而口袋裡掏不出一個銅板來，卻是現在的事。」亞英笑道：「先生，這還是表面上的觀察。請問既是西服很值錢，為什麼不把西服變賣了，改做別的衣服？」西門德笑道：「這又成問題嗎？誰不愛漂亮呢？亞英搖搖頭道：「不是。」說著兩手又抖著自己的衣服，笑道：「我到現在，無論什麼地方去找朋友，從不怯場，那全仗了它，這是一。我不斷託人介紹工作，也全仗它，這是二。有時候我們東方大夫，有什麼宴會，分不開身來，派我去當代表，也為的是有它，這是三。第四，在外面跑馬路，免遭許多無味的白眼，也為的是有它。這原因就多了！有道是有力使力，無力使智，現在改了，應當是有實學混實學，無實學混西裝。老實說，現在社會上不穿套西裝，有許多地方混不出去，尤其是終日在外交際的人，非西裝不可。所以我穿西裝，絕非愛漂亮，你想，人到了終日打米算盤的時候，還要的什麼漂亮呢？」

西門德吸著雪茄，把頭後仰，枕在椅子靠背上，很出了一會神，笑著搖搖頭道：「這番話，我懷疑。我終日在外找明友，我終日忙宴會，我就穿的是這套粗嗶嘰短裝，而且還有兩個小補釘，我也並沒有老兄那些顧慮。」亞英笑道：「我假如有個博士頭銜，我穿一套藍布工人衣服，也不在乎。加之西門博士，又是社會知名之士，早混出去了，用不著西裝。譬如說今天會場上，西門先生這樣走上講台去，事先經人一介紹，人家不但照樣鼓掌歡迎，而且還要說樸實無華。若是我區亞英穿這身衣服上去，大家不知道我是什麼人，少不了還有人這樣說，怎麼弄個收買破銅爛鐵的人來講演？」區老太爺笑道：「這孩子說話，沒輕沒重！」西門德笑道：「沒關係，我自己看來，也和收買破銅爛鐵的人差不多。不過當了我太太的面，可不能說這種話。」亞英究因西門德是個老前輩，不能過於開玩笑，也就哈哈一笑。西門德道：「今天亞英兄回來，牢騷滿腹，似乎有點新感觸。」亞英道：「當然，我也並非一無所長的人，這樣依人作嫁，是何了局？昨天遇到一個舊同學，是天上飛來的，在武漢撤守以前，我看他比我好也有限，一別兩三年，他成了大富翁。他聽說我光景不好，就勸我……」西門德笑道：「又是一位要改行的。」區亞英搖搖頭道：「我倒不一定要改行，仍舊走本行就可以發財。不過有點問題，重籌劃資本。」西門德道：「那麼，你是要自己開一家醫院？」區老太爺抿嘴道：「這年頭有資本，還怕發不起財來嗎？我只要有兩萬塊錢，放在銀行裡作比期存款，十五天就撈一大筆利息回來，我躺在床上賺錢。現在我們所發愁的就是這『資本』兩個字。良心一橫，發財有道，何必開醫院！」

亞英對他父親的話，還未曾提出抗議，卻聽到樓梯上有人慢吞吞地踏著步伐道：「在家裡問題解決不了，怎麼鬧到人家家裡來了？」隨著這話音，走來一個人，約莫有四十將近的年紀。黃瘦的面皮，尖削著腮，長滿了鬍渣子，口裡落了一個牙，未曾補上，說話露出個小窟窿。身上穿了件舊古銅色的綢夾袍子，半變了黑色，雖然人很健康，但在外表上，已帶了三分病態了。西門德笑道：「亞雄兄也來了，好，大家談談。」亞男笑道：「大哥，我們在人家家裡吵，你倒好意思也加入這辯論會嗎？」亞雄正裝在旁邊椅子上坐下，聽了這話，卻又只好站了起來。西門德伸手扯了一扯他的衣襟，笑道：「只管坐下，我沒有一點事。」亞雄坐下來笑道：「我在樓下，聽到你們說改行的事，非常起勁，引動著我也要來談談。」區老太爺將嘴裡旱菸袋拖出，將菸袋頭指了他笑道：「看你這樣子，就是個十足的蹩腳小公務員，你也要改行？你這副神氣，改作什麼？」亞雄笑道：「我這副神氣，怎麼了？不為的是當年在南京少做兩套西裝嗎？要不然，我用剃頭刀自己刮刮臉，把西裝披上，不也和老二一樣有精神嗎？」亞英笑道：「好，你倒把我來作模範！你要改行，你準備改哪一行？」

亞雄在身上掏摸了一陣，摸出指頭粗細一支土雪茄，放在大腿上搓了幾搓，很自然的樣子，覺得這個問題提得很有興趣，因微笑道：「那也無非是經商。」西門德在胸前衣袋裡掏出一盒火柴，交給他，問道：「但不知你這老謀深算的人，要經營哪一項生意？」亞雄把土雪茄銜在嘴角裡吸著，緩緩的道：「我倒並沒有偉大的計劃，只打算擺個香菸攤子。」西門德笑道：「亞雄兄一本正經的說著要經商，我以為你真要改行。」亞雄正色道：「並非玩笑，同一紙菸攤子，有個大小不同。假如我湊得齊幾千元資本，我決計去擺紙菸攤子。這並非什麼幻想，有事實為證。我們科長有個窮同鄉，常常無辦法的時候，就住在他家裡。是半年前的事，科長對他說，糧食這樣貴，你平白地讓我增加一個人的負擔，於你又毫無發展的希望，彼此不利。不如一勞永逸，我借幾百塊錢給你去作小生意吧，於是給了他五百元鈔票，勸他賣紙菸。他覺五百元，還不十分充足，又把洗臉盆茶壺茶杯藍布大褂四五項可省卻的日用品，在街上一齊變賣了，買了幾條紙菸回來。不想當日他就是一場重病，在我科長廚房裡，偷著睡了十日。這就是《淮南子》舉的例子，塞翁失馬，安知非福。等他病好了，就在這幾天之內，紙菸價錢漲了個對倍，他立刻有了一千餘元的資本，加上自己勤快，每早在紙菸市買了貨回來，遙遠的跑出幾十里，到價錢好的地方去擺攤子，居然每天有幾百元的盈利。除了個人吃喝，頗有剩餘。他又不肯把本錢閒著，有多少錢就販多少貨，於是由提菸籃變成擺小攤子，由小攤子變成大攤子，由大攤子變成紙菸雜貨店。博士，你猜他每月的收入有多少？已經超過一個次長的薪水，或兩個大學教授的束脩了！今天我還遇見他，穿了一套半新舊的西服，手上拿了斯的克，神氣之至。我為什麼不願意擺紙菸攤子？」

西門德將土雪茄夾在嘴裡吸著，點點頭道：「我承認你說的這事是真的。」說著將雪茄放在茶几沿上，緩緩敲著菸灰，笑向亞男道：「大小姐，我贊成妳三令兄改行，加入運輸界是不為無見吧？」亞男道：「加入運輸界，這包括得太廣了，還是作碼頭工人哩？還是駕飛機呢？」西門德笑道：「何必說成這麼兩個極端？他的朋友有車子跑國際路線，只要他出點力氣，又不費一個本錢。我認為這個工作，可以將就。如今有力量的人，比有知識的人吃香得多。技術人才，比光賣力氣的人又吃香得多。可惜我一點技術沒有，而且還是一點力氣沒有。否則我也會去並汽車，拉洋車的。」

亞男倒沒想到一個心理學專家，竟會認為知識分子這樣不值錢，正想問他為什麼還坐轎子，卻聽到劉嫂在樓下嚷起來，她道：「我是替太太轉話，我不招閒，吼啥子？我怕你！」西門德便走到窗戶口，把劉嫂叫上樓來，問是什麼事。劉嫂上樓來，臉漲紅了，她道：「王老六這龜兒子，下輩子還要抬轎！平空白事，撅我一頓。我又不吃他們的飯！」西門德道：「你怎麼又和他們吵起來？每天至少有一次衝突，什麼原故？」劉嫂兩手一撒道：「哪個要跟他們吵嗎？太太留下的話，叫他們去接。他們說我多事，我多啥子事？太太留下的話，我不能不跟他們說。」西門德道：「他們的意思，轎子是抬我的，太太要坐就不能抬嗎？」劉嫂道：「他們還不是那意思嗎？昨天打牙祭，他們沒打到，唧唧咕咕了一天。」說著她扭身去了，但口裡還依舊在說著。當她快離開這屋子的時候，她還在說：「連先生他們都不願意抬了，哪裡還願抬太太？」這兩句話，不但西門德聽到，便是所有在這屋子裡的人也都聽到。西門德點著頭道：「那很好，我也正愁著三個轎伕的薪工伙食，我沒有那能力維持下去。他們不抬，明天就給我滾蛋！」亞男笑道：「這用人合作問題，實在是件困難的事。許多人家，男女僕人用得太多的，總是天天爭吵。其實都吃的是主子的飯，也都是為主子作事，老媽子的錢，轎伕賺不到，轎伕的錢，老媽子也賺不到，何必相持不下？」西門德道：「這自然有原因，劉嫂是太太的人，替太太傳達命令，理所當然。轎伕是認為只抬先生的，太太要他們作事，根本就不高興。他們還不能公然反抗太太，就在劉嫂面前發怨聲，劉嫂不受，就吵起來了。這點怨隙，轎伕要茶要水，甚至於吃飯的菜，權在劉嫂手上，她自然要報復一下。這樣，就越發的成仇了。」正說著，劉嫂又來了，站在一邊，板著臉道：「抬轎的，啥子傢伙嘛？牛馬，我伺候他！」說著轉身走了。大家為之一笑。

亞英道。「博士果然抓住了他們的心理。」博士道：「心理學，現在又值幾文？我因為身體太重，不能爬坡，不得已而坐轎。過兩天，我把跑路的事情告一段落，決計不坐轎。我太太聽戲去了，讓他們去接一次，這也沒有什麼了不得。他們真的不去，太太回來了，又是一場囉嗦。解散了他們也好。」亞英道：「這些人也是想不通。假如博士自己去看戲，他們也能不抬嗎？」西門德道：「聽戲在我一班朋友裡，已是新聞了。因為大家不但沒錢，也沒有那份情緒。在北平和南京的時候，找兩三個朋友花四五元，傍晚吃個小館子，然後找點餘興，甚至單逛馬路也好。如今吃小館子的話，我不敢說……」說著將舌頭一伸。

亞雄笑道：「博士難道和我害了同一個毛病嗎？小的時候為了怕看數目字，在學校裡考算學，總是不及格，想不到如今離開數學課本二三十年，不但怕看數目字，而且怕聽數目字了。聽到一二三四五，彷彿就頭痛。而博士更進了一步，還怕說數目字。博士，你說那是什麼心理？難道又是個問號？」西門德道：「彷彿唐高祖說過這麼一句話，掩耳盜鈴，我有點自騙自吧？哈哈哈！」他似乎有很大的感觸，想要發洩，而又無從發洩，於是一笑了之。

亞男問道：「今晚上博士似乎不至手要閻在家裡擺龍門陣，不是有話劇票子可以去聽戲嗎？」西門德點點頭道：「現在又可以把話歸入本題了。世界上只有兩種人要找娛樂，一種是生活極安定的人，一種是生活極不安定的人。前者無須我說，後者是想穿了。反正過一日混一日，無需發愁，能娛樂就娛樂一下。我當然不屬於前者，可也沒到後者那番地步，所以我就不想娛樂了。」區老太爺點點頭道：「這話極有理，還是博士的見解對。」亞男笑道：「我還要請教，西門太太可不肯失了娛樂的機會，她是屬於哪一類的呢？因為是生活安定呢？還是極不安定呢？」西門德倒未想著有此一問，紅了臉道。「……她……她……她是混蛋一個！」說完了這話，他似乎還有餘恨，把土雪茄只管在茶几幾沿上敲著灰。博士夫婦未能志同道合，在一屋同居的人，當然知道。現在擺龍門陣，擺得博士生起太太的氣來，作鄰居的，竟有挑撥之嫌，這話自未便再向下說。大家又扯了幾句淡話，告別下樓。

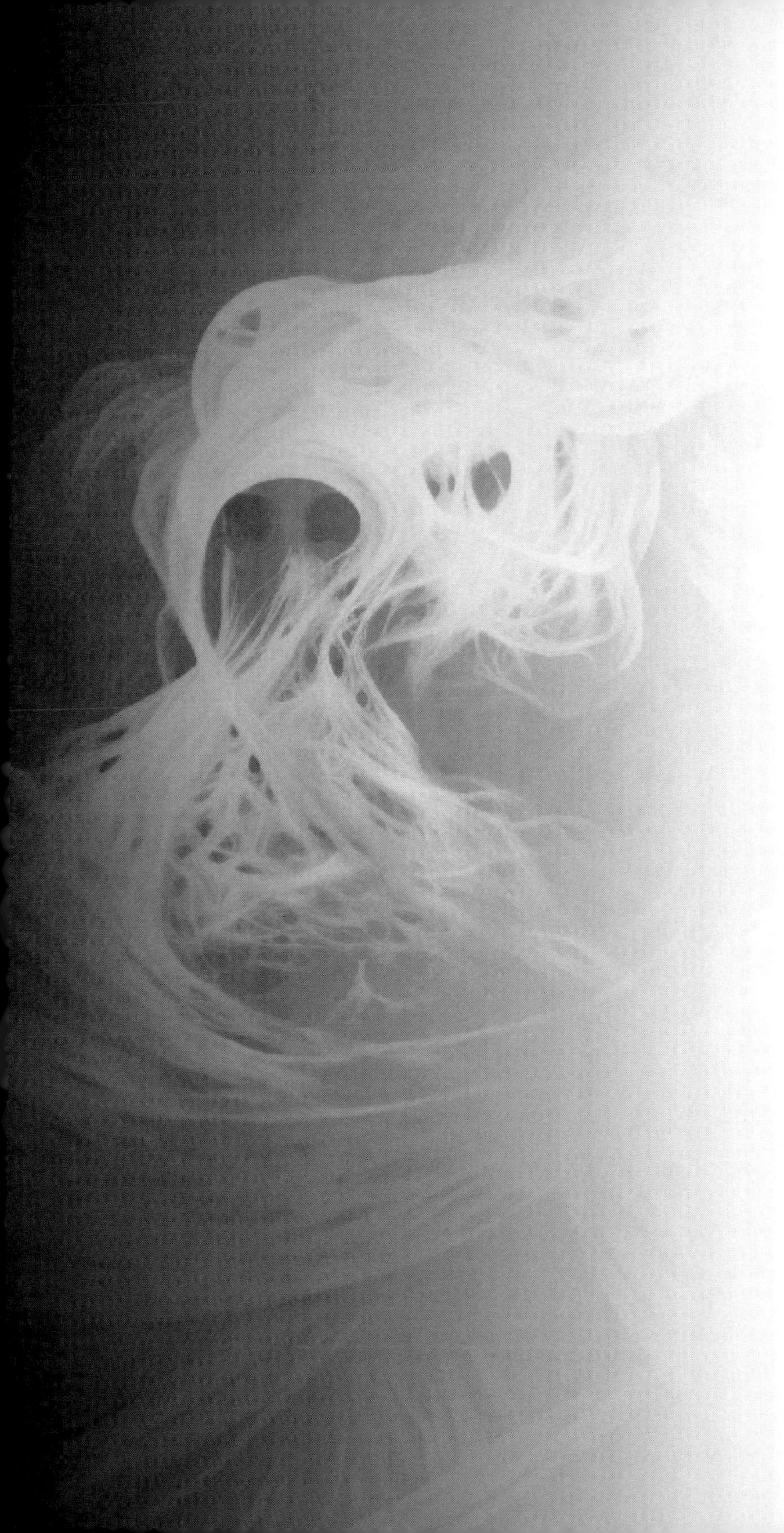

逼

初到重慶來的人，走在街市上都會注意到，小客店門口掛的紙燈架子上面，寫了「未晚先投宿，雞鳴早看天」十個字。久之，這「雞鳴早看天」也就成了一般人的日常習慣。早上起來，推窗一望，好天氣有好天氣的打算，壞天氣有壞天氣的打算，所謂一日之計在於晨，至少是各人心裡會有一點猜想的。

區家父子兄妹，在樓上談了半夜的話，並未解決任何一個問題。到了次日早上，依然各各要去為生活而掙扎。第一個起來的照例是這位無工作的區老太爺，起床之後，立刻推開窗子向外面張望一番。他這窗子外面，正對了起伏兩層的小山巒，山外是一道小江，入秋以後，平常總是濃霧把江面隱藏起來的，有時把兩層小山也都蓋起來。今天這霧黑得像青煙一般，連窗子外一個小山坪也罩得沉沉不見。人在霧中過久了，對晴雨也有點習慣上的測驗。霧若是白得像雲團一般，便越濃越晴得快，儘管早晨九、十點鐘，伸手不見掌，而中午一定紅日高升。霧若是黑的，便在一二日之內，沒有晴的希望，更黑些，便要下雨了。但一陣雨之後，必定天晴，這也是屢試不爽的。區老太爺對於這種氣象學，不但有生活的體驗，而且逐日筆之於日記簿中。現在他看了天色一遍，斷定今天是個陰霧天，從從容容，把衣服披著，一面扣鈕釦，一面開大門，出去徘徊在大門外路上，只管向通大街的一頭張望著。

幾分鐘後，一個送報的人來了。區老太爺正是等著他，迎上前去，接著一張報紙，趕快就展開來。一面看，一面向裡走。因為不曾戴上老花眼鏡，只好先看看報上的題目。頭一道大題目，便是「鄂西大捷，斃敵逾萬」。另外一個副題是「我空軍昨襲武漢，炸毀敵機五十架」。老頭子一高興，在大門口就喊起來，「痛快，痛快！炸毀敵機五十架！」將報放到堂屋桌上，自己便進臥室去找老花眼鏡。無如桌子上、床頭邊、破書架上，幾個常放眼鏡的所在，都沒有找到，便高聲問道：「誰拿了我的眼鏡？誰拿了我的眼鏡？」口裡這樣說著，手不免撫在胸前，這卻觸到口袋裡有些支架著的東西，索性伸手到衣袋裡去一掏，眼鏡可不是在這裡收著嗎？他哈哈的笑了一陣，戴上眼鏡看起報來了。看了一遍，見亞雄走出來，便將報交給他。亞雄笑道：「老太爺，我現在並不看報，我每天看的報，也許比你老人家要熟透幾倍，每日在機關裡的時間，都消耗在看報上。我何必忙著在家裡和大家搶報看呢？我倒有一條更重要的訊息，要報給你老人家，就是……」說著走近一步，低聲向他微笑道：「缸裡米，不夠今天中午一頓了。」

這裡順便交代一下：區家弟兄三人，只有亞雄有太太，並且已生了孩子。他又是個公務員，有平價米可領。所以全家日常吃的，幾乎都是他領來的平價米。

卻說區老太爺看到報上登著那勝利的訊息，就非常高興，滿臉都是笑容，現在大兒子一說家裡沒有米，不由得把臉上的笑容完全收拾乾淨，因道：「沒有米，那有什麼問題？去買就是了。」他說著這話，未免聲音高了一點。亞雄皺了眉道：「你老人家叫些什麼？」亞男由屋子裡答著話道：「這是我們不好，把大哥弄回來的米，都吃光了。那沒有話說，這責任應當讓我和二哥三哥同負，立刻籌一筆款子，買兩斗米回來。」說著她右手扣鈕袢，左手去理鬢髮，慢慢的走出房子來。亞雄道：「你不要多心，並不是說你們把我領得的平價米吃了，我就不高興。事實上，我不能不預先告訴父親一聲。回頭我們都走了，讓他一人在家裡著急。」亞男道：「告訴了父親，父親就不著急嗎？」亞雄道：「那就表示我們已經知道了，既知道，當然我們會在外面想法子的。」亞男道：「我說實話，大哥把平價米拿出來讓大家先吃了，已盡了義務，不能再要你想法子湊錢買米。今天買米是我們的事了。你不用過問，儘管安心去辦公吧！」

大家一陣爭論，把亞英也吵醒了，聽到是說米的問題，便插嘴道：「我前兩天就注意到了，不成問題，今天的米歸我去買。午飯可以煮得出來嗎？」亞雄道：「不但午飯可以煮出，便是晚飯也可以煮得出，剛才我是說得過於嚴重一點。」亞英道：「那我更有騰挪的工夫了。在下午六點鐘以前，我準扛一袋子米回來就是。」亞男道：「我也應當去想點辦法，以防萬一。」

大家正在堂屋裡討論這個問題，西門德卻由二樓欄杆上伸著頭向樓下看，點著頭笑道：「昨晚上說得餘興未了，今天一大早又討論起來。」區老太爺昂了頭笑道：「我們家裡人口多，米的問題是最大的威脅。除了討論這個，也沒有比這更重要的了。假如是問題很簡單，米出在米店裡，缸裡的米還可以吃兩餐，就不必費神。提早二十四小時來商量。」這時區老太太在屋子裡面，推開窗子伸出頭來望著，低聲笑道：「老太爺，洗臉吧，熱水已給你端來了。」老太爺已知道老夥伴的用意，望著樓上搖了搖頭，嘆了一口氣，方才走開。

他這麼一搖頭，卻讓他第二個兒子注了意，正是那滿頭的頭髮，比入川以前，要白過一大半去。區老太爺今年六十五歲，在中國社會裡是享受兒子供奉的時候了。雖然時代是轉變了，兒子已不一定供奉父母，可是這老太爺卻是一位溫故而知新的人物。他對父母曾十分的孝順過，反過來，他要革除家庭的封建制度，由自身作起，盡量讓兒女們自由。亞英平常就這樣想著，如今想起來，老太爺卻絲毫未得著兒女們的供養，可也不要再教他受兒女之累了。老大得來的平價米，有父母妻子全份，家中所以不夠，就全由多了兄妹三雙筷子。方才老太爺嘆這口氣，雖不為了這三個兒女，卻實在是三個兒女逼出來的。頃刻之間，他轉了好幾遍念頭，便也就堅決的想著，今天一定去買一袋米回來。心裡有事，縱然是個大霧天，也不想多貪一刻早睡，整理著西裝，匆匆的走出大門去了。

亞英第一個對象，便是他的老同學費子宜。因為他在生意上賺了一筆大錢，對於朋友方面，很肯幫忙，有時在馬路上看到衣衫比較寒酸的人，便拖著問情形怎麼樣。假使真的有什麼困難，他就毫不猶豫的在身上掏出一卷鈔票奉贈。這事雖未曾親眼得見，但是大家都這樣說了，也不能不略微相信。在馬路上既是找著人送錢，那麼，到他家裡去想法子，就不會碰多大的釘子。如此想了，直接就向他家找來。

這費子宜住在一個半鄉半城的所在，買了一所西式新屋住著。亞英輕易不到這地方來，所以也不曾特意來看看這位好友。今天為了借錢，才到這裡來，多少有點尷尬，因之在路上一鼓作氣的走著，還無所謂，到了這費公館門口，便覺著有一點猶豫。同時，想著這向人借錢的話，卻要怎樣開口，才為妥當？心裡打著主意，腳步就慢慢的有點移不動。

到了大門外時，還想了一想，真的無緣無故，跑向人家去借錢嗎？平常總不見面，見了面，就向人家借錢，這卻不是交友之道。這麼一躊躇，他就不便率然向前敲門了。他站著，約莫也想過了五分鐘，由不可冒昧，想到若是碰了釘子的話，那太不值得，再想到向來不和人家來往，一見面就借錢，這碰釘子有什麼不可能！越想越膽小，只得掉轉身來，向回頭路上走。因為他已另得了一個主意，還是去找兩個熟悉的朋友：縱然一個朋友借不到，找兩三個朋友共同設法，大概沒有問題。這樣走著，心裡倒坦然自得，大著步伐走，較之剛才在費公館門口進退兩難的情形，就截然不同了。

區亞英還沒有走到三五十步路，後面卻有人連喊著：「左手。」這是轎伕叫人讓開的請求，也可以說是命令。在山城走路慣了的人，倒不以為是侮辱。但這幾聲「左手」，喊得異常猛烈，這裡面絕無絲毫善意。回頭看時，正是兩個穿新藍布衣褲的轎伕，籐椅高聳的，扛了一位西裝朋友在肩上。轎子後面還跟了一名轎伕跑著換班，便知道這是有錢人自備的轎子，就閃開身子，讓到一邊。那轎子上的人倒吃著一驚似的，「咦」了一聲道：「那不是亞英兄嗎？」亞英回頭看時，正是自己要去訪問的費子宜。便點著頭笑道：「好久不見了，我正是來拜訪你。」子宜道：「那太不巧了，我要過江去接洽一件事情，兩天可以回來，兩天後請你到我家裡來談談。早上九點鐘以前，晚上九點鐘以後，我大概都在家。」亞英見他坐在轎子上不下來說話，又是這樣說了，絕沒有談話機會，只好答應道：「好，改日我再來奉訪。」費子宜在轎子上說了一聲「改日再會」，那轎伕顛動轎槓，頃刻走遠了。

亞英站著又呆了一呆，心想人家約了改日想見，這意思也不能說是壞，可是我今天等著借了錢去買米，怎麼…能等幾天？越想越沒有意思，也就走得很慢，在經過一家店鋪前，看到人家牆上掛的鐘，已是九點半，這已到了自己開始服務的時候，不許可去想第二個找錢的法子了。匆匆忙忙的回到所裡，先就看到候診室裡坐滿了病人，醫務主任和兩個女護士，都正在忙著。看那牆上的鐘，恰是快了許多，已是十點半鐘了。走進醫務室，醫務主任手裡拿了一卷橡皮帶子，那白褂子的衣袋外面，也垂了兩條橡皮管子。亞英知道要碰釘子，便先笑道：「今天有開刀的？」主任皺了眉道：「事情越忙，你還越不按時間來，大家要都是這樣辦，我沒有法子作『內暴地』，這碗飯大家吃不成。你不要以為西醫也是技術人才，可是這在大後方，很不算奇，負有盛名的醫生，都擁在重慶，要拿喬，最好是到前方去？可是大家都怕死，都怕吃苦，那就沒法子了！」亞英被他這樣一頓連罵帶損的說著，輕又不輕，重又不重，倒不好怎樣回駁他，因道：「今天請溫先生原諒我，是借錢買米去了。」溫主任道：「誰不是為買米才這樣晝夜忙著？你以為就是你家的吃米特別重要？」亞英老是被他說著，心裡更加上了一層難受，又想到今日六點鐘回家沒米交待，那是很難為情的一回事，因之低頭工作，什麼話都不說。熬到下午下班的時候，便放快步伐，一連去找了兩個熟朋友。

恰是這兩個朋友，手邊都沒有錢。八點鐘的時候，一家的飯，還不曾想到法子，而自己的肚子又在要求裝飯下去了。於是在馬路上盤旋著打算找個最小的麵館，去胡亂混上一頓。忽然有個人拉了自己的手道：「老區，你在找什麼人家？」亞英看時，又是一位老同學，現在某機關當小公務員的邊四平。他穿了一套淺青制服，光頭沒戴帽子，手上拿了一串麻繩栓的酸醃菜。便笑著嘆了口氣道：「我知道你的境遇很清苦，同病相憐，對你說出來，是不要緊的。實不相儲，我打了一天的飯算盤了。」因約略把經過的情形告訴了他。

邊四平笑道：「你到我家去坐一會，保你晚飯有辦法，而米也有個可求得的途徑。」區亞英笑道：「現在請朋友吃頓飯，這不是鬧著玩的事。」邊四平將手上提的酸醃菜，舉了一舉，笑道：「就是這個，你以為我有肥魚大肉請你嗎？」說時，拉了亞英的手就走。亞英道：「雖然你不辨什麼菜，可是款待我兩碗飯，這價目亦復可觀。」四平笑道：「若是這樣說，我們預備吃一年的樹皮革根，省下來的米，也著實可賣一筆錢了。」說著，同到了四平家裡。

邊四平住在平民窟裡一幢木板竹片支架的三層樓上。這三樓，恰和屋後的懸岩相併，懸岩上擱了兩塊木板子，正好通到他的臥室門口。而懸岩突出去的一部，三層樓上的住戶，便利用了它，用竹片支架了作廚房。卻見邊太太繫著破爛圍襟，在小竈上煮飯，一個七八歲的女孩，帶了一個四五歲的男孩子，在竈後吃胡豆玩著。另有一個兩三歲的小女孩子，站在木籠車裡，放在邊太太身邊。那屋梁上懸著一盞瓦壺兒植物油燈，風吹著，煙焰吐出來有上尺長，黃光晃晃的，照見邊太太忙得滿頭是汗。亞英一見這樣子，心裡就著實後悔，便道：「老邊，你太清苦了！」邊太太將圍襟擦著手臂，點點頭道：「區先生，難得來的吧！請屋裡坐吧！」他隨主人走進那屋子，周圍也不過丈餘見方，只有一張舊方桌，三隻竹凳，一副鋪板搭的床；此外是舊箱子，破網籃，亂塞在床下和床角，舊報紙書本，亂堆在桌上；泥夾壁上落了石灰，用報紙補著；另有個斷腳茶几，塞在床角，也堆滿了破爛東西。到底是知識分子，桌上也有一隻盛泡菜的白黝瓦罐子，插了一束鮮花。

四平見他向屋子四周打量，便笑道：「想起我們作學生時，家在北平，住著獨門獨院，院子裡花木清陰，屋子裡裱糊雪白，那真是天上！便是我們在南京當公務員的時候，住著城北新蓋的那上海式弄堂房子，當年便嫌是住鴿子籠，究竟四圍磚牆，地板平滑，玻璃窗通亮，比起這一人登梯，全樓震動的玩意，還是電影上的第七重天。」亞英道：「你難道就找不到一所較好些的房子嗎？」四平道：「那固然是經濟上不許可，同時，實在也找不到房子。房子也不是絕對沒有，在離機關離防空洞不遠、而買東西又方便的三原則之下，現在住的這搖台，就不易得。我宣告：『搖』是『搖擺』之『搖』，並非『瓊瑤』之『瑤』。」亞英倒是哈哈大笑了。

主人將竹凳子移出桌子外一點，請客人坐了，閒談了一會。邊太太捧了一隻瓦罐進來，瓦罐上蓋了蓋子，上面放著碗筷和三個小碟子：一碟子鹹蛋，一碟子涪陵辣榨菜，一碟子白糖。邊太太將瓦罐裡的食品盛出來，不是飯，也不是麵，是糯米胡豆雜煮的粥。邊太太笑道：「區先生，你們老同學，本色一點的好，我們就不客氣了。」亞英道：「這吃法很新鮮。」四平道：「這也是窮則變的一變。我的平價米，本夠吃上兩個星期，我岳母在鄉下病了，我幫不了大忙，分了一斗米給我岳父，讓他勻出買米的錢開發醫藥。就是這樣不巧，這兩天家中米成了問題。昨日在街上跑了半天，看到一個小山貨店裡，有糯米豆子出賣。一問價錢，糯米竟會比熟米還便宜一個零頭。於是買了兩升糯米、兩升胡豆回來，就這樣煮粥吃。下江人吃雜糧，是不會吃蠶豆的。這是到四川來學的。」說著，兩人對面吃起來。邊太太卻下廚房去料理小孩的晚飯。四平笑道：「叨在老友，你別客氣，吃甜的就來點糖，吃鹹的只有請你吃鹹蛋了！」亞英道：「我敢斷言，你這鹹蛋還是為了請我而添的。」四平笑道：「實說了吧，豈但是鹹蛋，這榨菜和糖，也是添的。平常我們只吃點鹽炒的辣椒末。」

亞英聽了，心裡著實感動，覺得他夫婦的生活，比自己苦得多，自己又何必憤憤不平！這粥裡的胡豆，大概是先煮的稀爛，跟糯米粥一和，加上糖，倒有些蓮子粥的味兒，不黨連吃了三碗。因笑道：「四平，第一個難題解決了。第二個難題，請你告訴我怎辦？」四平對他身上的西服看了一看，將筷子指著道：「你有穿這個的必要嗎？」亞英低頭看了一看，因道：「人是衣裝馬是鞍，我們這在社會上沒有地位的人，穿的太蹩腳了，有些地方走不通。」四平道：這樣說，我就無法建議了。如其不然，你把這套衣服送到舊貨行裡去賣，依著現在的市價，夠我半年以上的薪水。這舊貨行裡，我有熟人，你如等著錢用，還可由行裡先墊付一部分，這豈不可以小救燃眉之急嗎？」

亞英笑道：「假如我有兩套這樣的衣服，我為什麼不把它賣了？無如我僅僅只有這一套。這竭澤而漁的手段，儘管對我目前不無微利，可是把衣服吃到肚子裡去了以後，就沒有法子再讓它穿上身了！」四平笑道：「既是你有穿西服之必要，那就不談了。可是不妨回家去尋找尋找，假如有可以省著不穿的衣服、零碎物件，送到舊貨店裡去賣了，究竟比四處向人借錢來得乾脆。」亞英聽了他這計畫，雖不無心動，可是想著，總還不至於走到這一步上去。飯後向他夫婦道謝一番，然後回家。

區亞英走到大門口，就想高聲說沒有弄到米，老遠聽到父親和一個人說話，而那人的聲音在耳膜裡留下印象很深，正是可怕的房東。只聽到父親說：「我們在此，都是客邊人，彼此要原諒一點才好。這個時候，要我找房子搬家，實在是件難事。」亞英站在門外，老遠看到房東那張雷公臉上，一雙轉動如流的眼睛，只管看人，顯示出他含有一肚子的主意。他嘴角上銜了大半截菸卷，將頭微偏著，神氣十足。他道：「老太爺，你這句話，我聽得進。大家是客邊人，彼此要原諒一點。

府上有許多人在外就事，還喊生活不易過，你看我也是一大家子，就靠我一個人，我實在也不能維持。實不相瞞，趁了這房價還俏的時候，把房子賣了，撈一筆現錢，移口就糧，另找地方去過活，還是無辦法中的一個辦法。我這房子，人家已經看好了，付了一點定錢，限兩個星期交房，若是府上不肯搬，我這房子就賣不成了。而且疏散期間，這裡雖是半城半鄉的所在，究竟不是疏散區。府上也不必住在這裡。」老太爺道：「唉！我們還不願意下鄉嗎？正是唯恐入鄉不深。但是為了吃平價米的原故，我們移動不得，而況孩子們的工作，都在這附近，家移走了，是城鄉兩處開支，那越發不得了。」那房東冷笑一聲道：「說來說去，府上總是不肯搬。那麼，我這房子賣不成功，老太爺要負責任。什麼東西都漲價，我這房錢還是去年下半年的價錢，已經太客氣了，而你們還不知足。我的房產我有權變賣，房客不能霸占我的！」

亞英聽了這話，實在忍耐不住，就搶進堂屋裡，向他道：「房東，你說話要慎重一點，怎麼連『霸占』兩個字都說出來了！我知道，你在城裡城外開舖子，囤棉紗，已經發了不少的國難財。你並不等著賣房子吃飯。你是嫌我們老房客租金太輕，又沒有法子加我們的錢，所以借賣房子為名，把我們驅逐走，你好租大價錢。——我們不搬！你去告我們吧，就說我們霸占房產！」房東聽了這話，兩手指夾了菸卷，氣得發抖，指了亞英道：「你們不搬房子，還說這些強橫話！好吧，我就算讓你住下去，你拿房錢來！」說著伸出了另一隻手，只管搖撼。亞英道：「我們前幾天曾送房錢去，你為什麼不收？」房東道：「我這房子是論季租的，說交一個月，破壞契約，我為什麼收下？」

正爭吵著，西門博士坐了他的三人轎子在大門外下來，他手上拿了手杖，老遠在空中搖著道：

「房東，又來催房子了。不成問題，我們找到房子就搬！」刀房東已是由堂屋裡走出來，將一隻手高高舉起，指著天道：「不怕你們厲害，自有講道理的所在。我要沒有法子收回自己房產，我也不能由夔門外跑進四川來。好，我們比比手段！」說著，大聲嚷罵著走出大門去。

西門德站在堂屋裡將手杖點了道地：「這傢伙有點神經吧？」亞英道：「他有神經！這一年之間，他起碼發了幾十萬元的財，比我們的腦筋清醒得多。」西門德一手撐住手杖，一手輕輕拍了亞英的肩膀，笑道：「只要機會來了，這年頭發個百十萬的財，並不算什麼。不要忙，我們總也會有那一天。」

亞英對於他這個大話，還沒有答覆，卻見西門太太打扮得花枝招展的走下樓，花綢旗袍上罩了一件空花結繩小背心。

她本是身體頗胖的人，那小背心成了小毛孩的圍巾了。她梳了兩個辮子，每根辮梢上紮了一束翠藍辮花，手裡抱著一隻手皮包，腳踏紅綠皮高跟皮鞋，走得如風擺柳似的搖撼。西門德對她周身上下看了一遍，笑問道：「這樣巧，我回來，你就出去？」西門太太站定了腳，向他道：「這並不是巧，是我在樓上看到你回來，我才下樓來的。我已經等了半點鐘以上了。」西門德道：「那為什麼誠心和我彆扭？」西門太太將臉一沉道：「笑話！我誠心和你彆扭作什麼？你一大上午出去，這個時候才回來，我給你看門，看守到現在，還不可以出去一趟嗎？」西門德道：「現在已經快九點鐘了，街上許多店鋪快要關門，妳去買什麼？」西門太太道：「韋太太約了我好幾次，我都沒有去，我要去看看她有什麼事。」西門德道：「那是一個牌鬼，妳今天晚上去了，還能夠回來嗎？」西門太太站住了腳，向他瞪了眼道：「難道為了韋太太喜歡打牌，我都不能到她家裡去？」西門德皺了眉，揮了手道：「妳只管去，妳只管去！」西門太太道：「我為什麼不去？你一天到晚在外交朋友，我就該憋在家裡看門嗎？」說著，她直接走出了大門。

博士站在堂屋裡，未免呆了一呆，因為堂屋裡區家全家人都望著自己，便笑道：「老太爺，你看看，在中國社會裡，新式婦女是這樣的嗎？還要說男女不平權，豈不冤枉？我忙了回家，還餓著呢，她卻出去打牌！」老太爺笑道：「她沒有適當的工作，就是打個小牌消遣，也無所謂。同時，也是一種交際手腕。博士成天在外交際，這事恐也難免。」西門德道：「我絕對外行。老麻雀牌還罷了，反正是理順了四五六七八九就行，這新式麻雀，連『五族共和』的名義都弄上，什麼，姊妹花，『喜相逢』，實在讓人不知所云！」亞英也在旁笑著插嘴道：「博士究竟不外行，還可以報告出兩個名堂來。」西門德笑道：「就是這名堂，也是從太太口裡學來的。其實她看戲也好，看電影也好，甚至打牌也好，我從沒有干涉過她。可是她就干涉我在外面跑，花錢僱三個人抬著滿街跑，這有什麼意思？我有那個癮嗎？自有我的不得已苦衷在。」區老太爺道：「也沒有聽到你們太太說些什麼呀！」西門德道：「她若肯痛痛快快的說出來，那倒也無所謂，就因為她並不說什麼，倒覺逼得厲害。」區老太爺道：「你太太會逼你？」西門德嘆口氣道：「清官難斷家務事。」區老太爺是個老於世故的人，看他這樣一再埋怨太太，而理由又不曾說出來，透著這裡面曲折必多，就沒有再向下問。西門德嘆了口氣，也上樓去了。

亞英這才向父親一拍手道：「大話算我說過去了，米我可沒有辦到，明天早上這頓飯怎麼辦？」

區老太爺道：「反正明天也不至於不舉火吧？亞杰下午回來了，看到家裡鬧著米荒，晚飯沒有吃就出去了，大概……」這話不曾說完，就向大門口指著道：「來了，來了！大概還有辦法。」亞英看時，他三弟亞杰穿了套青的半舊西服，面紅耳赤，肩上扛了一個布袋子回來。亞英立刻向前，將袋子捧著，覺得沉甸甸的，抱著放在地上，笑道：「還是老三有辦法，居然弄了這些米回來。」亞杰在褲子袋裡抽出一方布手巾，只管喘氣擦頭上的汗。老太爺道：「在坡上你就僱乘轎子抬下來就是，又何必扛著回來，累成這個樣子？」亞杰道：「坡上只有兩乘轎子，我剛說好兩塊錢抬這袋米回來，來了兩個摩登太太，開口就出了五塊錢，路還比我們少些，轎伕為什麼不抬她呢？我氣不過，就自己扛了回來了。好在只有一斗米，我還扛得動。」亞英道：「你總不能就是在坡上弄得的米，坡上那一截馬路，你又是怎樣走的呢？」亞杰笑道：「那就相差得太遠了，我是坐汽車來的。」區老太爺道：「什麼？坐汽車來的？」亞杰笑道：「你以為這事奇怪嗎？我那五金行老闆的同學，介紹我和兩位跑長途的司機見面，說我要丟了中學教員不當，也來幹這個。他們十分歡迎，立刻要拉我吃小館子。我想一個生朋友，怎好叨擾，當然辭謝。一個姓李的司機說，這無所謂，我們兩個人，也要去找地方吃晚飯的。我同學也就一定要我去。我只好去了。在一家廣東館子裡隨隨便便一吃，四個人沒有多花，一百九十餘元，那位李君掏出兩張一百元的鈔票，會了東，餘錢算小費，絲毫沒有感到吃力。另一個司機姓張，他知道我是張羅米出門的，便說，他家裡有米。送我一老斗，於是同到他停車子的所在，搬了一斗米給我；他說他要開車子去配零件，益發連人帶米，將我送到這對面坡上。生平和知識分子交朋友，借兩三塊錢，也許還要看時候。這樣慷慨的人物，我算今天第一次遇著。我一路想著，無論朝哪一方面說，這都要愧死士大夫之流。」區老太爺笑道：「這樣更堅決了你改行的意志了？」亞杰道：「若是不贊成我改行，就是大家贊成挨餓，我也沒得話說。」亞英道：「為什麼不贊成？我若有那力氣，也去拉黃包車抬轎，我簡直願意在碼頭上當一名挑夫，至少我們不會每日去打著米算盤了。」

那區老太太看到這小兒子氣喘吁吁，扛了一袋米回來，心裡十分難過，又不知怎樣安慰他好，在屋子裡斟了一杯茶來，遞到他手上，因向他周身上下打量著道：「你這孩子，就是這脾氣，轎子走了，你在坡上再等一會，不就有轎子來嗎？喝一日水吧！」區老太太又道：「好吧，去休息一會吧。」說著拉了亞杰到屋裡去。

亞英在一旁看到，心裡倒著實有點感慨。父母是一樣培植兒女成人，而兒女之孝養父母，這就顯然有個行不行。心裡滿腹牢騷，無從發洩，便想到樓上去找西門博士談談，以便一吐為快。恰在這時門口喧嚷著，西門太太坐轎子回來了，轎伕嚷道：「官價也是一塊二角錢，朗格把一塊錢羅！」隨了西門太太之後，直跟到屋子裡來。西門太太在手提皮包裡抓了一把角票，丟在地下，一聲不言語，沉著臉走上樓去。亞英一看這情形，分明是她在外面帶了閒氣回來，自不便跟了上樓去。跑了一下午，人也有點疲倦，便悄悄溜到屋子裡去睡覺。他和亞杰同睡一間屋子，兩張竹片涼板，竹凳子架著，對榻而眠。床頭邊的窗台，也就一半代理小桌子的用途，上面放了零碎物件。亞英在床頭邊摸著了火柴盒，待要擦火吸支菸，正有一陣風來，吹了一臉的細雨煙子，向窗子外看看，天色已漆黑如墨，便關上了窗子，和衣躺在床上，沉沉的想著心事。也不知經過了多少時候，忽然聽到西門德在樓上大喊起來：「你簡直混蛋！」隨了這話，西門太太嘟噥一陣，聲音低些，沒有聽出來說的是什麼。西門德又喊道：「好好！你不服我坐了這一乘專用的轎子，明天我就把轎伕辭退了。但是有一個條件，家裡老媽子也得辭退，大家都憑自己血汗苦幹，我沒有話說！」自此開始，樓上爭吵聲，腳步奔走聲，物件碰碎聲，很熱鬧了一陣。隨後西門德大聲道：「你以為我希罕這個家庭？我馬上可以離開！」隨了這言語，已經走下樓來了。

亞英忍不住要看個究竟，走出屋來，卻見自己父親已將西門德攔住，一同站在堂屋中間。西門德斜支了一隻手杖，只管輕輕地頓腳。亞英道：「怎麼了？博士，太太不是剛才回來的嗎？這淒涼的雨夜，有什麼問題發生了？」西門德道：「淒涼的雨夜，哪能減少她這種人的興致？國難當頭，嚴重到有滅亡之虞，也不能減少她娛樂的興致。」說著，又將腳在地面上頓了兩頓。亞英看他這種態度，顯係他夫人在娛樂問題上，與他發生了爭執，這話就不能跟著向下追問，只好站在一邊望著。西門德口裡銜了半截雪茄，他微偏了頭，只是出神。區老太爺看他這種情形，也只好默然相對。

這樣有十來分鐘之久，只聽到樓梯板一陣響，西門太太一陣風似的跑到了堂屋裡來。只見那頭上兩個小短辮子，歪到肩膀前面來，不住搖擺，鼻子裡呼吸，嗤嗤有聲，在不明亮的電燈下，她沉著臉，瞪著眼，向西門德望著。西門德道：「你為什麼還要追到樓底下來，這可是人家家裡！」西門太太道：「我曉得是人家家裡，特來請你上樓，我們開開談判。」

區老太爺站起來向她一抱拳頭，笑道：「西門太太，不是我多嘴，你們家兩口子過日子，不愁吃，不愁穿，那是如今天上的神仙，有點小問題，又何必去介意？」西門太太道：「不愁吃？不愁穿？你問問他，我為什麼和他吵，不就是為了沒有衣服穿嗎？轉眼天氣就入冬了，毛繩衣服都舊得成了魚網，我不能不早為預備。剛才我在我朋友那裡來，她有兩磅蜜蜂牌的毛繩，可以轉讓給我。我回來和他一商量，他開口就給我一個釘子碰，說我是貴族生活。穿毛繩衣服，是貴族生活嗎？」西門德道：「你沒有說要做短大衣？箱子裡現成兩件大衣放著，你倒另外想去做新的！」西門太太道：「你也有眼睛，你到街上去看看，哪個穿我那種老古董？身量那樣長，擺又那樣窄。穿上街去，教人笑話。我也不一定要做新的，還替你打著算盤呢，把兩件大衣拿到西服店裡湊合著改一改，有二百塊錢工錢就夠了。」西門德哼著冷笑了一聲道：「不算多，連買毛繩，預備五六百塊錢給你。」西門太太道：「你少端那官架子，少坐那三個頭的轎子，也就省錢多了。你滿口人道，整天叫人替你當牛馬，你完全是假面具！」她這兩句話，未免說得太重了，西門德跳起來叫道：「你混蛋！」西門太太似乎也覺得她的言語太重，跟著爭吵下去，卻未見得這事於自己有利，便一扭身子，轉回樓上去了。

區老太爺笑道：「博士雖然研究心理學多年，對於婦女心理，似乎還不曾摸著，尤其是在上海一帶的婦女，那心理更與內地婦女心理不同。她儘管兩頓飯發生問題，衣服是不肯落伍的。」西門德搖搖頭道：「我們衝突的原因，還不光為了她的衣服問題。」正說著，只見西門太太左手拿了手電筒，右手拿了手皮包，身上披著雨衣，很快的就向大門口走去。西門德只是瞪了兩眼望著，卻沒有作聲。

區老太爺看到這是個僵局，自己不能不出來作個調人，便立刻在天井裡站著，兩手伸開，攔著去路，一面道：「這樣夜深，西門太太哪裡去？」她搶著把身子一閃，便到了門邊，一面開著門，一面道：「我到什麼地方去，這時不必說。明天自有我的朋友和我證明。」區老太爺道：「這不大好，天既黑，路又滑，仔細摔跤。」他倚恃著自己年老，便扯住她的雨衣。西門太太使勁將區老太爺一推，並無言語，就開門出去了。區老太爺身子晃了兩晃，只好由她走去。西門德道：「隨她去吧！我知道她是到她女朋友家裡去，沒有話說，明天我找律師和她脫離眷屬關係。」這句話倒讓亞英聽了，有些奇怪，怎麼不說是離婚，而說是「脫離眷屬關係」呢？

區老太爺口銜了旱菸袋，緩緩走回堂屋裡來，因向西門德道：「太太總算是讓步了，她不願和你吵，讓開了。」西門德笑道：「老先生，你哪裡知道這半新不舊的夫妻滋味？這種女人，無論就哪一方面說，也不能幫助我一絲一毫。她只管逼我，她知道這國難期間，我不便和她決裂。」說著，昂頭嘆了一口氣，回上樓去。區氏父子見他所說的話，都是含而不露，自也未便再向下勸解，各人都有了心事，睡眠的癮，也就特別大，各各掩上房門都去睡了。這一晚上，細雨陰涼天，大家睡得很安適。

次日，第一個醒來的還是區老太爺。他第一件事情，還是開啟大門去等報看，可是今天這項工作，不須他去工作，已經有人替他開了大門了。這樓上下向來沒有人比他更起得早的。他不由得驚訝一聲，叫了起來道：「誰開的大門？」連問了兩聲，把全家人都驚醒起來，首先是亞杰，他叫道：「房門也開了，不要是我們失竊了？」接著這話，全家人是一陣亂。亞英由床上跳起來，伸手到床腳頭衣夾子上去取西服褲子，卻只見只空夾子掛在牆上，光了兩半截腿子，穿了短腳褲子，只管跳起來道：「糟了！糟了！我的西服被偷了！」亞杰這才注意起來，全屋一看，牆上掛的那件藍布大褂，也不知所在。亞男也在屋裡披了一件舊灰色大褂出來，亂晃著兩手，跳了腳道：「怎麼辦？怎麼辦？我那小提箱不見了，要穿的衣服，差不多都在那裡面。」亞英光了兩條腿子跑出來，又跑進去。區老太太道：「亞英，床底下小箱子還在嗎？」亞英穿了一條變成灰白色的粗呢褲子，重新出來，手上提了件皺紋結成碎玻璃似的青呢中山服，連連抖了幾下道：「這怎麼穿得出去？最慘的是我。那件呢子大衣，搭在床頭邊的，也被狠心的賊偷去了。我就是這一套西服，和一件大衣，他就把這最好的偷去了！」區老太爺倒很鎮靜，口銜了旱菸袋，緩緩的吸著菸，站在兒女當中說道：「孩子話！他不偷你最好的，還偷你最壞的嗎？」

亞英只管將手上那件舊中山服抖著，連說倒楣。亞男已回到了屋子裡去，嗚嗚咽咽的哭。亞杰搖了頭道：「女人總是女人，這樣一點事，也值不得哭。」亞男將手絹揉著眼睛，站在房門口，望了堂屋裡道：「你說這事多氣人！有金錢鈔票的人家多得很，這賊全不去偷，就看中了我們這穿在身上，吃在肚裡的人。」區老太爺坐在椅子上，手揮了旱菸袋道：「不要亂，不要亂！大家把家裡東西清理清理，看看還缺了些什麼？」亞男道：「除了我那個手提箱子而外，掛在牆釘上的兩件汗衫，也不見了。今天想要出門的話，衣服就是問題！」亞英把件皺紋布滿了的舊中山服穿起，兩手只管扯了衣底襟，口裡也不住嘆氣。亞杰拍了手道：「倒不是我的損失少些，我就說風涼話，把這最後幾件衣服丟掉了，也好，這樣丟得精光了，才可以破釜沉舟，下了決心去另找出路。」亞英坐在椅子上，伸長了兩腿，將眼光望了腳上的拖鞋尖，只是出神。亞男道：「喲，二哥的皮鞋也丟了！」

亞英冷笑道：「可不是？現在叫我去買雙新皮鞋，我已經沒有這個力量了。不買皮鞋穿，拖鞋也總不能出門。」

亞雄究竟比這年輕的兄妹沉著些，已經在各間屋子裡仔細點驗了一遍，向大家道：「這是一個摸門賊，並非蓄意要偷我們。晚上經過我們這大門口，看到大門是開的，就順手摸了些東西去。我們自己也不能不負責任，昨晚上大概沒有關大門。」區老太爺呵喲了一聲，頓了腳道：「是的！昨晚上西門太太出去的時候，我忘了關大門。」區老太太在屋子裡接嘴道：「每天晚上總要談天幾小時，是非只為多開口，我就料著要出點禍事。如今只失落幾件衣服，我倒認為是檣便宜事。」區老太爺口銜了旱菸袋嘴，微微搖著頭，笑道：「談天也有禍事！」亞英道：「這些責任問題，談也無用。大哥可還有舊布鞋子？請分一雙我穿。」亞雄笑著，由屋子裡擲出一雙布鞋子來。亞英看那鯰魚頭鞋幫子，固然是青顏色變成了灰顏色，而厚的布鞋底，也在鞋頭前面翻了轉來，他提起來看看，回頭向亞雄問道：「就是這個？」亞雄道：「反正你也不穿那漂亮西服了。這鞋子和你那套碎玻璃板的衣服，卻也相稱。」亞英嘆口氣道：「早知道我這套西服不免送給梁上君子，我倒不如拿到舊貨鋪裡去賣了，還可以換幾斗米吃吃，真害苦了我！」亞杰道：「人家說家和萬事興，別人家鬧家務，我們也不免受連累，這可見……」區老太爺兩手亂搖，低聲喝著「不要胡說」。卻聽到門口一陣喧譁，正是西門太太和兩個女友一路坐著轎子回來。她大喊著「你們再鬧。我就去叫警察！」照例，她又在和轎伕爭吵轎價了。

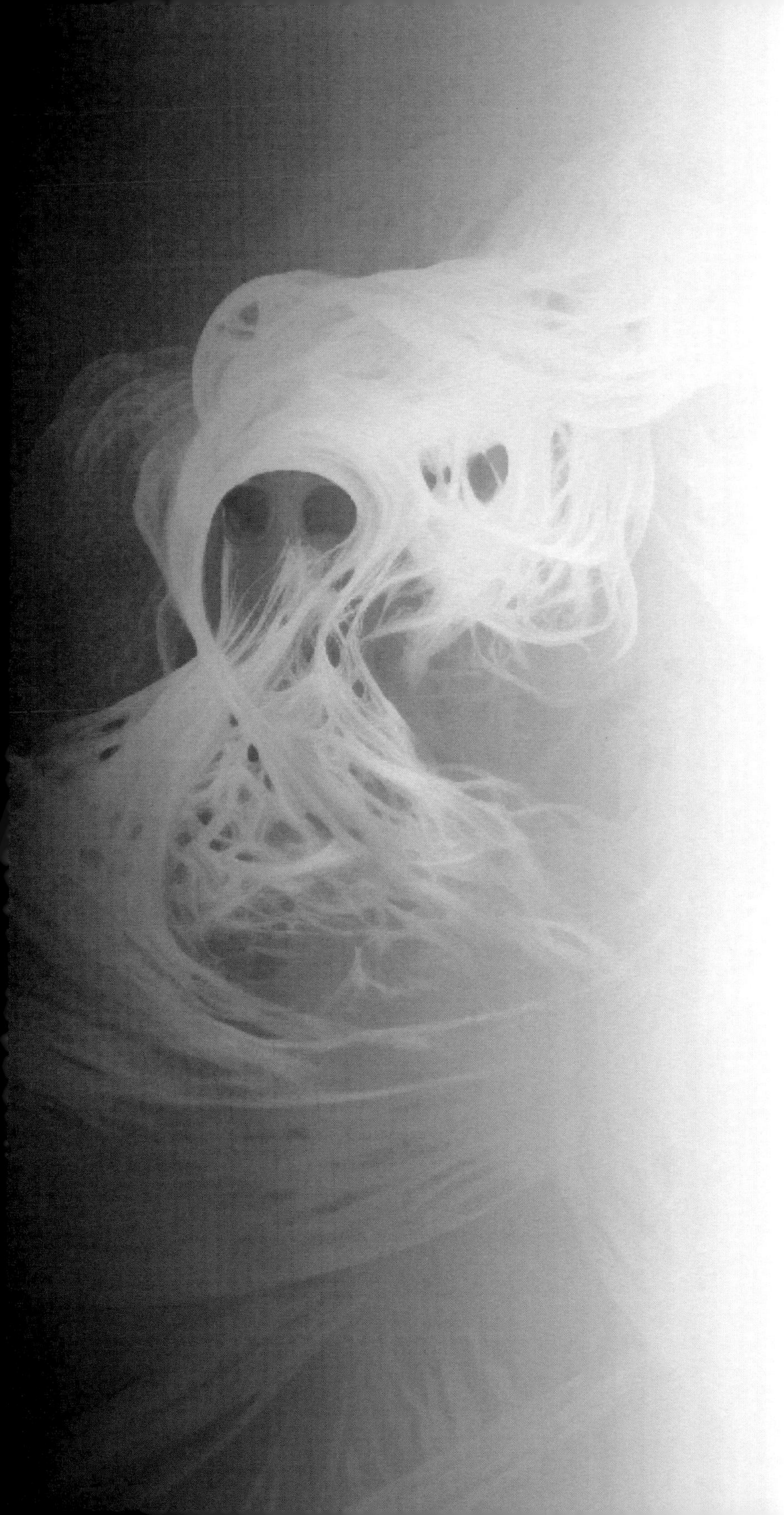

窮則變

這一陣喧譁，把樓上的西門博士也驚動了。他由屋子裡罵出來道：「一百次坐轎子，就有一百次爭吵著轎價，什麼樣子？今天我非……」說著，他伸出頭來看了一看，只見另外有兩個女賓陪伴了太太回來，便不曾把話說完，嚇得將頭向裡一縮。西門太太只當沒有聽到他的言語，日裡喊著：「張太太，李太太，你們隨我來。」樓梯板擂鼓也似一陣響著上了樓去。

亞男由屋子裡趕出來，卻向這三位婦女的後影，呆看了一陣。雖然看不到這兩位婦女是什麼臉子，卻見他們穿著花綢旗袍，短短的罩著淡黃或橘紅的羊毛繩短大衣，紅綠色的高跟皮鞋，在光腿下越發引人注意。頭髮燙著麻花紋兒，腦後披著七八綹，這便是新自上海流竄入內地的裝束。每人手上都有個朱紅皮包，上面鑲著白銅邊，雪亮打人眼睛。亞男等他們全上去了，然後冷笑一聲道：「這就是抗戰時代的婦女！」亞英道：「我真不解她們也是這樣晝夜忙著，不知忙的是些什麼！她們自己瞎忙不要緊，你知道要遺誤別人多少事！假如不是她們這裡面的分子，晚上也要活動，我們就不會受到這種損失。」區老太爺皺眉頭，揮著旱菸袋道：「這話無討論的必要了。現在最要緊的，是各人檢點著自己現在最需要補充的是什麼？」亞英聽到老太爺這個提議，並不感到什麼煩惱，也沒有答覆，卻昂起頭來，張口哈哈大笑。老太爺口銜菸袋，望著他，倒有些莫名其妙。

亞杰道：「不是我說話率直，事到如今，是個勸告的機會，我不能不說。我覺得二哥就是好講虛面子，以致有許多事，都不能去做。若說到虛面子，那套被偷的西服作祟最大。如今沒有了這套漂亮的西服，走到馬路上，根本不像個有錢或體面人，反正是不行了，有許多不肯幹的事，如今不能不予。譬如說，你先前穿那套漂亮西服，要你在街上擺個香菸攤子，那就不大相稱。以現在穿的這身衣服而論，倒無所謂，作小生意的人，儘管有比你穿得還好點的。」亞英道：「真的教我去擺紙菸攤子？」亞杰道：「譬方如此說，最好你是犧牲身分。論這身分，並賣不了多少錢一斤。」亞英低頭坐著，好久沒有作聲，最後他突然把兩隻破鞋穿起來，一挺身子就出去了。區老太爺連叫了幾聲，他也沒有答應。

亞杰道：「他急了，少不了到朋友那裡去想法子，隨他去吧。我們還得繼續奮鬥。米是有了，早飯菜還沒有，我去買菜吧！」說著，由廚房裡拿出個空籃子來。老太爺道：

「買菜你有錢？」亞杰在衣袋裡摸了一摸，抽出空手來，沒有作聲。老太爺到屋子裡去，取出幾張鈔票來，交給區老太太道：「這是前天留下來買菸葉子的錢。」老太太道：「你的菸葉子，昨天就快完了，你不買菸？」老太爺道：「還吸什麼旱菸？我戒了吧！吸菸也當不了一頓飯。亞杰，拿這個去買菜！」亞杰轉身走著道：「我不忍……」只說了這三個字，嗓子就哽住了，眼圈兒也紅了。老太太道：「你不把菜錢拿去嗎？」亞杰道：「可憐老太爺什麼嗜好沒有了，吸袋葉子菸的錢，作兒女的哪忍分了他的？他是六十多歲的人了！」他一手揉著眼睛，低了頭走出去。

老太太本無所謂，被第三個兒子這兩句話說過，她想到這位老伴侶，作了一生的牛馬，作「等因奉此」的老祕書，作每天改百十本卷子的國文教員，所有心血換來的錢，都作了這群兒女的教養費。抗戰以來，索性把故鄉破屋數椽，薄田數畝，一齊都丟了，不願他兒女去受敵人的蹂躪，全家入川，他終於是為兒女吃苦。他要連葉子菸都不能抽了，少年夫妻老來伴，她比任何人要同情這位老伴侶。站著呆呆一想，心裡一陣酸楚，益發拋沙般落下淚來。區老太爺當然明白區老太太是為什麼哭，便向她連連搖頭。

亞雄由屋裡出來，向父母搖著手道：「好了，這件事不用再提了，丟了破了壞了的東西，回頭也不用回頭去看。要不，全家懊喪得半死不活，那偷衣服的賊，他也未必能把衣服給你送了回來。」這兩句話，倒是老兩口子聽得進的，各自垂了頭坐在堂屋椅子上，默然不語。

就在這時，手杖打得樓梯啪啪有聲，西門博士走了下來。到了堂屋裡，向外面叫道：「老王，你們三個人都來！」三個轎伕由旁邊廚房裡走出。西門德道：「我現在境況不好，玩不起轎班了。算算你們日期，差一個禮拜才滿月。但我也照一個月的工錢給你。我也不說你們占了便宜，省了一個禮拜的伙食，那錢也很可觀。」說著在衣袋取出一疊鈔票，分散著三個人的工錢。然後昂頭長嘆了一口氣，在身後椅子上坐著，兩手抱了那根手杖在懷裡，默然不語。那三個轎伕拿著錢在天井裡唧唧咕咕，合了一陣帳。西門德道：「扣除你們所預支的，還給了這些錢，少給了嗎？」轎伕老王道：「錢是對頭的。今天歇工，我們不一定就找到活路，伙食墊不起，我們情願抬滿這一個禮拜。」西門德站在堂屋中間，抱了拳頭向他一拱手，笑道：「三位仁兄，對不住，從今天早上起，我不去抬轎給人家坐，所以我也不要你們抬我。我不到月，發給你們一個月薪資，目的就是在省這一個禮拜的伙食。你們不走，我必得天天坐了轎子去找人。想了一晚上的計劃，都要推翻，哪裡辦得到！」說著只是抱拳。

轎伕見沒有希望了，只好垂頭喪氣走去。西門德又坐下，只是搖頭。

區老太爺看到，便禁不住問道：「怎麼？博士突然改變辦法，把轎伕開消了！」西門德道：「實說，這是受到你們的影響。我看到你們為了這個『米』字，晝夜在想辦法。我家裡倒養著三個能吃的大肚漢，相形之下，我未免太不知道艱苦了。」區老太爺道：「博士走不動路，坐轎子是為了工作，那也不能說是浪費。」西門德道：「我坐轎子到處跑，也無非是把轎子抬人。我坐轎子得來的錢，恐怕不足養活抬我的轎伕。我為什麼不把他們辭了？自今後以，我不要人家抬我，我也不去抬人。」區老太爺道：「博士又在說氣話。」西門德道：「說什麼氣話？那是事實。我們是念過兩句書，而手無縛雞之力的廢物，就需要有力的壯漢來抬。同時，那無知識也無力氣、但有權而又有錢的人，又需要我們知識分子去抬。我們借人的腳，作我們的腳，別人就借我們的腦筋，作他的腦筋。我看起來，我們還不如轎伕。轎伕只用槓子抬著我們，我們抬人，看人的顏色作事，順著人家口氣說話，老實說一句，混的就是兩個拍馬錢。難道念書的人，他會不知道拍馬是可恥的事？無如自己要花錢，另外還有人找著你要錢花，內外是雙重的牛馬！」西門德越說越氣憤，嗓音也隨著特別提高了。

忽然樓欄杆邊有人插嘴道：「雙重的牛馬！你煩厭了，不會不做嗎？」那正是西門太太的聲音。西門德將手杖在地面上用力頓著，叫道：「我是不做了！我弄得這種狼狽，全是受你的連累。」西門太太道：「你不慚愧，你自己沒本事！」西門德道：「你不但連累我，連鄰居都受你的累，不是你昨晚三更半夜向外跑，樓下怎麼會失竊？你說，你說！這是不是你的過！」西門德覺得這句話是得意之筆，一直追問著，走到天井裡，昂頭望著樓上。那西門太太果然無辭可措。可是她口不答覆，借了別的東西來答覆。嘩啷一聲，一個茶壺由樓上丟了下來，拋在西門德腳下，砸了他一身的泥點和水點。出於不意，他也嚇得身子一抖。西門德道：「好哇！你敢拿東西來砸我。你倒不怕犯刑事！」西門太太在樓上答道：「犯刑事又怎麼樣？至多是離婚，我不在乎這個。你可以對我公然侮辱，我就可以把東西砸你！」西門德覺得隔了樓上下這樣打架，實在不像話，而太太脾氣來了，又不是可以理喻的，一言不發，就走出大門去。好在自己預備了走的，帽子和手杖都已帶著，也不必怎樣顧慮了。

樓下區家這家人，正為了生活而煩惱，偏偏遇到樓上兩口子吵架，大家反是默然坐著。大小姐區亞男，這時在舊藍布大褂上罩了件母親不用的青毛繩背心，就向外走。老太爺道：「你也打算去想法子，補上失竊的損失嗎？」亞男道：「在家裡也是煩人得很，出去找同學談談，心裡也寬敞些。」老太爺道：「吃了飯再出去不好嗎？」亞男道：「我不在家裡吃，向外面打游擊去。」說著，就搶步走出門去。亞杰跟著走出來，只管喊叫，但亞男在路上次轉頭來，看到有很多鄰居在外面，只看了看哥哥，卻沒有作聲，直接走了。

他們家向外不遠，就開始上坡，亞男心裡有一種說不出所以然的氣憤，走路也有了腳勁，往日上這三四百級的坡子，看到就有點兒懼怯，走一截路，便得休息一陣。今天卻是一口氣就跑了二百多層坡子。在坡子一轉彎，略有平地的所在，身後卻有人輕輕的叫了一聲「區小姐」。回頭看時，正是西門德，他坐在一塊平石板上，兩手抱了一隻手杖，半彎了腰，只管喘氣，面孔紅紅的，額角上冒了豌豆大的汗珠，亞男便站住了，笑問道：「老早我就看見了西門先生出來了，現時還只走到這裡！」西門德在衣袋裡掏出一塊手巾，擦了額上的汗，搖了搖頭道：「真有點吃不消！」亞男道：

「博士，你不該把轎伕歇了。我說句不客氣的話，你是和轎伕分工合作的。」他笑著點頭道：「對極了。小姐。他們抬我，我又抬人，總而言之，大家是轎伕。不過我已不打算抬人了，所以也就不用合作。你把出門的衣服都丟了，這是受我家吵架之累。我很抱歉。」亞男道：「想穿了倒也無所謂。我原來想找點工作，家父反對，現在也許不反對了。」說著又鼓了勇氣，很快的上著坡子。西門德望了她的後影，心想，人生非受逼不可，不逼是不會奮鬥的。我借了太太這一逼，大可奮鬥一番了。

就在這時，山坡上有個人穿短袂襖褲，禿著和尚頭，手臂上搭了件薄呢夾袍子，直衝下來。西門德看到這個人來得頗為匆促，便站了起來，手扶了斯的克，向他望著。他來到面前，向西門德望了一望，然後拱著兩手道：「西門先生，好久不見，幾乎不認得了。」西門德道：「哦！你是柴自明老闆，自從宜昌分手以後，說話之時，便是三四年，現在生意可好？」柴自明將手摸了和尚頭道：「還是這樣胡混，我在報上常看到西門先生的大名。」說著，將手掩了半邊嘴，對了西門德的耳朵，輕輕唧咕了兩句，然後問道：「這個人，先生認識嗎？」西門德忽然心裡一動，這傢伙是個生意經，向來就是個囤積家，如今是囤積發財年，豈肯白白的離開這發財的熟路？只因他缺乏政治頭腦，商業要經過某一種路線的時候，就不免碰壁。他這一問，必有原因。雖然所提的那個人，不過是在會場上見過兩面，並無交情可言，可是說是熟人，也不算欺騙，便點頭笑道：「那是極熟的人。」柴自明道：「我想請回客，請他吃頓飯。西門先生可以替我代邀一下嗎？」

西門德這就用得著他的心理學了。心想，像他這種人，一錢如命，哪會無端請一位陌生的人？

這裡面大有問題，且再老他一寶，看他說些什麼，因道：「柴老闆，現在請一頓客，你知道要多少錢？」柴自明笑道：「我預備一千塊錢請客。西門先生，你說要吃哪一家館子？」西門德腦筋一轉，更是明白，便笑道：「既然如此，你必有所謂。必須把真意思告訴了我，我才可以與你加以斟酌。」柴自明抱了拳笑道：「沒有站在路上說話之理，我來先小請一回客。」西門德心想，早上正沒有吃飯，樂得擾他一餐，因道：「我們慢慢走上這坡子吧。」柴自明向路邊吊崖上一指道：「不必上坡，就在這裡吧。」

西門德看那裡有一座半靠懸岩的木板吊樓，有兩幢夾壁樓，都歪了。樓板上放了幾張半新舊桌子，門口平坡上倒有幾張支架布躺椅，夾了兩張矮茶几，是個小茶館。上下坡的轎伕，常在這裡歇梢。這個地方，要他請什麼客？不過有話要說，總不能站著了事，只好隨著他走了過去。

柴自明笑道：「就在這布椅子上躺著，這裡非常舒服。」於是替西門德要了一碗沱茶，自己要了一碗白開水，夾了茶几坐下。他又知道西門德是吸菸的，在菸攤子上買了兩支老刀牌香菸，放在茶几上。西門德看到這種招待，心裡頗不痛快，覺得你如何這樣慳吝？好吧，你要託我作事，我要你大大的破費一番。便取了一支菸吸著，並不理會他所託的話。柴自明喝了幾口開水，忍耐不住了，伸了伸頸脖子，笑道：「西門先生，你是知道的，我因為家鄉出棉花，對於這路貨物，比較在行，現在手上有一點現貨。」西門德道：「現在行情好，你可以丟擲一點去呀！」柴自明又用手摸了兩摸和尚頭，因道：「我正為這事打主意呢。」西門德假裝不知他的用意，笑道：「這打什麼主意？拿出來賣就是了。」柴自明又將手掌掩了半邊嘴，伸到茶几這邊來，向他低聲笑道：「這個日子賣出十包二十包棉紗去，那是惹人注意的事。我的現貨，現存在鄉下，若是大挑小擔在街上走著，似乎不大好，非得……」說著映了兩陝眼睛，便坐下去，不繼續講了。西門德道：「你這意思，我有點明白了。莫非……」於是將茶碗蓋舀起一些茶來，用食指蘸著茶，在茶几上寫了三個字，笑道：「柴老闆，是不是這意思？」柴自明突然挺起身子來坐著，將手拍了大腿道：「西門先生是聰明人，一猜就著。」西門德道：「你打算賣出多少包，一百呢？二百呢？」柴自明笑道：「也沒有許多，賣個六七十包，先應用吧。」西門德笑道：「柴老闆好大口氣，賣六七十包應用，你哪裡有那麼大的開銷？據我猜想，那些棉紗可以蓋一座大洋樓了。」柴自明道：「當然不是為了零用過日子要錢，上個比期，我又買進了一點別的貨，現在要付錢給人家。」

西門德道：「我本來不是作生意的，對於這類事情，我也不感到興趣，不過為了我們的交情起見，我可以幫你一點忙。」柴自明抱了拳道：「事成之後，兄弟一定重謝。」西門德道：「我不圖你謝什麼，將來你們再作什麼生意的時候，讓我加入一分股子，我就高興的不得了。」柴自明聽著，又拍了一下大腿道。「你先生算是明白了，還是作生意可以碰碰運氣。不過作生意也有許多困難，眼光不準，連本都會蝕光。」西門德笑道：「販西瓜遇到連陰天，那也只好說是命不好。」柴自明道：「這靠天吃飯的事，當然不能作準，兄弟的生意，卻是腳踏實地的。若是博士願意幫兄弟這個忙，我願送前途一萬元酬勞。說的這個數目，並不包括西門先生的車馬費。我這錢，並不是送禮，是作生意，先生要明白這一層。」西門德一想，他若果要賣出一批貨的話，約莫有三五十萬元的收入，拿出五十分之一二來作交際費，實在也就不算多。因道：「好，我替你跑一趟，縱然不成功，也並不蝕本。」

柴自明會了茶東。西門德咬住了牙齒，將手杖點著石坡子，一步一步的向上爬著。他心裡也曾想著，柴自明看到自己這樣吃力，也許會替自己僱一乘轎子，卻不想他依然搭了長衣服在手臂上，他倒就向坡下走去了。西門德想道：「這市儈，他肯出一萬元作生意上的交際費，我這個跑路人，他倒連轎錢也不肯出一文！」轉念又想，天天到陸先生那裡去聽候訊息，始終沒有個著落，倒不如去另找一條路出來。柴自明說的這筆報酬，不大不小，有手段，硬把這一萬元拿過來，也足夠兩三個月用途。不用說，太太也就要什麼有什麼，不會因所求不遂，就找了女朋友來麻煩。好在所要見的這個人，在會場上也常見面，試著談談，能碰點機會，也未可知。心裡只管打著主意，不覺將坡子爬完，到了馬路上，沒勇氣繼繼走路，只得向街邊停的人力車試探一下車價。那車伕兩手把車把抱在懷裡，高高的舉起，有一步沒一步走著，想是累了，被人連叫了幾聲，才回轉頭來，問聲哪裡？西門德告訴了他的地方，他拉了車子走著，隨便答道。「三塊錢！」西門德聽了，真是無話可說。他自是值不得還價，也無從還起，慢慢走了一截路，經過一個停人力車空場，向停著的車子問價錢時，至少的也要三塊半，他於是下了最大的決心，還是走向目的地去。好在手上拿的這隻手杖，還可以幫一點忙，於是走一步，將手杖在地面上點一下，慢慢的在馬路上點著走。半小時的工夫，終於走到了目的地。

這是新住宅區的一家洋式樓房，主人是藺慕如，朋友一致恭維他，叫藺二爺。自己也不知道主角肯不肯見，且向門房裡投下名片。算是機會不錯，藺二爺在家無客，見了名片，立刻把他引到客廳裡想見。藺慕如穿著灰嗶嘰袍子，全身沒一點皺紋，長圓的臉上，架了玳瑁邊眼鏡，下蓄一撮小髭鬚，神氣十足。見面一握手，便笑道：「前天會場上的演講辭，非常之好。」賓主分在沙發上坐下，聽差就敬著香港來的三五牌紙菸和北平來的好香片茶。西門德向這客廳周圍一看，什麼陳設不必計較，就是腳下踏著的這寸來厚的地毯，也就是在戰時首都的上等享受。當政客看到他這種樣子，也就不可為而可為了。這樣想著，心裡立刻有了很大的興奮，談了幾句時局，又商量下星期開一次經濟座談會。藺慕如笑道：「博士，我這裡沒有官場架子，希望你常來談談。我有一個公司組織的規章，正在謄寫中，明後天請你來看看。」西門德笑道：「好的，我另外有件事想和藺先生談談。這些時候，棉紗漲得可觀。」藺二爺正色道：「那實在希望政治上發生效力，加以取締。」西門德笑道：「我的來意相反，不過與我也無干。我路上有一位朋友，並非商家，逃難帶了些棉紗入川，因為是全家生命所託，原先沒有賣掉，現在……」說到這裡，正好聽差送上茶杯來換茶，西門德頓了一頓，藺二爺瞪了那聽差一眼，聽差便退出去。西門德道。「他們倒是想在眼前賣掉若干，只是公開的賣，他們為人膽小，怕招搖生事。」藺二爺微笑道：「想做黑市？這個，博士外行啦！」西門德道。「唯其如此，所以我來請教。聽說二爺路上有兩家紡織廠。」藺二爺端起茶杯來，呷了一口茶，沉吟著道：「我不便介紹。」沉吟了一會，又問道：「但不知有多少貨？」西門德道：「大概要賣的話，總在三十包以上。」藺二爺笑道：「我們到裡面書房裡去談吧。順便我還可以辦點別的事情。」於是引著西門德同到裡面屋子裡去談話。

好大一會，西門德口裡銜了真正舶來品的雪茄走出來，那短褂子小口袋裡，還另外揣了兩支雪茄。藺二爺笑嘻嘻的向他握手道：「明天晚上，在舍下吃臘肉，你不可失信。」說著又握了握手，方才告別。西門德走出屋來，幾乎疑心這事是在夢中。可是回頭看看藺公館。房屋高大，是眼前很現實的富貴人家，怎能說是夢裡所見？這時，心裡是有所恃而不恐了，看到路邊車子，便依了車伕所要的車價，坐車去找柴自明的寓所。到了寓所，卻讓西門德大吃一驚，他所住的是最大的一家旅館，而房間又是旅館中最大的一間。門牌上寫著「合記」，不是頂頭遇到他，幾乎不敢敲門。西門德曾有一位坐飛機從遠道來的朋友，在這裡住過，問過房價，高得嚇人。

柴自明將他引到屋子裡坐下，見先有兩個穿漂亮西裝的朋友斜靠在沙發上吸紙菸。柴自明介紹一番，倒是這裡的真正房主人，他們合開房間接洽生意的。他們知道柴自明最近有兩筆大買賣要作，也請他在這裡接洽。這兩位西裝朋友，一位是錢尚富經理，作運輸業，一位是郭寄從老闆，作五金西藥。聽到西門德是一位博士，又對某方面談得上交際，十分歡迎，立刻拿了一聽三炮台紙菸放在茶几上，請西門德吸。他正想著，每支紙菸恐怕比戰前一聽菸還貴，他們卻隨便抽。這個想法沒有完，那錢尚富在旁邊屜桌裡拿出兩個盒子來，笑道：「請西門先生喝點咖啡，也有巧克力糖，是真正來路貨。」西門德笑道：「一罐咖啡，現在要賣幾百元了吧？」錢尚富笑道：「沒有，沒有！我們是順便帶來的。」說著叫茶房來，將兩罐子咖啡交給他去煮。

西門德一看他們這排場，就知道都是真不二價的財神爺，對柴自明說話不免要另外裝一些精神，便先提到對藺二爺交涉之難辦，再提到自己三說兩說，他居然肯幫忙。不過那一萬元的交際費，在往日不算少，在今天不算多。柴自明聽了，便和錢、郭兩位商量了一陣。郭寄從一抱拳頭道：

「凡是仰仗，只要事情辦得順手，那我們就勸柴老闆慷慨一點子。這回辦順了手，以後還少得了繼繼進行嗎？」西門德道：「那方面大致說好了，由兄弟介紹，向紡織廠交貨，貨價照市上行情打個九五折。不過有個好處，不問你有多少貨，在本埠交錢，或在香港仰光交錢，也無不可。」這句話，引起錢尚富極大的興趣，站起來一拍手道：「這太好了！柴兄，你看在可以得外匯份上，就把價格看鬆些吧！」西門德道：「原來前途是要九折，經我再三說，才肯九五折。」他取了一支炮台菸，仰在沙發上吸起來，向半空裡噴著煙，表示他很得意，而又很不在乎的樣子。

郭寄從連連向柴自明丟了兩個眼色，笑道：「好，就此一言為定吧。我們去吃個小館子去！」西門德道：「那倒不必，我還有點瑣事，只要一次交易成功，往後常共來往，叨擾的日子就多了。今天晚上我邀了前途小敘；本待邀三位共去，又怕不便。」錢尚富道：「已經教博士多費神了，豈有再要博士破鈔之理？柴老闆，你可先付出今天晚上的酒席費來。」柴自明究竟還是初次加入這個大刀闊斧的交易群中，口裡連說「是，是」，卻沒有怎樣見諸行動。那錢尚富生怕他誤了大事，立刻在身上一掏，掏出一卷鈔票送到西門德手邊茶几上，笑道：「勞駕，勞駕！都請幫忙。如有不敷，自當補上。」西門德說聲今天晚上要代請客，實在不過是多賣點白水人情，並無其他作用，錢尚富這個作風，倒教他不知如何應付才好。因笑道：「這倒不必，縱然花幾文，請一回客，也算不了什麼。」郭寄從道：「西門先生，必須收下，不然，我們透著沒有誠心了。」西門德心想，你們這些奸商，大發國難財，泥沙一般的用著。千百元在你們手上，正和我們三五元差不多，我不用，也是白不用了。你們還不是拿這錢狂嫖濫賭，胡吃胡花去，我落得用他這幾個錢，便向錢尚富笑道：「作生意的人，每文錢都是血本所關，我怎好慷他人之慨？」郭寄從道：「博士為柴老闆請客，怎說是慷他人之慨？還是請你收下吧！」

西門德雖向他們客氣著，手上可捏住了那捲鈔票，扶了手杖，待要站起。郭寄從笑道：「西門先生不忙走呀，煮的咖啡還沒有送來呢！」西門德聽著，臉上倒不免一紅，因笑道：「何必這樣客氣？」柴自明尚未開口，在炮台菸聽子裡取出一支菸來舉了一舉道：「這些東西，都是便車子帶來的，他們平常就是這樣用著。」西門德笑道：「只要一回生意作成功，就是花錢買這些日用品，那也耗費得很有限。」郭寄從笑道：「倒不是一定說來得便宜，在社會上交朋友，總要大家有福同享。我們常常向外面跑動的人，這些輕便易帶的小玩意，總要帶點回來，以便在重慶的朋友，嘗個新鮮。不久我們有人到海防去，博士要什麼東西，只要是好帶的，我們一定從命。」西門德道：「我倒不需要什麼，除非內人要點化妝品。」錢、郭兩人聽說，異口同聲的說一定帶到。說著茶房送上四杯咖啡來，而且還是白瓷缸子盛了方塊糖，送到客人面前，讓客人自加。

西門德已經看出這兩個商人，很是有錢，而且手面也很大，也就挑著他們願意聽的，和他們談了十來分鐘，然後告辭。錢尚富走向前和他握著手，緊緊的搖撼了幾下，笑道：「諸事拜託！」西門德看他們這情形，實在是倚重得很，將鈔票揣在衣袋裡，昂著頭走出了旅館的大門。看到有車子，也不問價錢，就坐上車子。車子到了巖上，又坐著轎子回家，上了樓，在堂屋裡便聽到臥室裡微微的鼾呼聲，正是太太打夜牌辛苦了，這時在補足睡眠。那且不去管她，便向對門屋子裡坐著，將不曾打破的啞謎，趕快揭曉，掏出那疊鈔票來數數有多少。當點數鈔票的時候，恰是女僕劉嫂曾在房裡經過一下，這也未曾予以留意，自己將帶回來的雪茄擦著火柴吸了一支，昂頭靠在椅子靠背上，便來默想這生活的轉變問題。

忽然西門太太搶著走進屋子來，帶了笑容問道：「哪裡來了一筆鉅款？你在陸先生那裡想得辦法了？」西門德看到太太的笑容，就不免心軟一半，只是在樓簷被砸一茶壺的事情，不容易立刻忘記，便向她冷笑一聲道：「你沒有事了？」西門太太靠了門框站定，因道：「問你話呢！你不要說的牛頭不對馬嘴！錢在哪裡？拿出、來我看看。」西門德依然昂了頭吸他的雪茄，並未作聲。西門太太走近，兩手搖撼著他的身體道：「多少錢？快拿出來給我看看。」西門德道：「你不用問我多少錢！」西門太太道：「喲！越說你越來勁啦！」說著將臉一板，兩手抄在懷裡，坐在旁邊椅子上。西門德倒不怕她生氣，有了錢哪裡沒吃飯睡覺之處！

夫妻默然對坐了一會，還是太太忍耐不住，她又站起來，手按了先生的肩頭，瞧了他微笑道：「真的，你拿了多少錢回來了？讓我看看。」西門德昂頭抽著雪茄，並不睬她。西門太太看到如此，就將兩手亂搓博士肩上的肥肉，因道：

「你拿出來不拿出來？你再不拿出來，我就要胳肢你了！」說著右手抓了猴拳，送到嘴裡呵上兩口氣。西門德最怕人胳肢，尤其是太太胳肢，「呵喲」一聲，笑著站了起來，因道：「這錢並不是我的，人家託我代為請客的。」太太道：「管他是誰的呢？反正我也不要你的，只是看看。你給我看了，前帳一筆勾銷。」

說著猛可的伸手在他衣袋裡一掏，手到擒來，將那捲鈔票完全捏在手上。她首先看到面上一張是百元的，立刻笑了。西門德伸手要奪時，她跑回到自己臥室裡去，人伏在床上，將兩手放在懷裡，一張張的數，那鈔票直數過了十六張，然後右手緊緊捏著，站起來向站在身後的西門德笑道：「陸先生怎麼給你這多錢？」西門德道：「你不要妙想天開了！這班大老官，無緣無故，他有整千的錢送人？我新認識了兩位生意人，他們因我介紹成了一筆買賣，拿出一筆款子來讓我請客。」西門太太道：「我不信！什麼吃法，一千六百塊錢吃一頓！」西門德道：「自然吃不了許多，但也有別的用處。」西門太太道：「我不管，這筆款子歸我了。你要請客，你另外去想法子。」說著坐在床沿上向博士傻笑。西門德板了臉道：「那不行呀……」西門太太已站起來將桌上泡著現成的茶，斟了一杯，兩手捧著送到博士面前，笑道：「好了，我向你正式道歉了。你還有什麼話說呢！」博士道：「哦，砸了我一茶壺，還是拿一杯茶我喝。」說著，扭轉身去。西門太太將茶杯放在桌上，抓住他的手道：「你接受不接受！假如不接受，我又要胳肢你了！」這句話，卻嚇得博士噗哧的一笑。

他們這裡在笑，恰好樓底下也在哈哈大笑。西門太太倒吃了一驚，以為樓下人在訕笑自己，向丈夫道歉，嚇得將博士推了一把。西門德走到樓廊上，扶了欄杆向下看時，只見區亞杰已套上了一條青布工人褲，套住半截青布短袄子，頭上戴頂鴨舌帽子，向後腦仰著，手上拿了一副黑眼鏡。博士道：「你們大笑些什麼？」亞杰笑道：「我剛才戴眼鏡回來，我父親竟不認識我，問我是找誰的。」西門德道：「果然的，你為什麼改成了這麼一副裝束？」亞杰道：「我明天就開車子上雲南了。」西門德道：「你真改了行？那麼學校裡的功課，交給誰呢？」亞杰道：「這是我很對不住那些學生的，只好由校長臨時去想辦法了。」西門德一聽，不是笑他，這才放了心，轉身去和太太辦交涉。

區老太爺還是坐在書屋椅子上，扶著旱菸袋吸菸，望了亞杰低聲微笑道。「樓上一幕武戲，似乎已經唱完了。據他們家劉嫂下來說，先生把一百元一張的鈔票帶了一大疊回來。有了這東西，夫妻還吵什麼架？這話又說回來了，吃書本子飯，也未嘗沒有辦法，博士頭銜，還是可以拿整疊的百元鈔票回家。」亞杰道：「博士也說過了要改行的，他之帶錢回家，焉知不是改行所得來的呢？」區老太爺道：「我們別盡談人家的事，亞英和亞男先後出門去了，到這時候還沒回來。沒有米吃，沒有衣服穿，應當慢慢想法，也不是一天能解決的事。」亞杰道：「其實，他們不應該急，米我已弄一大斗回來了，錢……」說著，在工人褲袋裡一掏，掏出一卷鈔票來，因道：「我向東家借了三百元路費，可以留下二百元來。」區老太爺道：「這裡到雲南也有整個星期的路程，路上哪裡就不用幾個錢？」亞杰笑道：「你老人家隔行如隔山。這條路上的同行，雖不見得個個都闊，可是一掏千百塊錢，拿出來幫朋友的，真不算什麼稀奇。我用中學教員的資格加入這個行業，倒還很得人家的同情。路上沒有盤纏，向同行朋友借個一二百元，那還有什麼問題？」區老太爺道：「這話如真，就悔不當初了。當你教書的時候，向同事借一二十塊錢，都不可能，你記得嗎？」亞杰道：「怎麼不記得？可是那個環境裡，一二十塊錢，真比我現子這個環境裡一二千塊錢還要難些。」

這時亞英由大門口走下來，一路搖著頭，走到堂屋中心，嘆口氣道：「真是那話，一二十塊錢，比一二千塊錢還要難找！」區老太爺皺了眉道：「你不要整天在外面瞎撞了。亞杰現在又可放二百元家裡零用，眼前個把星期，家中生活沒問題，你還是幹你的去。」亞英本是兩手插在褲子袋裡，兩腳就像有千斤重，緩緩走了來。這時，卻站定了腳，拍著兩手道：「我還幹什麼？我們那位主任先生，見我又去晚了，作事也沒有精神，把我免職了。我還有半個月的薪資，兼管會計的事務員不在家，也沒給我。」說著一歪身坐在旁邊椅子上，抬起一隻手來撐著茶几，托了自己的頭。

亞杰道：「這是好訊息呀！懊喪些什麼？一點顧慮沒有，你才好改行！」亞英道：「我改什麼行？拉人力車，我沒有力氣，擺香菸攤子，我沒有本錢。」

西門德在樓上聽了他這話，倒與他表示很大的同情，便口銜了雪茄，緩緩走下樓，笑道：「昨日為了我們家的事，連累你府上失竊，我實在抱歉得很。這個問題，拖到現在，似乎還沒有了結。賢昆仲所談的，不就是這件事嗎？」亞英道：「我們談的是改行問題，至於何以要改行，倒不是為了昨晚失竊，由於我們的衣食，發生了根本問題。」西門德將口裡雪茄拿出來，兩個指頭夾著，另將三個指頭敲了亞英的肩膀，笑道：「老弟，你若是要改行，我可以介紹你一條路，而且還相當的合適，不知道你肯不肯接受？」亞英道：「我現在已失了業，無論什麼餬口的工作，我都可以擔任。就是一層，不能受人家的侮辱。」西門德笑道：「受侮辱這句話，根本談不上。我介紹你去就的是位商人的組織裡面，他雖沒有和我談起，我知道他差著一位懂西藥的幫手。因為我去找他的時候，他茶几上公開的放著一封信，要託朋友和他尋覓一位懂西醫，而又不在行醫的人和他合作。看他那意思，是要和這人一路到海口上去買藥品，並借這人的力量，和醫界取得聯繫。我當時就想到老弟很有這份資格，只是我究屬於私看人家的信，未便開口。若你真有意思肯就，我不妨探問探問他。」亞英道：「果然有這麼一個位置，我倒極願相就。若能跑出海口去，無論弄點什麼貨物回來，就可以解決一下生活問題。但是一向不曾聽到博士與商家有來往。」西門德笑道：「我們還不是一樣？我也是感到生活壓迫，找不出個生財之道，也要走上作買賣的一條路。好在我不用掏資本，失敗也就無所謂。」亞杰見西門德滿臉是笑容，所吸的這支雪茄，香氣很醇，絕不是土製，父親說他帶了整卷鈔票回來的話，當非虛語。因道：「我倒不相信博士會去作『康密興愛金第』。」他覺得直說「掮客」，似乎不大雅聽，所以改說了一句英語。

西門德道：「我所辦的，居於委託公司與報關行兩者之間。孔夫子說過，富而可求也，雖執鞭之士，吾亦為之。如今是個致富的社會，我只圖找得著錢，就不問所幹的是什麼事了。」說著哈哈的笑起來。亞英拍手道：「好好！就是這樣說。我就跟著心理學……」西門德搖搖手道：「不要又談什麼博士碩士，博士碩士並不值半文錢！如今要談什麼老闆，什麼經理，才讓人心裡受用！」

區老太爺銜著旱菸袋，坐在旁邊，沉默了許久，把他們討論的事聽了下去。這時便插嘴笑道：「西門先生抬出孔夫子的話來作論證一節，我不反對。孔夫子也曾說：『窮則變，變則通。』他老人家並不是『刻舟求劍』的人。自然，他老人家『願為執鞭之士』的話，有點兒牢騷，也許就是在陳絕糧以後說的。」西門德吸了一口菸道：「《論語》上的這句話，前後文並沒有提到孔夫子受了刺激，我們怎能一定斷言他是發牢騷？就如《論語》所載，他老人家打算出洋，在『乘桴浮於海』上面，還宣告了『道不行』三個字。然而這富而可求，上面，並沒有如此交代一句，安貧無益，可見那是正言以出之了。乾脆說，就是孔子既不願作公務員，也不願教書，要改行去發財。」亞杰笑道：「這樣說，我倒是對了。但不知執鞭之士，是哪一類人？」西門德兩指夾了雪茄，另以三指搔著頭皮，笑道：「這倒是朱夫子注《四書》未能遙為證明。鞭子總是打馬用的，孔夫子斯文人，跑不動路，不會去羨慕趕腳的，這必是指的馬車伕而言。」亞杰聽說，不由得笑著跳了起來，因道：「博士究是博士，讓我頓開茅塞。孔夫子想發財，不辭當馬車伕，區區一個中學教員，為求財而開汽車，有何不可？爸爸，說兒子跟孔夫子學，絕不辱沒你老人家那一肚子詩書吧？」說著望了區老太爺。他有何話說，也只好哈哈的笑起來了。

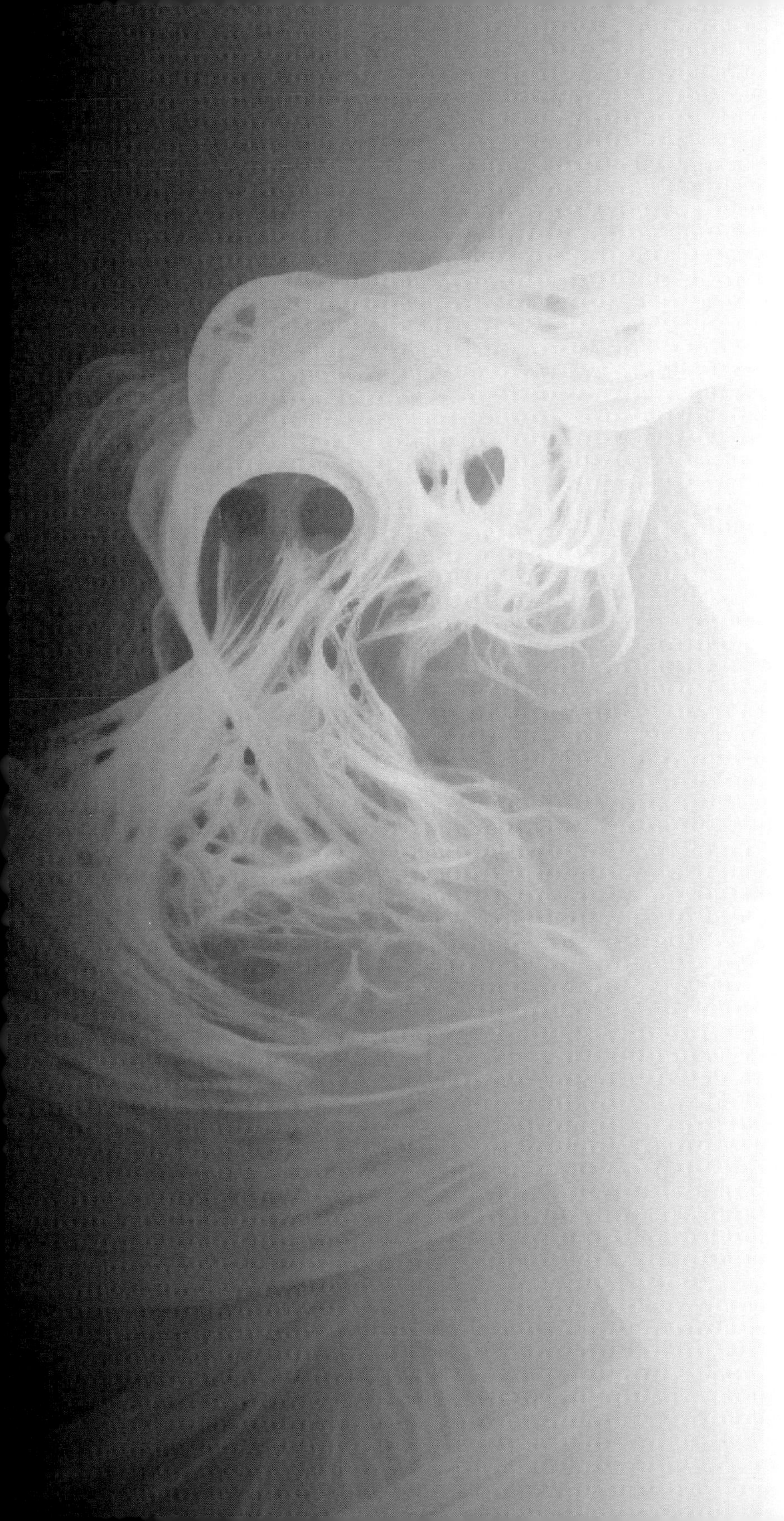

無力出力無錢出錢

在他們商量著改行有辦法之下，區亞雄腋下央著一個報紙包，有氣無力的走進堂屋來了。區老太爺對於這樣大年紀的兒子，依然還是舐犢情深，迎上前去問道：「今天又是字寫多了吧？」亞雄將那報紙捲兒放在桌上，深深的舒了一口氣道：「誰說不是？」說著在懷裡一陣摸索，摸出來一小包皮絲菸。這時區大奶奶已看到丈夫回來，便左手抱著一個孩子，右手提了一隻水菸袋，放在桌上，並且已經燃好了一支紙煤夾在菸袋頭子縫裡。亞雄接過水菸袋，將皮絲菸按上，就坐著接連吸了三四袋菸。西門德笑道：「我看大先生這番情形，菸癮得可以了。」亞雄道：「可不是嗎？你看從上午八點鐘辦公事起，一直辦到這個時候為止，雖說是等因奉此的玩意兒，但一封公事，有一封公事的理由，這理由不能說得圓轉了，就不能交卷，頗也費點腦力。」西門德道：「我是個外行，我就要發生疑問了。這公事稿子送到科長那裡去，少不了要刪改一番的，你又何必作得那樣好？」亞雄笑道：「博士，你以為那是教授先生改學生的卷子嗎？科長看到你起草的公事，太不合口胃，他可以把你叫去申斥一頓之外，再罰你重寫。科員偷懶，是科員自找麻煩。」西門德道：「原來如此，我們總聽到公務員在公事房裡不過是喝茶、抽菸、看報、擺龍門陣，照大先生如此說來，也不盡然了。」亞雄道：「你說的那種人，不過是極少數，是戰前的事。如今是喝白開水，抽菸沒那回事，誰買得起紙菸？看報也不是人人可以到手的。談話呢，儘是訴苦，辦公室裡簡直是座愁城。」

西門德笑道：「這回你兩位令弟，都改行了，要不然，你也改一下行吧。」這句話引得亞雄興奮起來，將手拍了一下大腿道：「博士，你可不可以找幾位名人和我介紹一下，我要走小碼頭行醫去了。」西門德道：「行醫？」亞雄道：「實不相瞞，我看過些中醫書，尤其《陳修園二十四種》，我看過一二十遍。我寫得出許多湯頭，雖不敢比名醫，但普通中醫所能的，我絕對能。在這個人口過剩的都市裡，中醫自然也是過剩，用不著我來插進一腳。可是內地小碼頭，就找不著一個普通醫生。尤其異鄉人疏散到內地去，對於醫藥發生極大的恐慌，若有下江醫生，知道得他們的生活習慣，那是極歡迎的事。我就知道有一個醫生到內地去行醫，單是每日門診，就要收到四五十元，出診是十元一次，轎子來，轎子去，又隨撈四五十元，也毫不費力，因之每日所得，總在百元上下。我相信我的醫道絕不在他們以下。我若到內地去找幾個知名之士，在報上登一則介紹廣告，一定行得通。」西門德道：「這事我可以盡力，但大先生有這副本領，為什麼不早早改行呢？」亞雄道：「這有兩個原因：其一呢，我覺得拿薪水過日子，雖是極少，也有個把握。多年的道行，不願丟了，不要以短期的困難，改變了固定的職業。其二呢，我究不信任我的醫道高明，若有錯誤，是拿病人生命當兒戲的事。現在第一個原因，已不存在了。第二個原因，我想臨診慎重一點，遇到疑難雜症，讓病家另請高明……」大奶奶道：「另請高明？當醫生的人，可以隨便說這句話的嗎？你一說另請高明，病家以為是沒有了救星，要嚇一跳的。」亞雄點頭道：「果然，作醫生的人，謙遜不得，只有相當的冒險。」亞英道：「我這西醫，雖不高明，但我相信對於病症稍有困難，西醫是絕不諱言棘手的。」

西門德笑道：「中國社會上的傳統習慣，父詔兄勉，總是勸子弟作官，經過這一番慘痛的教訓，以後就應該有人轉變了。」區老太爺笑道：「博士的意思，以後父詔兄勉，應該是教子弟作工。」西門德抽著雪茄，昂頭想了一想，因道：「作工當然最好，反正只要謀生有術，有種專門技術就成了。」區老太爺將嘴裡旱菸袋拖出來，先指著亞英，回頭又指著亞杰，笑道：「他兩人所學的只是半瓶醋罷了。若說專門技術，他們也未嘗不專門。」西門德搔搔頭皮，點著頭笑道：「這是我錯了。」亞雄將桌上放的那報紙捲開啟，裡面是信封信籤及一些公文稿紙。他一面清理著，一面說道：

「若論專門技術，我這套『等因奉此』的學問，和一筆正楷字，難道還是極普通的本領不成？」大奶奶還抱了孩子站在門邊，便笑道：「你那專門技術，就是換些信紙信封回來。」亞雄將手拍了拍報紙卷道：「我不像別人，還真不糟蹋公家東西呢！我又沒有什麼朋友書信來往，拿許多信紙信封回來作什麼？因為科長有幾封私人信件，託我在家裡辦一下，所以帶些信紙回來。」西門德笑道：「你們科長的手段，也未免太慘酷了。你辦了一天的稿，回家來還不肯放鬆你。」亞雄道：「我們這位科長，還總算客氣的。對我說了一句請代辦一下。他若是硬派你寫，你也不敢違抗。你終日在他手下，若不受指揮，這事不能奈何你，他在別一件事人，找著你的錯處，盡量折磨你一下，你還是不能駁回一個字的。偷一次懶，可要受無窮的氣。」

區老太爺皺了眉道：「廢話！現在有工夫討論這一類的問題嗎？」亞雄笑著，在屋子裡拿出筆硯來，因道：「我還要趕著把這信件寫起來，晚上要過江到司長公館裡去一趟。」西門德笑道：「除了科長，又是司長有私人信札要你辦。」亞雄道：「今晚是科長、參事、祕書在司長那裡開一個聚餐式的小組會議。」大奶奶插嘴笑道：「哦！你有一頓吃了。」亞雄將頭一擺，冷笑一聲道：「一張紙畫一個鼻子，好大的面子。司長公館裡吃便飯，有我小科員的份？」大奶奶道：「那麼，你趕著去幹什麼？」亞雄道：「算上司看得起我，約我去問問幾件老公事的成例。」大奶奶道：

「當然，既沒有飯吃，也不會有地方留你在那裡過夜，到了深夜，你還要坐了白木船渡江回來……」亞雄皺了眉搖著手道：「嚕囌些什麼！在我沒有改行以前，我就得照著這樣幹下去。」說著在桌上攤開筆硯，就要坐下去寫字。

亞杰道：「我們在這裡擺龍門陣，會分了你的心思，你到我那小屋子裡去寫吧。」亞雄也覺得是，便去搬文具。那大奶奶一手抱了孩子，也來幫他。西門德向區老太爺點頭道：「你們大先生，真是個忠厚人，我看他實在太苦。他果然要走小碼頭行醫的話，就由他去吧，我多少可以幫他一點忙。」區老太爺靜靜的吸著旱菸，然後搖了兩下頭道：「這事恐怕不那麼簡單吧？登廣告要錢，印傳單要錢，出門川資要錢，到小碼頭去開碼頭租房子，布置家具，應酬應酬地方上人士，更要錢，豈是一個空身人所可去的嗎？至少也得一千元上下的資本。」亞雄由那小屋窗戶裡伸出頭來道：「對呀！若有這一筆資本的話，我還困住在這裡，等天上掉下餡兒餅來嗎？」西門德心想：一千元的數目，在今天某些人手上，真太不成問題。就像我，今日上午隨便兩句話，不就撈回一千六百元嗎？

他低頭沉思著，還沒有答覆這句話，只見西門太太又打扮得年輕十餘歲，臂上搭了夾呢大衣，手上拿了手提包，滿臉笑容，走下樓來。西門德道：「該吃晚飯了，又上街去？」西門太太抬起一隻腳來道：「你看看我這皮鞋，還是老樣子的，走上街去，都不好意思，該買一雙新的了。」西門德心思：什麼不好意思，分明是那十六張一百元的鈔票在作怪！太太見他沉思，便笑道：「你能等我一會吃晚飯也好。我給你帶些燻魚滷菜回來。」西門德道：「你吃了飯出去也可以呀。」太太笑著一扭脖子道：「不，我去吃回西餐去，老早我就想吃回西餐了。」說著她已很快的走了出去，遙遙聽到門外一片叫喊轎子的聲音。

西門德嘆了口氣道：「你看她錢燒得這樣難受，晚飯都來不及吃，就走了。」區老太爺笑道：「西門太太很天真！」西門德將腳在地上一頓道：「什麼天真？簡直是混蛋！」亞英笑道：「博士自奉甚儉，賺了大批的錢來，不交給太太去花，在別人囤貨狂的日子，博士只管將整卷的鈔票存到銀行裡去，也太無味。」西門德笑道：「你看我是能賺大批鈔票回家的人嗎？實不相瞞，今天我帶了一點錢回來，是代朋友作應酬用的，可是我在樓上聽到你們為生活而煩躁，我就覺著我今天和你們是一個對比，所以我自動的願意給你介紹工作。」亞英道：「那就極好了！博士出於正義感的行為，一定是誠懇的。我沒有別的話說，自當竭力圖報。」西門德口裡銜了雪茄，站起來雙手拱了兩拱，笑道：「你要這麼說，我就不好有所舉動了。我去看看晚飯預備到了什麼程度，我今天糊裡糊塗，忙了一天，還不曾正式吃著一頓飯呢。」說畢，就上樓去了。

亞英望了他的後影，倒有些後悔，彼此談得好好的，約他介紹職業一句謙遜的話，倒把事情弄僵了。亞杰看了他為難的樣子，扯扯他的衣襟，低聲道：「會演說的人，你相信許多作什麼？今天晚上，我們東家和我餞行，約了我和幾位開長途車子的見見面，順便想替你找找機會，就是你閒住十天半月，也不要緊。家裡有二百塊錢，又有兩斗米，每日開大門，暫無問題。你也不必過於焦慮。」說著向區老太爺道：「要我帶一點什麼東西回來嗎？」老太爺手扶了旱菸袋，搖著頭道：「我不要什麼。你不要喝醉了，早點回來吧。」區老太太接嘴道：「真是的，明天你又要到雲南去，這樣山高水遠的地方！」亞杰笑道：「這樣大的兒子，你還要關在家裡養著嗎？」他一面說著，一面向外面走去。

亞英回過頭來，見母親戴上了老花眼鏡，正在數著一疊鈔票，便笑問道：「老三倒真有辦法，車子沒開出去，米有了，錢也有了。這裡我倒有些疑問：他那張開長途車的執照，怎麼會弄到手的？」老太爺道：「他會開車，為什麼弄不到執照？」亞英道：「我說的是他拿不出領執照的那筆費用。」區老太爺道：「十幾塊錢，難道那有錢的五金行東家不肯替他代墊！」亞英倒沒說什麼，亞雄手上拿了正寫著字的筆，匆匆的由屋子裡搶了出來，笑道：「我以為亞杰這事未必成功，說著聽聽而已。現在真個要去，我倒也引為奇怪。你老人家知道這執照費需要多少？」說著將筆在手掌心裡寫了三個字伸給老太爺看道：「我就知道，有個熟人，弄到這樣一張執照，人情世故，他雖然很深，還是花了這多錢。」老太爺雖然是個極端莊重的人，看了這掌心裡三個字，是「五千元」，也不由得將舌頭一伸，因道：「怎麼要耗費這樣多的錢？戰前可以買一部好的汽車了！亞杰的東家雖然有同學關係，也不會幫這樣大的一個忙。等他回來，我倒要問問。」亞雄道：「他的東家，果有此心，把那筆款子借給我們，我們來開個小百貨店，兼賣點日用品，那是很像樣的鋪子了。」

正說著，亞男回來了，還不曾走過天井，手扶了大門框站著，就喘了一陣氣。區老太太見她臉紅紅的，手上拿了小手絹，當著扇子拂著，便道：「你這孩子也不聽話，有他兩個出去想辦法就是了，你又出去瞎忙些什麼？」亞男笑道：「在外面走起來，無所謂，一個地方不對，又跑一個地方，只是回到家來……」說著笑了一笑，腋下夾了一個報紙包兒，一跛一拐的走上堂屋來。老太爺道：

「那報紙包兒裡是什麼？」亞男道：「什麼？是募捐本子。我到會裡去找秦先生，她是我們常務理事，想託她找一點工作。秦先生看到我高興的了不得，說是現在婦女界獻金，分為十大隊募集，讓我作一個隊長。這是最光榮的職務，我自然得擔任下來。」老太太道：「那麼，你找工作的話，沒有和秦先生談起？」亞男道：「那我怎樣好意思談呢！我要說起來，倒好像我是推諉不肯幹了。找工作的事，遲一兩個禮拜再說吧。」

區老太太疼愛兒子，尤其疼愛這個女兒，她走近前來，伸手代理著她的頭髮，又替她牽牽衣領和衣襟，微笑道：「好，依著你的話再過一兩個星期。你愛國，出點兒小姐力吧。可是這一兩個星期的米和錢，你打算出在哪裡？」亞男道：「哥不是送米回來了嗎？」區老太太道：「算你飯有吃了。你成天在外面跑著募捐，難道身上一個零錢也不帶著，萬一……」亞男攔著道：「哪有什麼萬一？在街上好好的走路，還會撞翻了人家的汽車不成！只要家裡有米作飯，我吃飽了出去，就用不著花錢。」區大奶奶道：「妹妹回來了，大家吃飯吧，飯都涼了。」她說著話，左手抱孩子，右手端了一碗黃豆芽，送到桌上。亞英也幫忙，端了飯甑出來，放在旁邊木凳上，掀開甑蓋，兩手捧了一瓦缽子燒蘿蔔放在桌上。那蘿蔔的顏色，略帶微黃，上面夾雜了一些大蒜葉子。當這菜出甑的時候，倒有一股蒜葉香味。亞男伸頭看了一看，笑道：「這蘿蔔很好，色、香、味三個條件都有了。」大奶奶將碗放在茶几上，騰出不抱孩子的那隻手，將木勺舀著飯到碗裡去，一面笑道：「妹妹這話，有點兒俏皮吧，今天沒買醬油，蘿蔔白燒，顏色就是白的。妹妹，你知道吃醬油可是奢侈行為，如今一斤好醬油的錢，三年前我在南京要辦一席雞肉魚蝦的便飯啦！」

區老太爺道：「你還看三年前的曆書！你若再往前數，我們年輕的時候，二兩八錢銀子，要吃一桌八大八小的席。」亞英道：「何必談你老人家青年時候，前十幾年，上海老半齋，徽州館子，三塊錢的一鍋鴨，就足夠四五個人吃。你老人家不是帶我去吃過一回嗎？」區老太爺是到了五十非肉不飽之年了，他對於這家常飯，真不感興趣，可是又不能不吃，手上拿了一碗飯，無精打采的靠了桌子邊坐下，扶起筷子來，夾了兩根豆芽，放到嘴裡慢慢的咀嚼著。區老太太也盛了飯，坐在對面吃，因道：「明天一大早，讓亞英去買點肉來給老太爺煨點湯喝吧。」老太爺笑道：「你是看到亞杰放下了二百元法幣，覺得手頭又寬餘了。可是法幣有限，日子無限，十天之後，這二百元光了，你又打算怎辦？」亞男道：「我們的家用，要二十元一天？」她坐在老太爺手下，手扶了筷子碗，且不扒飯，偏頭望著父親。老太爺笑道：「這還是說有這兩斗米！」亞男聽了，心裡便想著：我去教書，至多六十元的薪水，對家庭能有什麼幫助？雖然說這種服務，也不過是掛一個名，並不用天天去，但沒有這筆收入，對家庭也不會有什麼影響，那是可以斷言的。她想出了神，手扶筷子碗，好久不曾吃飯。

老太太道：「在外面跑了一天，你勉強吃一點吧，我那窗戶台上瓦罐子裡，還有幾塊榨菜，你拿來吃吧。那東西又辣又鹹，足可以刺激你的味神經一下。」亞英笑道：「想不到母親也會講一些理論了。」區老太太道：「這都是在你們舌根下聽來的呀。以前每餐不斷葷鮮，沒聽到你們說什麼。如今餐餐吃蘿蔔豆芽了，吃飯的時候，就聽到你們說什麼滋養料了，維他命了，脂肪了，蛋白質了，蔥蒜殺菌了，辣椒刺激味神經了。我也有兩隻耳朵，我就不懂一點嗎？」亞男將筷子夾了一根黃豆芽，懸在空中，笑道：「媽，我考你一考，這裡面有些什麼成份？」區老太太點點頭道：「有蛋白質，也有脂肪，可以及格嗎？」這句話聽得老太爺也哈哈大笑。

在這歡愉聲中，大家把這頓蘿蔔豆芽飯吃過了。老太爺泡泡蘿蔔湯，僅僅吃了碗裡所盛的那大半碗飯，彎了腰拿起靠在椅子背後的旱菸袋，正待休息，突然七八個童子軍，擁了進來。前面一個年紀大些的，向區老太爺行了個童子軍禮。

區老太爺點頭道：「有何事見教？」那童子軍經他一說話，站著對他臉上注視了一下，笑道：「你是區老師，我叫蕭國楨，你認識我嗎？」區老太爺笑道：哦！你是南京自強中學附小的學生吧？他道：「是的，我們現在進中學了，今天學校裡同學舉行義賣獻金，區老師銷我們一點什麼？那些童子軍聽說這是蕭國楨的老師，有了辦法了，大家一擁而上，將老太爺包圍住。」

老太爺點點頭道：「我一定買，一定買。但是我買點什麼呢？」他說著向各位童子軍手上捧的義賣品打量著。有的是將磁托盆托了化妝品，有的是將木托盆盛了文具，有的是一隻籃子裝橘柑。心想自己身上雖有二百元法幣，可憐，這是兒子省下來的川資，家庭數月來最大的一筆收入，至少要維持半月家用。以十元錢小菜一天計算，就還不夠，哪有力量義買？然而這些天真的青年，根本就不容拒絕，何況人家還叫了一聲老師？折衷辦法，出五元鈔票吧。如此想著，他作了一件生平不大作的小器舉動，不敢將鈔票全掏出來，只是伸手到袋裡去摸索一陣，摸出一張鈔票來，偏偏摸出一看，不是五元的而是十元的。因拿了鈔票笑道：「我拿五元錢賣個橘柑吧，但這橘柑我也不要，依然奉贈各位再去賣給別人。」蕭國楨又行了個禮，笑道：「謝謝。」同陣的童子軍又道：「這是十元鈔票呀！我們剛走第二家，只賣了一塊五毛錢，找補不出來，怎麼辦呢？」一個最小的女童子軍，將一枝毛筆伸到老太爺面前，笑道：「請再買我一枝筆吧，區老師。老師一定比我們學生還要熱心！」區老太爺笑道：「好，我接受你的要求，這十元鈔票你們拿去，毛筆我也不要，也捐給你們了。」於是童子軍接過那十元鈔票，齊齊的行了個童子軍禮，拿旗子的童子軍奮勇爭先，帶了眾人轉過堂屋，蜂擁上樓去了。

區家人自去收拾飯後的桌椅，默然無人作聲，卻聽到樓上劉嫂子叫道：「作啥子？作啥子？先生太太都不在家！」接著樓上紛擾了一陣，才聽到西門德的聲音道：好啦，好啦！我出一塊錢就是了。我倒不一定買什麼，你們就放下一個橘子吧！亞男聽了，有些不服氣，沉著臉道：「我們這位博士，成天在外面公開演講，勸人愛國，他出了一塊錢，還一定要吃人家一個橘子！」老太爺坐在旁邊椅子上微笑道：「這麼一來，你那出去募捐獻金的勇氣，應該也減低一點了吧？告訴你一點訊息，你還要不平呢！他自己就表示過了，今天帶了一大批款子回來，比我們腰包裡就充足多了。」正說著，那群童子軍擁下樓來，老太爺向亞男搖搖手，叫她不必再提。偏是那群童子軍出門的時候，恰好一乘轎子歇在門口，正是西門德太太回來了，除了她兩隻手都提了許多大小紙包而外，轎子上還有一隻新藤籃，滿滿的裝了一籃東西。

她站在天井裡，昂著頭向樓上叫道：「劉嫂，快下來拿東西上去！」區老太太道：「讓我們亞英替你送上去就是了。」那些童子軍聽這話音，知是樓上女主人，而且看到她買這樣大批的東西，定是有錢的人，於是將她又包圍著，請她義買一點東西。

西門太太道：「你們沒有上樓去義賣嗎？」童子軍道：「賣了一個橘子，收入一塊錢。」西門太太道：「那就是了。現在的市價，頂好的橘子，一塊錢可以買到一二十個，我這就盡了一點義務了，請各位再走別家去吧！」那劉嫂被呼喊著下樓來了，在人叢中提著藤籃搶上了樓去。西門太太也就跟了後面一塊兒走去。當他們由堂屋裡經過的時候，一陣油雞香腸和水果的香味，襲入鼻端。那個年長的童子軍呆望了她後影道：「大大小小的，這些紙包，怕不要值一二百元，替國家盡了幾角錢義務……」區老太爺手捧了旱菸袋，向他們拱拱手，低聲道：「各位請吧！」

童子軍去遠了，那大奶奶才笑道：「一句區老師，叫去了我們一天的小菜錢。」亞男道：「這也沒得抱怨的，我們就歇一天不吃小菜，吃一天白飯，也沒關係。前方將士打起猛烈的仗來，還不是幾日幾夜下不了火線，豈但是吃不到白飯？」大奶奶笑道：「我不過自說一聲，並不抱怨。我們大小姐真是熱心，可是人世上就是這樣平均支配，給了你一顆熱心，就不給你一個銅板。那給了幾千萬家產的人，就不在他心上放出一點熱氣。」亞男笑道：「這真是文窮而後工，嫂嫂也會說幽默話了。」大奶奶笑道：「我知道這件事，老太太就十分不高興，可是一說出來，全家都要把國家大題目壓著她，她就受不了。」區老太太向他們笑道：「你們都愛國，只有老太太是涼血動物。」

正說著，西門太太下樓來了，撅著嘴道：「這些小孩子瞎胡鬧，隨便打發他們走了就是了。國家用錢，要都等著他們這些小孩子出來設法，那還了得！老太爺，這東西送你下酒。」她手上端了一隻磁碟子，放在茶几上。老太爺看時，裡面是醃板鴨與滷雞，另外還有一條燻鯽魚。老太爺「呵喲」了一聲，站起來道：「留著博士吃吧！這一盤子菜，還了得！比起我們全家一天小菜所用還要多得多吧？」西門太太笑道：「管它呢，花吧，有錢留在手上，也不能在這流亡的時候蓋座高樓大廈。」老太爺笑道：「菜是很好，不瞞你說，我還得花一元錢……」正說著，西門德一手拿了茅台酒的瓦瓶子，一手拿了玻璃杯子，下樓來了，笑道：「老太爺，真茅台，喝一杯，喝一杯。」說著，向杯子裡倒滿一杯送到茶几上來。區老太爺本來在心裡想著，無端的喝好酒吃好菜，生活程度這樣貴，未免……他只想到這裡，而玻璃杯子送來的茅台酒，已有一種強烈的香味，噴放出來，這也只好接著杯，索性送到鼻尖聞了一聞，笑道：「果然，是上好的茅台，現在是什麼價錢了？」西門德道：「棍子不怕貴，只要口味對。喝！不要問價錢！我上樓喝去了。」說著，他拿了酒瓶子走去。西門太太笑道：「你看他，我說是上街去買點東西，他就嫌花錢。如今把東西買回來了，他也要吃要喝了。只要可以買得到，哪個又不願去買呢？」她說話時，兩個手指頭，夾了個鹵鴨翅膀，送到口裡去咀嚼。又向老太爺道：「酒還多著呢，喝完了，再上樓來倒。」說著，笑著去了。

亞男等她上樓去了以後，才瞪了一眼，低聲道：「他們這一頓吃，若是幫助那童子軍一把，這數目就大有可觀了！」區老太爺笑道：「你倒沒有忘記募捐徵款這一類得意的傑作。你既領了那一疊子捐冊來了，就該慢慢的去跑路了。」老太太看到有酒有菜，已經取了一雙筷子，放在桌上，回轉頭來向老太爺笑道：「可以坐下來舒服一下子了。他們公事也好，私事也好，你暫時……」亞英站在一邊發呆得久了。

這時將兩隻手在衣襟上磨擦，望著老太爺道：「我有一句話想了好久，不好意思說出來，可是我終於要說出來了。那二百元法幣，我倒想向你老人家募捐若干，再出門去想點辦法。可是老三省下來作家用的錢，我又不好意思……」老太爺正端玻璃杯子喝著一口茅台酒，他便放下了杯子，伸手在衣袋裡摸出那疊鈔票，分了兩張交給他道：「你儘管拿去用吧。不下食，也釣不到魚。」亞英接著錢，見亞男望著他，便笑道：「是十元，不是二十元。」說著將鈔票一揚。亞男紅了臉道：「二哥，不是過於多心麼？我也並沒有說什麼，而況我雖沒有拿三哥的錢用，三哥拿回來的米，我吃了，三哥的錢買小菜，我又吃了，我又怎敢笑二哥用了他的錢呢？」亞英道：「好了，我一定……」他在「一定」之下，也沒加著什麼斷語，揣起那十元鈔票逕自走了。亞男見把哥哥氣走了，也沒有說什麼，到屋子裡去梳梳頭髮，帶了捐薄出去募捐。

區老太爺倒是「萬事不如杯在手」，很自在的端了杯子抿酒。他這大半杯茅台，快要乾了。卻見西門德拿了酒瓶子，笑嘻嘻的走下樓，舉起瓶子道：「老太爺，再來一點，不用發愁，天下也絕不會餓死多少人。你們亞英的事，交給我了。我在三天之內，一定替他找一個相當的職業。」說著，撈過他那個玻璃杯，便要向裡面注酒。老太爺道：「我不喝了，今天晚上，我還要寫兩封家信給我老弟。」西門德道：「寫兩封家信，也是平常的事，值得老太爺連酒都不敢喝。」老太爺道：「現在我們寫家信，不同往常了，連家中院子裡長的幾棵樹，最近盛茂不盛茂，我們都愛問上一問。同時，在這邊的生活情形，也都詳詳細細的寫著。老弟兄多年不見面，我們只好借了紙筆來談家常了。」西門德笑道：「原來如此，我想這一類家書，必定很可流露些性情中語的。」區老太爺搖搖頭道：「那倒不然。我不打自招，我們常在信上撒著謊，除了說大家平安之外，還要說一套生活安定，兒輩都有相當職業的話。因為不如此，徒讓家中人為我們掛念，事實上又絲毫無補，倒不如不把在這裡受罪的情形告訴他們為妙。」西門德笑道：「你又為孩子們的職業擔憂了。我不是說了給亞英介紹一個職業嗎？晚上他回來了，你讓他到樓上來和我談談。你家再有一個人賺到二三百元，就可以敷衍了。」他說著話，把那玻璃杯子又斟上了大半杯酒，放到茶几上，扭轉身要上樓去。

區老太爺忙道：「若是靠拿死薪水過日子，『敷衍』這兩個字，那是談不上的。我們總是這樣，上半個月列的預算表，到了下半個月就要全盤推翻。我是反正在家裡閒著的，把家事想著想著，就不覺得拿起紙筆列起預算表來。可是這總是白費精力，物價差不多天天在漲，從何處去預算起？」西門德笑道：「我家向來不作預算，連決算也從來不辦，每月到底用了多少錢，只有從這月收入多少錢都花光了一層上去推算出來。可是我們也沒有餓死，這好在我有一位……」這時西門太太由樓上正走下來，他只好將話停止了。

西門太太道：「老太爺，你們家三先生明天就要到昆明去嗎？」老太爺道：「大概是明後天走吧。現在是吃飯要緊，我也不反對他改行了。」西門太太笑道：「他真走，我倒有點事託他，我想託他在仰光和我買兩件衣料，買兩三磅毛繩，順便也可以帶點化妝品。」西門德哈哈笑了一聲道：「人家是運貨，可不是販貨，哪有許多錢和你墊上！」西門太太道：「不用他墊啦，我這裡先付幾百塊錢就是了。」西門德站在一邊，只管用眼睛向太太望著，意思是想阻止她向下說，可是她已經說出來了，也無從隱瞞，只好向區老太爺笑道：「女人永久是女人，無論在什麼環境之下，也忘不了她的衣料和化妝品。若是亞杰不感到什麼困難的話，就請他給我們帶一點來吧。我們雖沒有多餘的錢，太太一定要辦的話，我便借債也要完成這個責任。」區老太爺道：「大概買些化妝品的錢他墊得出，用不著先付款。」西門太太撩起長旗袍，露出裹腿的長統絲襪，伸手在襪統子裡一抽，便抽出一小疊百元額鈔票，先數了三張，交給老太爺道：「先存一部分在你這裡吧。你們三先生不帶走，留在家裡作家用也好。」西門德苦笑道：「看我太太這種手筆，襪統一抽，就是好幾百元，好像我們有多大的家產似的。其實我全家的家產，大概是都在太太襪統子裡。真有的人，可是就不這樣幹的。」西門太太算是懂得這意思了，笑道：「我們的家產，可不就是全在襪統子裡嗎？老太爺，你不知道，現在女人的衣服沒有小襟，安不上口袋，有幾個錢只好放在襪統裡了。不知道的，倒以為我們有了用不完的錢呢！」老太爺自知他夫婦兩人這般說話的用意，只是向他們微笑著，並沒有接著向下說，至於願否帶東西回來，這是亞杰的事，等他回來再定妥，便收了那錢道：「我先暖一暖腰吧，化妝品不成問題，也許衣料不大好帶呢！」西門太太道：「無論如何，毛繩是非託三先生和我帶兩磅不可的。若是三先生明天一早就走的話，也許我們碰不著頭，就請老太爺多多轉託他了。」她一路叮囑著，和西門德同回上樓去。老太爺少不了又有些新感慨，好在杯子裡還有茅台酒，且坐下來慢慢呷著酒，想著心事。

這時，天色已大黑了，在偏僻的街道上，四周多是田園，很帶些鄉村意味，已是靜悄悄的沒有一點市聲。區家小夥子們出去了，亞雄在裡面屋子趕著寫那幾封代筆信，好去過江交卷。老太爺在堂屋裡品酒，屋裡也沒有什麼聲息，除了聽到樓上博士夫婦笑嘻嘻的低聲談話而外，卻聽哄咚哄咚遙遠地有一種築地聲送了來。後來這聲音，越來越近，連屋宇都彷彿有些震撼。老太爺手扶了酒杯，偏頭聽了一陣，自言自語的道：「什麼？這晚上還有人大興土木！」亞雄放了筆，也由屋子裡跑出來，向四周張望著，自言自語的道：「果然的，有人大興土木，我出去看看，吵得我頭痛，簡直沒有法子寫信了！」說著走向大門外去。老太爺還在品他的酒，並沒有理會這些。

不多一會，亞雄走回來，後面跟著兩個穿破爛短衣服的人，他們走到堂屋裡，在燈光下向人點著頭，叫道：「老太爺，宵夜？」老太爺看他們上身穿了藍布短袷襖，敞了胸口衣襟，那短袷襖前後各破有五六個窟窿，下面穿了短的青布單褲，都露出了兩條黃泥巴腿，赤著雙腳。而他們頭上又恰是圍繞了一圈窄窄的白布，這表示著他們是十足的當地人。還未曾問他們的話，亞雄道：「他們工作得口渴了，要向我們討口茶喝。」老太爺道：「這外面打得哄咚哄咚作響的，就是他們嗎？」亞雄道：「可不是？我原來以為他們是什麼大戶人家要蓋洋樓過冬，其實不是，他們只是幾個窮苦勞動工人替朋友幫忙。我只好不說他們了。尤其是這兩個人臉上都帶著病容呢！」

老太爺站起身來，向這兩個人臉上看看，可不是就像塗了一層黃蠟一樣嗎？他們長長的脖頸子，尖削著兩腮，都表現他們瘦到相當程度，因問道：「你們是泥瓦匠嗎？怎麼這深夜還在動工？」其中一個人道。「老太爺，哪裡是呀？我們都是賣力氣的人。這一程子，天氣不好，打擺子，轎子抬不動，傢俬也搬不動，在家裡歇梢。」老太爺道：「既然是休息，為什麼又來作工？」他皺了眉道：「老太爺，沒有法子嘛！保長太婆兒過生日，沒有送他的禮，保長不高興，我們脾氣又不好，和保長吵過架的。保上有了事，當攤我自然是攤我，不當攤我也是攤我。你要說是生病在家裡歇梢，那更好，請你去出一身汗，病就好了。」

亞雄拿了一壺茶兩個飯碗來放到桌上，笑向他們道：「你們喝吧。我並不賣你們的錢。」這兩人只管將茶倒了，兩手捧了飯碗來喝。那個更瘦的人手裡捧著碗，顯然有些抖顫，口裡喝了茶下去，呵出氣來哈哈有聲。老太爺看他越發抖得厲害，便問道：「你這是怎麼了？」另一個工人端了碗茶喝，冷眼看了他，淡淡的向老太爺答道：「還不是脾寒又發了？夜擺子，硬是老火得很。」老太爺道：「這個樣子，怎樣作工？你們保上有什麼公事，我來和保長講個情。」病工人顫著聲音道：「不用說情，老太爺，謝謝你，這個日子，有啥子活頭？病死了算了吧！倒不是公事喲！」老太爺道：「這就奇了，不是公事，你這樣拚命去賺錢作什麼？」那個不生病的工人道：「哪裡是啊？保長開的小店，地基坍了，每甲派兩個人幫他忙，好把這地基平起來，明天一大早就要完工，免得耽誤保長家裡作生意。我們是甲長派了來的，不完工就回去，連甲長保長一下都得罪了。公事倒好說情，你不作，再派一個人來補缺。現在是作人情，怎好意思說情？說情就是不講交情了。」他兩人說著話，竟把一壺熱茶喝個乾淨。那病人點了頭道：「謝謝。」於是跟在那個沒病的人後面走了。

區老太爺看了這情形，不免激起一片側隱之心，便放下了杯筷，跟在他們後面走走，要看一個究竟。亞雄也跟了出去。出門一轉彎，只在小巷子口上，見有一爿小雜貨店，半截在平地上，半截木架支起，懸著屋腳立在陡坡上。正因為這陡坡崩潰了一塊，以致支架這吊樓的木柱，有兩根不能著地，於是有七八個工人拾石墊土，在柱子四周趕築著地基。

那吊樓旁邊正是倒垃圾所在，不但臭氣燻人，而且踏著泥土亂滾，藉著巷子口上一盞路燈的光，看有兩個人影，遠遠的走進了這屋架下，這大概就是他們的工作地了，雜貨店隔壁是一爿小茶館，保長辦公處向來就在這茶館裡面。這證明剛才那病人並非說假話。老先生慢慢的移步向前，看那些人工作十分緊張，連說話的工夫都沒有，雖然屋簷下有人看熱鬧，也沒有理會。

這時，在巷子對面來了個人，操著純粹的土腔說：「一天好幾道公事，都是叫當保長的去作，作得好，說是應當的，老百姓哪個道謝過一聲嗎？個老子，叫保上老百姓辦公，好像是替我保長辦公，別個天天跑機關，見上司，磕頭作揖，說好話，沒得人看見，也沒得人聽見，老子真是冤枉！若是作壞了事，就是當保長的碰釘子，吃自己的飯，替公家作事，有啥子好處？跑壞了草鞋，也要論塊錢一雙。」他口裡囉哩囉嗦的說著，慢慢來到路燈光下，看他穿了嶄新的陰丹士林藍布長衫，不知裡面罩著長衣，還是短衣，下面卻打了一雙赤腳。他似乎也嫌這垃圾堆和臭水溝會髒了他的腳，走到這裡，就沒有向前走，遠遠的由上風頭吹來一陣酒氣。大概是這位保長剛由酒店裡消遣回來，把酒店裡的氣味都帶到這垃圾堆邊來了。

他叫道。「楊老么來了沒得」在人叢裡有人答道：「來倒是來了，他又在打擺子。」於是有個人迎上前，走到保長面前笑道：「宗保長，我病了，不生關係，活路我還是作嘛！」那宗保長舉起手上的手電筒，向楊老么臉上照了一照，區老太爺一看，正是剛才去討茶喝的那個人。他哼了一聲道：「有活路，你還是作！你知道不知道，有好幾回攤你作事，你都沒有來。要是中國人都像你這樣，還打啥子國仗？你們不讀書，又沒有一點常識，這些話和你說，一輩子也說不清。後天本保要派十個人到仁壽場去，你也在內，你再不能推辭了！」楊老么道。「病好了，我自然會去。」宗保長道：「你有啥子病？你是懶病！我告訴你，自己預備帶一雙筷子，一個碗，一床草薦。」

楊老么站在他面前，躊躇了一會，並沒有作聲，可是他也不肯離開，似乎他有什麼話要問保長似的。宗保長道：「你有啥話說？」楊老么道：「到仁壽場要去好久？」宗保長道：「我知道好久！又不是上前線，你管他要好久！」這楊老么幾乎是每問一句話，都要碰釘子，本待不向下問，而事關自己本身利害，又不能放下，因又躊躇了一會子，才道：「不是別的，我身上的病實在沒有好，若是去了，恐怕不會轉來了。」宗保長喝了一聲道：「你把死嚇哪個！我是奉有公事的，不怕你嚇。」楊老么道：「宗保長，你不要生氣，你聽我說，真是病了，有醫生的證明書，不就可以請替工嗎？」那宗保長聽了這話，倒不問他有無證明書，卻把手電筒打著亮向他周身又照了一遍，因問道：「你有錢請替工？」楊老么道：「所以我問保長要去好久，若是不過兩三天的話，我想法子也要尋幾個錢來找替工，日子久了，恐怕我就擔負不起。」宗保長道：「就是兩三天你也擔負不起。你在我面前少弄些花樣！你這是作啥子？越作越像！」他在說話時，這個楊老么已是支援不住，便坐在地上了。宗保長道：「現在又不要你走，為什麼子立刻就裝出這樣子來？我這裡的活路，不在乎你一個人，你願作就作，不願作你趕快回家去打瞌睡！」那楊老么聽了他這番話，竟是不能答言，只坐在地上哼著。那宗保長突然扭轉身來，一面走著一面罵道：「這都是些空話！」

亞雄在一邊看得久了，實在忍耐不住了，便迎著叫了一聲「宗保長」。宗保長在電燈底下朦朧著兩隻醉眼，倒有點認得他。因為每次在家門左右遇著他時，總可以看到他胸前掛了一塊證章，無論如何，他的身分比保長高得多。這種人叫他一聲保長，立刻便讓他胸裡的酒意，先減低了兩三分。因此站定了腳向他點著頭道：「區先生，宵了夜了？」亞雄笑道：「彼此鄰居，我倒向來沒有請託過你。我現在有點事相商。」宗保長道：「好說，好說！有啥事，請指教。」亞雄道：「我看這個楊老么實在是病了。他說要請個替工，倒不是假話。不過宗保長體諒他，說他請不起替工，那也是真情。不知道要請幾天替工？這筆款子我們倒可以幫他一點小忙。」宗保長笑道：「那倒用不著喲！」

區老太爺在那路燈下，也看得久了，因道：「亞雄，你什麼時候來的？你不是說寫了信要趕過江北去嗎？怎麼也跑出來了？」亞雄道：「你看這路上黑得伸手難辨，我怕你老摔倒。」區老太爺笑道：「你不要太不知足，我空手走路，你還怕我摔倒，我相信在那吊樓下給宗保長幫忙的人，就有比我年紀還大的呢！——宗保長，我要問一句不懂人事的話，這些保下的老百姓，都是你隨時可以集合的了，要他們替你幫忙，白天不是一樣嗎？為什麼要這樣亮著燈火在黑夜裡摸索著工作呢？」

宗保長見這賢喬梓雙雙追著來問，酒意又減退了兩三分，因笑道：「這是各位朋友的好意，他們要替我幫忙，我也沒有法子。白天他們都有活路作，要賣力氣吃飯，所以只好晚上來給我幫忙。」老太爺道：「那我還是不大懂得。白天呢，他們要賣力氣混飯吃，晚上呢，他們又要替保長幫忙，他們也不是什麼三頭六臂的人，怎麼可以不分日夜的出氣力？」宗保長聽了這話，越發加了一層更深的誤會，笑道：「說得是嘛！我就不願意他們這樣辛苦。」說到這裡，便聽到楊老么蹲在地上重重的「哼」了幾聲。亞雄道：「還是依著我的提議，和這姓楊的講個情，今天晚上讓他先回去養病，明天有事要攤他去作的話，我們替他出這請替工的錢。若沒有這個例子，我們不敢多事，既有這個例子，大家圓通圓通，也未嘗不是助人助已的事。」宗保長連連說著「要得，要得」，也沒有別的話了。

區老太爺看到身邊正有一乘空轎子經過，便將轎伕喊住，停在楊老么身邊，給了轎伕兩塊錢，請他作點好事，把楊老么抬走。有一個轎伕正認得楊老么，將手上紙燈籠提起，對他臉上照了一照。楊老么在地面上哼著道：「老程，你作好事吧，有這位老爺出錢。你就把我抬了回去吧！」那老程依然將燈籠在他臉上照了一照，因道：「你臉色都變了，是不能作活路了。我送你回去就是。我們都是一樣的人，你病了抬一抬你，要啥子錢？這位老太爺給我的錢，轉送給你買藥吃吧！」說著，把錢塞到楊老么懷裡去，然後攙著他起來，半抱半扶的將他送到轎子裡面去。當抬起轎子來時，還代病人說了一聲：「老太爺，多謝你。」這不但是區家父子看著呆了一呆，便是那位宗保長，一時也說不上一句話來。區老太爺嘆了口氣道：「唉！禮失而求諸野了。」亞雄道：「我引你老人家回去吧。司長還等著我呢，天色不早了，我還得趕過江北。」

區老太爺這又添了不少的感慨，隨著亞雄一路回來。那宗保長的酒意，差不多完全消失，還跟在後面道：「我照了老太爺回去吧。」他按了手電筒在區家父子面前放著光。亞雄道：「不必客氣，保長請便吧！」他笑道：「江北哪個師長的公館，是川軍師長，還是外省師長？」亞雄這才恍然他特別恭維之故，笑道：姓李的師長，他是打過仗升起來的。你宗保長若肯到前方去從軍的話，一樣可以升到那位置上去的宗保長不知怎樣謙遜著才好，只是失驚的「呵喲」了一聲。也唯其如此，他一直打著手電筒將區家父子送到大門口，方才回去。亞雄等他去遠了，笑道：「宗保長雖然有個長字頭銜，但是最怕看長字上的官銜。」區老太爺道：「你又何嘗不怕？不然，這樣星月無光之夜，你還趕著渡江去嗎？」亞雄聽了，也只好一笑了事。

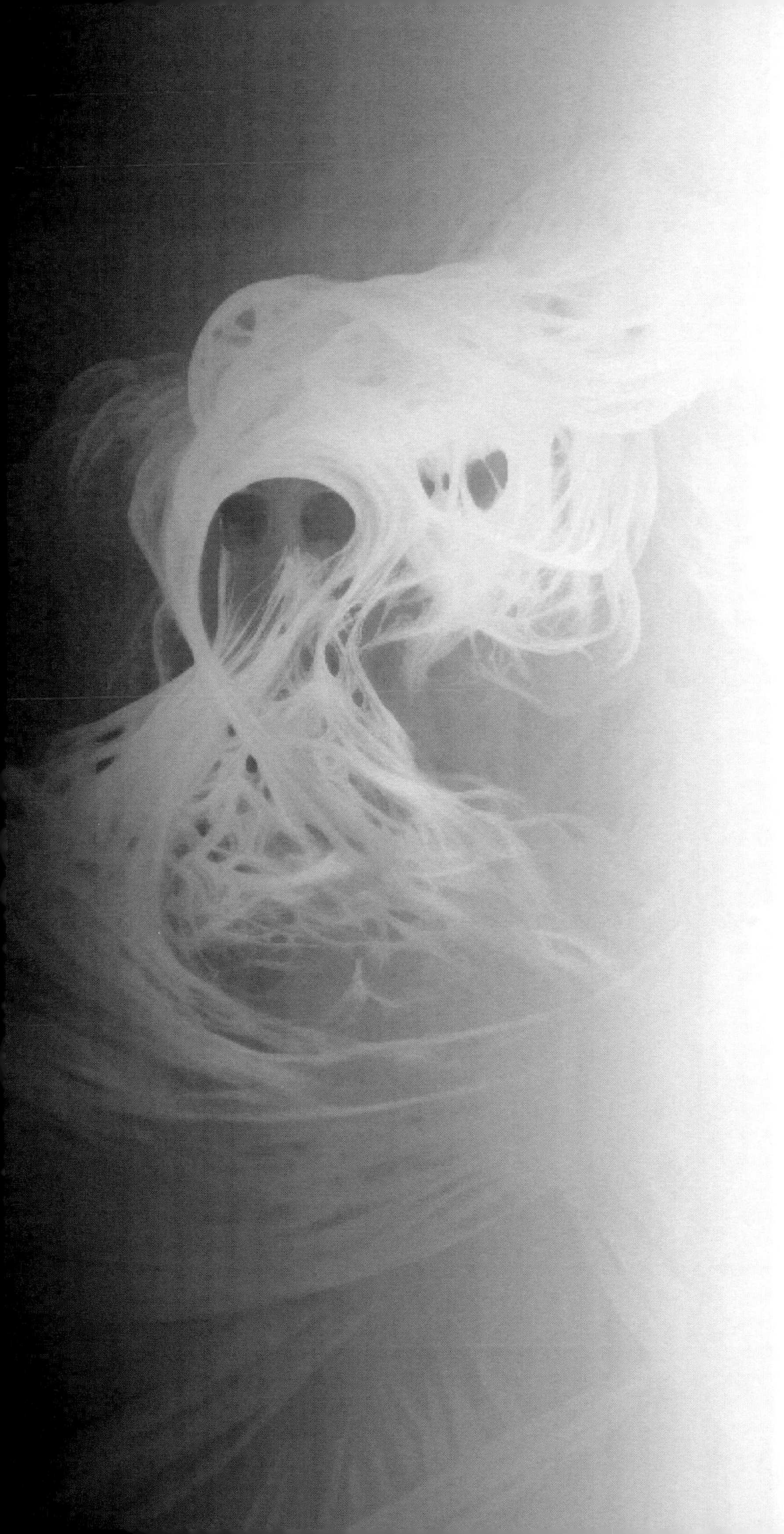

兩種疏散

霧季的天氣，到了晚間八點鐘，便其黑如墨。在亞雄的笑聲中，觸起了區老太爺又一番舐犢之愛。他走向天井裡，抬頭對天空望了兩回，因道：「江北你是非去不可嗎？」亞雄已把謄寫的信札收拾齊整，將報紙捲了，夾在腋下，像個要走的樣子。答道：「上司的約會可以不到的嗎？」老太爺道：「不是那話，你看天氣這樣壞，江怎樣過？」亞雄道：

「這倒用不著你老人家介意。司長次長過江去以後，兩岸都有自備的木划子等著。他們的命，比我這風塵小吏的命要高貴十倍。他們可以坦然來往，我自然無事。」說著，舉步向外走。老太爺等他出門了，忽又追了出來，將他叫住，因道：「假如回來太晚的話，你就不必回來，在江北找一家小旅館隨便過一晚吧。」亞雄見老父過於關懷，只好唯唯答應著。

區老太爺回來，桌上酒餚已盡，三個兒子都不在家，女兒是與她二哥鬧著彆扭，關門睡覺了。本來一家每天晚上在燈下要擺一回龍門陣的，今天算是不能舉行了。樓底下突然清靜，倒還覺得門外田裡的蟲聲唧唧嘖嘖，只管陣陣送進門來。他原預備寫家信的，現在頭腦子昏沉沉的，卻不能坐下來，只是捏起早菸袋，兩手背在身後，站在天井屋簷下面出神。區老太太也不驚動他，自在堂屋裡將桌上酒餚收拾乾淨。老太爺依然站在屋簷下出神。老太太在屋子裡捧了一碗熱茶來，笑道：「一個人喝那麼些個茅台，不要是醉了？這裡有新熬的沱茶，喝上一杯吧！」老太爺接著茶碗，笑道：

「真是『少年夫妻老來伴』，究竟還是老太婆留意著我。」說著，酒氣像開了缸也似的，向人面上撲著。老太太笑道：「我倒有句話要和你商量，你這樣酒醉如泥，有話我又不敢說了。」老太爺喝了一日茶，因道：「我並不醉，有話儘管說。」老太太道：「你坐下來吧，我取一樣東西來。」老太爺以為她是去拿說話的材料，便坐下來等著。區老太太由房裡走出，卻兩手捧了一把熱手巾，熱氣騰騰的遞了過來。區老太爺站起來接著手巾道：「你就說的是取這樣東西給我，算是說話材料嗎？」他擦著臉，望著老太太。她笑道：「我讓你醒醒酒，好把這要緊的話告訴你。」老太爺聽說是要緊的話，果然把酒醒了一半，望了她只管搓手。老太太道：「倒並沒有什麼了不得要緊的事，我說的是老三的事。」老太爺道：「隨他去好了。現在救窮要緊。」老太太道：「並不是我不許他出門，是他本身發生一點小問題了。據亞男告訴我，那位朱小姐反對他改行，說是真要改行的話，他們的婚姻就要發生問題。亞男總想他們不至於交情破裂，便把這事按捺住，沒有通知亞杰。這三天以來，亞杰去會她三次，都沒有見面，寫兩封信給她，她也不回信。」老太爺笑道：「老太婆，你這叫多餘的費神！那朱小姐既不睬他，他自己應該知道。他既不作聲，我們作父母的樂得不管。」老太太道：「我也是這樣說。不過老三明天一早要走，這個時候，還沒回來，我猜他是找朱小姐開談判去了。假如這事決裂了，會不會有新問題發生？我們已把老三的川資用去不少了，若是他不走的話，我們將什麼錢退回人家？」老太爺笑道：「知子莫若父。我就深知老三的個性，絕不會中途而廢的。那位朱小姐若是不能打破面子觀念，她也就不會是老三的配偶。他們決裂了也好。」

區老太太原是站著說話的，這時便坐下來，似乎是減掉了原來說話的銳氣，低頭想了一會。老太爺道：「老太婆，你有什麼心事？」老太太道：「我看老太爺為人，現在是大變而特變了。以前你是不會說這種話的。朱小姐和老三有了三年以上的友誼了，我差不多就把她當了兒媳看待。若是決裂了，不但老三心裡難受，我們也就好像有一點缺憾。」老太爺道：「唯其是朱小姐與老三有長久的友誼，不該不諒解他。朱小姐對老三本人，就不能諒解，對你這個第三者會有什麼好感？你看這樣夜黑如漆，亞雄還得奔波過江，去作他那工作以外的工作，憑什麼我們不贊成改行？若說顧身分，我們現在也不見得有什麼身分。當每天早上，你在菜市上和挑桶賣菜的人爭著兩毛三毛四兩半斤的時候，和你平日為人相去很遠，你也曾想到了什麼身分問題嗎？」區老太太還有一肚子議論，都被老先生的話完全擋住了。默默的坐在堂屋裡，只是望著老太爺出神。

就在這時，聽到亞杰學了話片上唱的京調「馬前潑水」，老遠地唱了回來，他唱著：「……正遇著寒風凜冽，大雪紛紛下，無可奈何轉回家。你逼我休書來寫下，從此後鴛鴦兩分差，誰知我買臣洪福大，你看我，身穿大紅，腰橫玉帶，足登朝靴，頭戴烏紗，顫巍巍的還有一對大官花……」他必得將這一串朱買臣自誇之詞唱完，方才停口，已是在大門外站著很久了。區老太太未曾等他敲門，便上前將門開了。亞杰站在門洞下，繼續的又唱起來，「千差萬差你自己差……」老太太笑著喝道：「老三，你瘋了？」亞杰這才停著沒唱，走進來代母親關閉了大門，因笑答道：「這年頭不瘋不行，你老人家可相信這話？」他說著話走到堂屋正中，見老太爺日銜了旱菸袋，正端端的坐了，一語不發；那菸袋頭上燃著的煙絲，燒出紅焰，閃閃有光。這可見老父正在沉思著抽那菸，這就發動了自己心裡一番感觸，便肅然在他面前站著。

區老太爺又沉思了約莫兩三分鐘，這才向亞杰道：「言者心之聲，你唱著這『馬前潑水』的戲詞回來，我就知道你遭遇著一些什麼。可是我得告訴你兩句切實的話：男子漢大丈夫志在四方，卻不必把這種兒女問題放在心上，更不必因此耽誤自己的前程。」亞杰笑道：「你老人家知道了就很好，免得我說了。我唱著這戲正是自寬自解，並不絲毫灰心，我還是幹我的。明天一大早就走，你老人家有什麼吩咐沒有？」

這句話問得區老太爺心有所動，在端坐之時，卻睜眼看了兒子一看，好像含住了一包眼淚似的，隨著把眼皮又垂下了。因道：「作生意買賣，我根本是外行，關起門來，說句不客氣的話，這發國難財的玩意，我更是不會打算。我不說近墨者黑，說個近朱者赤吧，這一些臨機應變的生財之道，讓你跟著同行去實地練習，由你自己作主了。我所顧慮的，倒還是你自己的健康問題，這一路都是古人所認為瘴氣最重的所在，現在我們知道是瘧疾傳染最嚴重的區域，萬里投荒，你可要一切慎重……」他日裡說著話，眼睛可不看兒子。

亞杰站著，把手筆直垂下，頭也低著，有五分鍾不能答覆老父的話，突然抬起頭來笑道：「這條路現在是我們的後門，來往的人就多了。雖然去萬里不遠，可是說不上什麼蠻荒。而況這一路現在有了醫藥裝置，可以說瘧疾已不足介意。」區老太爺道：「唯其如此，所以我再三的叮囑你，天下唯有不足介意的所在，最容易出毛病。」亞杰道：「是，父親說的這些話，我緊記心上就是。」區老太爺不說什麼了，亞杰默默站在他面前很久。區老太太也是默然的坐在一邊椅子上，看到他父子都不作聲，而且也都帶了三分酒意，便向前扯了亞杰的衣襟道：「好了，你去休息吧，至於你那簡單的行李，我早已替你收拾停當了。」亞杰道：「我暫時不能睡，我等著二哥回來，有幾句話和他商量。」老太太道：「我也是這樣惦念著，這時候他還不回來，大概十點鐘了。」亞杰默然了一會子，因道：「其實他心裡比哪個也難受，也著急，他並不是忘了回家，我就很不願意用話去刺激他。」

亞男睡在屋裡，並沒有睡著，正在聽他們說些什麼，這最後一句話，覺得亞杰是對她自己而發。她為了亞杰明早就有遠行，也沒有敢回答，不過她心裡想著，等亞英回來，卻得和他交代一聲，自己並非有意刺激他。誰知醒著躺在床上，直聽到樓上西門家的鐘打過十二點，也不見敲門聲，如此也就無須再去等他了。

次日早上，區老太太第一個起來，點著燈火，便在廚房裡生火燒水。亞男憐惜老母受累，也不能不跟了起來。這樣的驚動了一家人起床，天色依然不曾大亮。區老太太煮好了兩碗大麵，送到桌上，向老太爺笑道：「你爺兒倆用些早點吧。」區老太爺在堂屋裡坐著，望著亞杰收拾行李，笑道：「我吃什麼早點？亞杰笑道：母親既是將麵煮來了，我陪你吃一點。」區老太爺笑道：「不管是誰陪誰吧，既然有得吃，就樂得吃上一飽。」他說著坐下來扶筷子時，第一句話便是：「這還是肉湯煮的，哪裡買著了肉？」區老太太站在桌子面前，向老太爺道：「設法子買一回兩回，當然不難，還留著一點瘦的給你煨湯呢！」

亞杰勉強吃了半碗麵，卻在工人褲袋裡掏出鐵殼表來看了兩回。老太太道：「忙什麼的！外面霧大得很，輪渡也不能開吧？」亞杰端起碗，喝了兩口麵湯，便站起來了，向老太爺道：「爸爸，我要走了。大哥二哥都不在家，請你轉告他們，忍耐一點就是。我不敢說一定會弄多少錢回來，但是我已經明瞭，無論環境怎樣困難，只要有錢就可以解決。我一定在正當的路徑上努力賺錢，剔的什麼高調，我一概不談。」他說話時，手捏了拳頭，在胸前半曲的舉著，搖撼了幾下，好像是痛下決心的樣子。老太爺放下碗筷也站了起來，因道：「你用不著憤慨，你兩個哥哥，一個妹妹，都還是抗戰之一員。就是你加入運輸業，也更為抗戰工作上的重要部分。」亞杰站著聽了老父的話，將掛在壁釘上的鴨舌帽取下戴著，放在椅子上的兩個行李袋，手挽了袋繩，背在肩上，然後對老太太道：「對你，我沒多話說，作不動的事別作。家中兒女們抬也抬過去了，別惦記我，至多三個月準回來一趟。」老太太道：「你忙什麼?也擦把臉。」她搶著擰了一把熱手巾來交給他。亞杰只好接著手巾，將嘴擦了，向亞男笑道：「我有一句話，你會不愛聽。我勸你，願意找職業，就下鄉到小學去教書，不願意工作，就在家裡幫著洗衣煮飯，代母親分點勞。再請你轉告朱小姐，時代變了，別太固執。這世界是一個大屠場，也是一個大騙局，我把事情看透了，才這樣幹……」老太爺搖了手道：「你是出門的人了，還發牢騷幹什麼!」亞杰最後笑向大奶奶道：「大嫂，一切偏勞了!」說完，這才背了旅行袋走去。全家人送出門來，見早霧正瀰漫著，隱藏了高坡上的房屋。亞杰順了門口向上坡的路走，漸漸走入霧裡，大家在門口呆站了一會，方始回家。

老太太道：「這倒奇怪了，老二昨晚上不回來，老大也不回來!」老太爺道：「亞雄大概是為了半夜霧大，沒有渡江回來。亞英拿了十塊錢出去了，為什麼不回來?恐怕是喝醉了，睡在哪個朋友家裡了。」亞男對於二哥之沒回來，心裡頗有點歉然，覺得他平常對一句話過於認真，可也不便說什麼。不多大一會，日報送來了，亞男把報搶到手，先看看社會新聞，果然找到獻金運動的訊息，裡面載明婦女隊以莊女士領導的一分組，成績最佳，並且積勞致疾，紅十字會特地派人駕車送她回家，這是極大的榮譽。亞男心裡立刻發生了不快之感，心想，憑著自己這點學問與經驗，一切也不會在莊某人之下，何以她得著這樣大的榮譽，而自己還沒有開始工作？她把那件半舊的藍布大褂在打了補釘的棉袍上罩著，自己唯一的那件藍毛繩短外衣，已被梁上君子借光了，光穿著這件舊藍布衫，總有點不好意思，依然把母親那件青毛繩短大衣夾在腋下，匆匆的就向外走。區老太爺笑道：「你該忙著去募捐了。小姐，你為國勤勞，頭腦清醒一點，你那募捐冊子還沒有帶著吧？」亞男笑著進房去拿出捐冊來。

大奶奶拿了個菜籃子跟著道：「我去買菜，一路走吧！」

這時，身後又有個人接嘴道：「我們一路走吧！」但兩人未聽見，已出大門了。來的是西門太太，她穿得很整齊，棗紅色綢旗袍上，罩了天藍色細毛繩短褂子。老太爺便問道：「難道西門太太也要到菜市上去參觀參觀？」她笑道：「不，我們到廣東館子裡吃早點去。人家都說廣東館子裡早點花樣很多，我們也應當去嘗嘗。送牛奶的總是假的多，我也要去喝杯真牛奶。」她在這裡誇耀著，那西門德博士卻是睡態惺忪的由樓上下來，右手撐著手杖，左手不免揉著眼睛。他那件中山裝的領扣，兀自不曾扣得整齊，其匆匆起床可知。

他倒是先開口了，搖著頭道：「我們太太忽然高興，要去吃早點，我是不能不奉陪的。老太爺有此雅興嗎？」區老太爺兩手捧著報紙，連拱了兩下道：「請便，請便！」西門太太早已走到門口去，大聲叫著轎子。西門德竟不能再和老先生謙遜，跟著走了。

隨後他們家女僕劉嫂也就拿了個菜籃子跳著下了樓來，笑道：「不早了吧？菜市上割不到肉。」區老太爺被她問著，倒摘下眼鏡來望了她，笑道：「這樣子說，你們先生給的菜錢一定很多。」她伸出兩個指頭來舉著，笑道：「今天硬是要得，太太拿出了五十塊錢買菜。我們先生不曉得得了啥子好差事，我們太太高興的不得了，一百塊錢一張的票子，一捲一捲掏出來用。」老太爺笑道：「那很好哇！主人家發財，你們傭人也就可以沾光沾光了。」劉嫂道：「你看我們先生是作了啥子官？我怕不是作官，是作生意。如今是作生意第一好，作官有啥子稀奇，你們下江人，幾多在重慶作生意的喲！老太爺你朗格也不找一點生意作？」老太爺拱拱手笑道：「足承美意，不過你還是趕快上菜市去的好，去晚了你買不到肉，你這五十塊錢，怎樣花？回頭我們再擺龍門陣吧！」劉嫂被老太爺拒絕談話，倒有點難為情，笑道：

「割不到肉，買臘肉回來吃，有錢還怕買不到好菜！」說完，她這才提著籃走了。老太爺點點頭笑道：「劉嫂卻也天真。」

區老太太被他說話聲引動著，走出來，因道：「她有心告訴你，她家裡今天要大吃特吃，你別睬她。」老太爺笑道：「這就是我誇她天真之處了。大吃一回肉，這樣高興，其平常之不容易吃著肉，也就可知。」老太太笑道：「你不要笑人家不容易吃著肉，人家夫妻雙雙到廣東館子吃早點去了，我們呢？」老太爺道：「我們自然是不容易吃到肉，但是到了有錢買肉的時候，也不至於發狂。」老太太道：「可是人家有辦法，我們就沒有辦法！」說到這一層，老夫妻兩人倒著實感慨係之。

一會兒工夫，大奶奶和劉嫂先後回來。劉嫂在籃子面上，放了一串鮮肉，大奶奶在籃子面上卻放了一串紅苕。劉嫂由天井裡走著，笑道：「我們在鄉下吃紅苕吃多了，一輩子也不想吃，多了的紅苕餵豬。」大奶奶笑道：「這女人太不會說話。」老太爺倒不怎麼介意，只是拿一張報看。

下午，郵差到門，直交了一封信到手上。他戴上老花眼鏡，拆開看著，不由呀的一聲詫異起來。老太太由廚房裡也搶出來，問道：「是有家信來了嗎？」老太爺摘下老花眼鏡和信一齊交給老太太，嘆口氣道：「你去看吧，少年人好大閒氣。」老太太戴上眼鏡，將信看時，只見上面寫著：

雙親大人膝下，接此信，請勿怪兒，兒已往漁洞溪矣。此間盛出土產，負販疏建區出售，足可餬口，有人曾如此做了半年，已積資數千元，另闢小肆作老闆。兒見有軌道可循，遂來一試，至於資本，因朋友有著穿不下的新皮鞋一雙，送與兒穿，兒當即出售，已得二百元。又在衣袋中摸得前年放下的自來水筆一枝，亦售得百元。合此三百元，當破釜沉舟幹上一番。以後遇有發展，當隨時寫信報告。請勿念。

兒亞英拜稟區老太太看了這信，心裡就像刀挖了一樣，眼角裡淚水汪汪的像要流出眼淚來似的，望了老太爺道：「你看，這件事怎麼辦？這裡到漁洞溪多少路，我親自去把他找了回來吧！」老太爺倒是很鎮定坐著，向老太太道：「不要緊的。小孩子們讓他吃吃苦，鍛鍊鍛鍊身體，未嘗不是一件好事。」老太太道：「據他這信上說，販著土產去賣，少不了是自挑自背，這未免太苦了，怎能夠不去理會他呢！」

老太爺還不曾對她這話加以答覆，半空裡嗚嗚的發出警報器的悲號聲。他們家到防空洞還有相當的一截路，老太爺便搶著收拾了屋子裡的零碎，將各房門鎖了，率領著在家中的人向防空洞跑去。老太太一手提著一隻小旅行袋，一手提著一隻舊熱水瓶，顫巍巍的在老太爺後面跟了，因道：「我們亞男滿街跑著，也不知道這時到了哪裡？找得著洞子沒有？」老太爺道：「她會比我們機警，你不用掛念。」老太太道：「亞雄若是回到機關裡，自不成問題，若在江北沒回來呢，他可向來不愛躲洞子。亞杰該開著車子走了吧？亞英這孩子在鄉下，我倒不掛念他了。」老太爺固然煩厭著她這一番囉嗦，可是也無法勸阻她不說。這裡雖是極偏僻的幾條小路，一望路上的人，成串的走著，奔向防空洞所在地。

這種情形可以預想到防空洞內的擁擠。老太爺怕所帶的老小沒有安頓之處，益發不敢停留，好容易才到了洞口。

早上下著雲一般的霧，空氣中的水份重了，都沉到了地面。這時，天空反而碧淨無雲。深秋的太陽，照得十分明亮。由亮處向暗處走來，洞裡雖掛了兩盞昏昏的菜油燈，卻是烏黑一片。老太爺慢慢探著步伐，在人叢中擠著，走到洞子深處，手扶了洞壁，慢慢的坐在矮板凳上，家中老小，也貼著他坐下。

這時，人進洞的聲浪，已突然停止，耳根立刻沉寂下來，但聽到人語喁喁的，說敵機臨空了，敵機臨空了。區老太爺的兩肘，撐住了彎著的膝蓋，手掌托住了自己的下巴頦，雖然是在黑洞中，也緊緊的閉上了雙眼。猛然間一陣大風，由洞口擁入，菜油燈撲滅，洞外轟轟的響聲和洞裡的驚呼聲，也隨著轟然一陣，人浪向裡一倒。區老太爺是相當鎮定的，雖然腳上被人踩了兩腳，身上被人壓著，他並不移動一點。洞裡本來就沒有什麼聲息，這時更特別沉寂。老太爺可以將並坐一個男子短促的呼吸聲，聽得清清楚楚。這樣有十來分鐘，外面上下的轟擊聲一齊都沒有了。覺得洞口上有個人說附近中彈了，於是洞裡人聲突起，人影亂動，又有著一陣小小的騷擾。有人輕輕喝著不許吵，似乎是軍警在發號施令。

但到了這時，緊張的空氣便鬆懈多了。黑暗中聽到區老太太低聲問道：「不是我們家吧？」老太爺道：「這個時候問也無用，大可不管。」區老太太雖依著他的話，沒有再去理會，可是嘴裡頭倒接連著唸了幾聲佛。洞裡慢慢的有了說話聲，這緊張空氣越發鬆懈了。靜靜的坐著，也不知道經過了多少時候，洞內外又是轟然一聲，但聽到有人大聲喊著解除了，立刻有幾處手電筒發著光芒，照見了大奶奶抱了小孩子縮做一團，坐在矮板凳上。老太爺道：「現在解除了，更不用忙，可以慢慢走著回家，這一刻工夫也不會有人搶了我們家。」於是他們等洞裡人走空了，洞口放出一線白光來時，方才陸續的隨在人後面出來。到了洞口，全家人不由得同時「呵喲」一聲，原來張眼一望，便看到自己家的房屋所在地，青煙夾著塵霧，騰躍起來，遮了半邊天，一排有七八幢房子，全倒塌了。遠遠看到若干堵牆，禿立在空中，木料的屋架，七手八腳似的在煙塵裡堆著。至於自己所住的那幢房屋，大致是在這排倒塌房屋的中間，情形如何，已是看不出來了。區老太太對著這一叢煙焰，戰戰兢兢，只是自言自語的道：「怎辦，怎辦！」大奶奶抱著孩子，一言不發，搶著直奔家門。老太爺也不說什麼，隨著老太太後面走。

到了家門口時，見那條路上紛紛的擁擠了人，救護隊拿了皮條向菸頭上注著水。軍警布了崗，彈壓著秩序。被難的老百姓，在倒塌的屋子裡搶運東西，地面橫倒的梁柱和零散的電線，糾纏成一團，攔住了去路。而且橡皮管子裡的水又撒了遍地，像下過大雨，真是寸步難行。區家住的屋子，雖未直接中彈，屋頂上的瓦，卻一片也沒有，只有屋架子了。而且坍了兩堵牆，斜了一隻屋角，樓是整個完了。上面的木器家具和梁柱樓板，都壓到樓下來。在外面，已把屋子裡看得清清楚楚，裡面全是斷磚殘瓦，木頭竹屑，哪裡還看得到家裡的動用家具？大奶奶已由人叢中轉身回來，迎著二老頓腳道：「怎麼辦？怎麼辦？全完了！」老太爺搖了兩搖頭，淡笑道：「這有什麼法子？完了也好，乾乾淨淨，只剩了這條身子，也好另作打算。」說著話，大家走近了倒塌完了的大門前。大奶奶把小孩子放在老太太身邊，便在磚瓦堆上爬著鑽進木板梁柱夾雜的縫裡去。老太爺雖然在後面竭力招手的叫喊著，她絕對不理會。

就在這時，亞雄滿頭是汗，跑到面前來，先看到二老帶了孩子站在路邊，臉上還沒有什麼慘相，才喘著氣道：「您二位老人家受驚了！婉貞呢？」老太爺道：「她到屋子裡搶東西去了，我很怕屋子倒下來壓著她，可是又攔她不住。」亞雄道：「只要老小安全，東西損失了也沒有什麼了不得。」說著，他也站到破大門邊竭力喊著婉貞。於是大奶奶滾了滿身的灰塵，左手提了一隻搪瓷盆，右手腋下夾了一條被，在地面上拖了出來。亞雄跳上前去將她接著，因道：「東西要是毀了呢，也就毀了，若是不毀，明日慢慢掏取也還不遲。」大奶奶道：「被條和箱子、洗臉盆，非拿出來不可呀！今天晚上怎麼過呢？」亞雄舉起手來將頭髮亂搔一頓，嘆口氣道：「就是這樣不巧，我們正短著人手的日子，就正需要著人力。」大奶奶道：「今天晚上，我們還不知道在何處安身，這些磚瓦堆裡的東西，若不趁天色還早掏了出來，明天就難免更有損失了。」亞雄聽了這話，也就透著沒有了主張，站在倒塌了的短牆腳下，向內外兩面看著。

這時，老遠的發生了一片尖銳的喧譁聲音，正是西門德夫婦坐了兩乘轎子，由人頭上擁了回來。他們在破屋門前下了轎，西門德將手裡的手杖，重重在地面上頓了一下，罵道：「混蛋的日本！」西門太太卻對了破屋指手劃腳的罵道：「我們這房子礙著日本鬼子什麼事？毀得這樣慘！喂！老德，我們的東西一點都沒有了。怎辦？」西門德道：

「那有什麼了不得？只要留著這口氣，我們再來！」說時，他們家的劉嫂由人叢裡跑了前來，迎著西門夫婦兩手亂搖道：「朗格做嗎？傢俬炸得精光，龜兒！死日本鬼子！狗……」西門德搖搖手皺著眉道：「現在不是罵大街的事，我們想法子僱幾個工人來，在磚瓦堆裡先清清東西。」他回頭看到區家人，慘笑道：「老太爺，我們成了患難之交了。你可想到善後之策？」區老太爺迎近了他一步，拱拱手道：

「博士沒有受驚嗎？」西門德道：「還好，我找了一所好洞躲的。洞在十丈懸崖之下，裡面還有電燈茶水。我們只要生命安全，就可繼續奮鬥，身外之物，絲毫不足介意。」區老太爺道：「只有如此想，才好籌善後之策，不然，我們把身體急壞了，也等於炸死，豈不是雙重的損失！」西門德太太道：「善後又怎麼善呢？午飯不知道在哪裡吃，晚上也不知道在什麼地方去找安身。身外之物不足介意？哼！你有多少錢製新的？」說著，她板了臉望著西門博士，分明是討厭他誇下海口。西門德皺著眉發了苦笑道：「遇到了轟炸，我們只……」他沒有把話繼續的說下去，因為他在說話時，太太的臉色已是紅中變紫，實在很氣了。

西門德突然點了點頭，好像是解釋的樣子，說道：「是的，是的，現在第一件大事，是搶救這破屋子裡的東西，我去找幾個人來。」說完，抽身走開了。

亞雄抬頭看了看天色，這時太陽偏西，雲霧又在慢慢騰起，因向老太爺道：「這個樣子，我們也須冒險把東西搶出來。」老太爺道：「那一百多塊錢我還放在身上，就憑了這筆款子，我們可以找幾個抬滑竿的人來專做這件事。」亞雄還沒有答覆，只見亞男跑了前來，後面倒跟了一群青年女子同跑著。她一直跑到面前，看到全家人都在這裡，就站在她母親面前，一手抓了母親的衣袖，一手理頭上披散下來的短髮，喘著氣道：「還好，還好！大家都在這裡。」她說著話，回頭望了她同來的幾位女伴。老太太看時，這裡面有穿短裝的，也有穿長衣的，年紀都在二十歲上下，少不了都是和亞男性情相同、行為彷彿的人。當那些人紛紛說著安慰之詞的時候，老太太卻也不肯作那徒然懊喪的話，因道：「我們逃難入川，也沒有什麼了不得的東西，炸了就炸了吧。只要人還在，就是好的。」亞男道：「解除了警報，我還沒有知道我們家被炸呢，我準備要去開會。是這位沈小姐得了訊息，知道我們家附近被炸了才跑回來看的。」亞雄在旁不免淡淡的看了妹妹一眼。亞男對全家人看看，情形十分狼狽，也就沒有敢作聲。

這時，她同來的一位女伴，穿著草綠色的中山服，壯黑的皮膚，頗帶幾分精神，她看見亞雄的態度，知道他是不滿意妹妹，便向亞男道：「區小姐，你有什麼事要我們幫忙？我看到大家都在搬東西出來，我們也去搬出一些東西來吧！都是些什麼東西？你引著我們去拿！」說著，她向同來的幾位女伴道：「你們都來！」區老太爺認得她是沈小姐，便向她拱拱手道：「不敢當！不敢當！」

那沈小姐搖著頭，連說「不要緊」，已由破牆上跳了進去，其餘幾位小姐，也都跟著去了。邊樣一來，亞雄夫婦就不好意思站著，也只得跳進破屋子裡去搬取東西。

那西門博士卻已帶領幾個力夫來，自己拿了一隻手杖，站在牆頭上，向屋子裡指指點點。等到搬出一部分東西來的時候，便有好幾撥朋友前來向西門德慰問。這些來慰問的朋友，有穿中山服的，有穿西服的，有穿長衣的，雖然所穿的不同，對西門德都相當客氣。他也沒有怎樣減折了他博士的架子。只是和人握手，說兩句「還好還好。」最後，來了一位穿漂亮西裝的瘦子，頭上斜戴絲絨帽，身上套了細呢夾大衣，一乘轎子直抬到災區中心，方才放下。西門德一見，揚起了手杖，迎上前去，笑著點頭道：「不敢當！不敢當！錢先生也來了。」那錢先生點頭道：「我還沒有知道博士受災了：我是聽到說這裡附近受了炸，特意跑來看看，不料就是府上。怎麼樣？損失不大吧？」西門德嘆氣道：「完了，完了！半生的心血，一齊完了！乾乾淨淨，什麼都沒有了！」

這時，雖然他所僱的那幾位力夫正在廢土堆裡向外搬著東西，但他並不去理會，卻回過頭來向太太道：「玉貞，我給你介紹介紹，這就是我和你說的那位錢尚富經理，重慶市上的新商業聞人。」西門太太聽說，便向來人深深的一鞠躬。錢先生回禮道：「西門太太受驚了！」她說：「這倒無所謂，我們由前方到後方，這種經驗多了，只是這樣一來，眼前連個安身的地方沒有了，這可有點急人。」

錢經理回轉頭來向西門德道：「暫住是不成問題，我們旅館裡長月開有兩間房間，博士委屈一下子，在那裡擠兩天。至於遷居的話，我想若不一定住在城裡，那還有法子可想。」西門德道：「有了這個教訓，家眷當然要疏散下鄉去。一西門太太道：下鄉去？那太偏僻了的地方，我可不去！」西門德笑道：「既然疏散，當然是越偏僻越好。」錢尚富笑道：「若是西門太太不嫌過江麻煩的話，我倒有個適宜地方。南岸一個外國使館後面，有幢洋樓，是一部分銀行界人租下的，除了家具齊備，有電燈電話之外，而且還打有很好的防空洞。」西門太太笑道：那太好了，就請錢先生替我們想想法子。」錢尚富道：「西門太太若是願去的話，那屋子的幾位主角，我們差不多是天天見面，都很容易介紹，我們也正有許多事要向西門先生請教，若是能住到一處，那就極好了。」西門太太道：「錢先生也是住在南岸嗎？」錢尚富臉上似乎添了一番紅暈，躊躇了一會兒，笑道：「我有一部分家眷住在那裡。」西門德道：「有這樣好的所在，那就極好了，不過現在還談不到此。旅館裡那房間能轉讓給我們，卻就是救苦救難，雖然每天多花幾十塊錢，那也說不得了。」錢尚富笑道：「用不著轉讓，去住就是了。我們是整月付錢的，寫一張支票交給旅館帳房，連小帳都包括在內，若是讓給你們名下住兩天，你們少不了付出百餘元，而我們所省有限，又要從新記起日子來，實在也透著麻煩。」西門德道：「那我就謝謝了！」錢尚富伸手拍了西門德幾下肩膀，笑道：「唉！我們自己人嘛，怎麼說這種話？大概還沒有吃午飯吧？到河南館子去吃瓦塊魚去！拿四兩茅台給博士壓驚。」西門德笑道：「吃瓦塊魚，那該是什麼價錢？現在是好幾十元吧！」錢尚富又拍著他的肩膀道：「沒關係，沒關係！我先去等著了。」說著才掀了帽子向西門夫婦點了個頭，又說聲「不可失信」，逕自坐上原來的轎子走了。

西門太太道：「一切東西都沒有清理出來，我們哪有工夫去吃館子？」西門德道：「他們是實心實意來和我們壓驚，若是不去的話，卻大大的辜負了人家的盛意。」西門太太道：「吃河南館子很貴吧？一頓吃一千塊錢也很平常，那又何必？」西門德道：「吃早點的時候，我們會到的那個常先生，不是對我們說了嗎？他這一批五金，趕上了重慶大興土木，又嫌了二百多萬，一千塊錢一頓，一個月也只吃得了他九萬，你說算得了什麼？我不能不去，你在這裡看守一會，我去一趟。」西門太太把臉色沉下來，向了他道：「我在這露天聞硫磺味，給你看守東西，你卻要去喝茅台酒，吃瓦塊魚？」西門德陪笑道：「我聽你的口氣不願意去，所以這樣說；你既願意去，那就很好，我們一塊兒去就是了。」西門太太道：「那麼，我們的東西誰來看守著呢？」西門德道：

「這不成問題，劉嫂在這裡呢！區府上全家人都在這裡，託老太爺給我們照應照應就是了。好在幾口箱子都搬出來了，不過是些零碎，可以明天慢慢清理。吃完了飯，你直接向旅館去，我回來搬執行李，你看好不好。」西門太太道：「與其那樣，我們不如先把箱子送到旅館裡去，回頭再去吃飯，豈不省得你跑上一趟？」西門德站著躊躇了一下，便走到區老太爺面前，抱著拳頭拱了兩拱，笑道：「老先生，一點小事只好託重你了，我想先把箱子搬到旅館裡去。至於破屋子裡那些零碎東西，今天只好由它，明天慢慢的來搬。我想今天晚上，府上一定有人在這裡看守，附帶的就請代我照應一點。」區老太爺道：「大概我們全家都不會離開的，博士只管放心去吧。」西門德又道了兩聲「勞駕」，便跟在太太後面坐轎子走了。

區家全家人在那群小姐們鼓勵之下，已在那磚瓦竹木堆裡，將衣箱鋪蓋等沒有壓碎的東西，陸續的搬出來，堆在空地上。老太爺的旱菸袋所幸還保留在手裡。他坐在一隻破舊皮箱上，口角裡銜了菸袋嘴子，似吸不吸的，只望了地面上那些零碎出神。亞雄還在那裡整理東西，把被條上的泥點撣掉。老太爺道：「暫時不必忙著這個，趁天色看得見，陸續到裡面去尋些東西出來為妙。萬一晚上下了雨，這屋架子有全部坍下來的可能，便是東西還挖掘得出，你想水和泥一染，任何東西也沒有了。」亞雄拍著兩手的灰，又對天色看了一看，點頭道：「您這話是對的，這房子已經被震得體無完膚了，一遇到了雨，決計會變成泥團。」區老太太在旁插嘴道：「既是這樣說，那是千萬不能放在這破屋子裡過夜的，我們搶著搬出來一些是一些。」亞雄拍著兩隻灰塵的手，望了那破屋子出上一回神，因道：「那也好，反正我總可以請兩天假，拚著出一天苦力，休息幾天就是。」他接著又鑽進破屋去搬。亞男更不會退讓了，她和那幾個女朋友也在繼續搬東西。

可是霧季加著天陰，日子越發的短。這裡電線斷了，又沒有一盞街燈，只是五點多鐘，已黑得看不見走路。左右鄰居，有的亮著燈籠掛在樹上，有的亮著瓦質的油壺燈，繫在長鐵柄上，插在土牆縫裡，有的將蘿蔔作墩子，插上一枝土蠟燭，放在地面，都紛紛搶著整理東西。離這裡不遠，便是幾百級坡子，爬到大街上去的。黑暗中，看不到坡與懸岩，但見若干點火光，在暗空裡上下搖動，可想附近鄰居們也正在搬東西走。

亞雄只管把動用家具陸繼向破屋子外搬出，卻未曾想到晚上搬東西走動的一層困難。這時，亞男的那些女友都走了，她見全家人一晚都不曾吃飯，便將破屋子裡掏出來的白鐵壺，在小茶館裡買了一壺開水來，另外又將舊報紙包了二三十個冷燒餅帶回，一齊放到搶搬出來的一把木椅上。然後提了一隻白紙圓燈籠，向自己家人團坐的所在，都照了一照，見大家分坐在鋪蓋卷或箱子上，因道：「現在什麼東西也不能搬出來了，媽和爸爸，先吃一點燒餅，就去住小客店吧。這裡的東西，只好由我和大哥看守著。天色漆黑，就是多出錢也找不到搬夫了。」亞雄在籃子裡摸出一隻缺口飯碗來，篩了開水，站著喝，因道：「你一個姑娘家，怎好在露天裡過夜？你們都去住小客店吧，有我一個人在這裡看守著就夠了。」大奶奶在黑暗裡道：「那也只好這樣。不過我勸你把那件破灰布棉衣穿上，穿寒酸點，也沒有什麼人看見。」亞雄道：「這個我知道，你也吃兩個燒餅，晚上孩子沒奶吃，也要吵的不得了。」說著，把那破飯碗遞給大奶奶。於是亞男提著那隻燈籠在手上，照著大家悄悄的吃燒餅，喝開水。

這在這時，有人叫道：「不好了，下雨了。」那雨點聲，隨了這吆喝，的篤的篤打得地面直響。在這災區的鄰居，正還不少，立刻大人咒罵聲，小孩啼哭聲，東西移動聲，鬧成一片。老太爺在黑暗裡沒有主意，百忙裡摸了一條被單，從頭上向下披著，因跺腳道：「這怎麼辦！這怎麼辦！」亞雄道：「據我看來，你兩位老人家，還是帶著小孩子先走，趁石頭坡子還沒有泥漿，趕快上坡。不然雨下大了，坡子上有幾處滑極了，這黑夜裡爬不上去。」老太爺道：

「我們走了，你怎樣呢？」亞雄道：「我有辦法，至少我也可以打一把雨傘，在雨裡站一夜。亞男，快點，快點，雨下大了，快引他們走吧！」亞男道：「大家跟我走吧！」老太太道：

「我們走了，讓亞雄一個人在這裡淋雨嗎？」亞雄見那燈光閃照著雨絲，是一條條的黑影，像竹簾子般罩在人身上，便跺著腳道：「大家為什麼還不走？再不走，就真要爬都爬不上坡了！」正在這時，大奶奶抱著的那個孩子，被雨淋的哇一聲哭了起來。老太爺雖然疼愛兒子，卻知道小孫子更不能淋雨，便道：「好，好！我先送著你們走，回頭再來。」於是接過亞男手上的燈籠，就向上坡的路上走。亞男一隻手提了日小箱子，一隻手挽住了母親的左臂，緊跟了這燈籠。

百忙中誰也沒想到這燈籠是紙做的，大雨裡淋著，把紙溼透了，益發的不經事。老太爺又忙著要早些達到目的地，步伐走得沉著些，燈籠晃蕩了兩下，突然熄了。大家只「哦喲」了一聲，眼前猛可的烏黑起來。這個坡子兩面，全是空地，沒有人家的燈光，街燈又遙遠地在半天裡的坡上，看去好像是星點。這裡黑得伸出手去，幾乎看不清五指。

在這步步上坡的地方，根本就不能不看著走，雨水在坡上一沖，石級上已浮起一層泥漿。大家穿的是薄皮底便鞋，但聽到腳下踐踏了唧唧喳喳的響，隨時可能跌倒，誰又沒有打雨傘，戴雨帽，雨絲儘管在身上注射著，雨點打在臉上，陣陣冰涼，水由頸脖子上淋到胸前去，卻也不容停留。老太太既害怕，心裡又焦急，更吃不了這樣的苦，一陣心酸，眼淚便紛紛滾下來。在這黑暗中，自然誰也看不見誰。這裡是三分之一的坡路中間，抬頭看看坡上，燈光相距甚遠，大家在雨絲下淋著，一寸路走不得，也沒有人理會老太太在哭。

正在萬分無奈中，坡下有兩叢燈火擁上來，也是逃難的鄰居，肩上扛了鋪蓋捲，手裡打著燈籠，挨身過去。區家一家人如在大海中遇到了寶筏，哪肯放過，立刻跟了燈火走。其中有個人說：「天也和敵人一樣殘暴，把我們災民都變成魚了！」這句話倒引起老太爺另一種感想：同一疏散，這個時候西門博士卻在河南館子裡吃瓦塊魚呢！

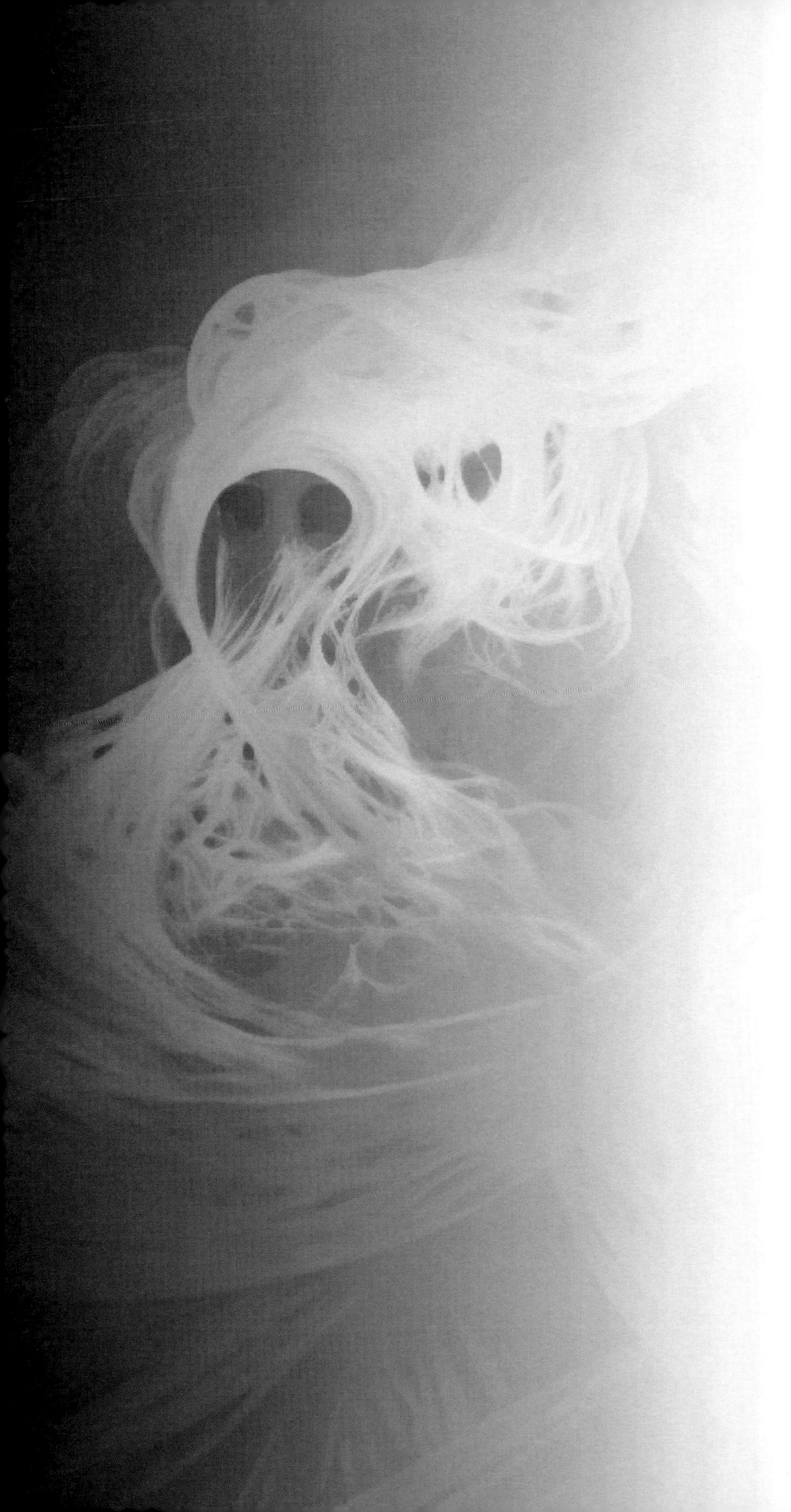

一餐之間

區家幾個人在雨淋中隨了人家這一叢燈火走，既走不動，又怕走遠了會離開人家的燈火，只好狠命的爬坡子。到了坡子半中間，有截平地，左右有幾家木板支架的小店面，其中有爿小茶館，半掩著門，裡面露出燈光來。區老太爺道：「不必冒著雨走了，我們在茶館子裡躲躲雨吧！」說著，放棄了那有火的行人，向茶館裡走。區老太太巴不得這一聲，首先進了屋簷下。這茶館小得很，平常是把三張桌子放在門外平地上賣座。這時把桌凳都搬進屋子來，因之桌面上倒豎著桌子，前面一排三副座頭，都不能安身。大家也不問店內是否賣茶，一直走了進去。腳上的泥，身上的水，把假樓的地板，倒淋溼了一片。屋梁上懸著一盞三個燈頭的菜油燈，照見屋角落裡坐著一個漢子，口裡銜了旱菸袋，先是瞪了大眼望著，後來等大家走到裡面來了，才起身擺了一隻手道：「不賣茶了。」區老太爺道：「我曉得你們不賣茶了，我們是坡子底下被炸的難民。露天裡站不住腳，到這裡躲一躲雨。平日我們也常到這裡喫茶，劉老闆就不認得我了嗎？」燈下另坐了一個女人，兩手捧了一隻線襪子在補底，聽了這話，便點點頭道：「歇一下兒嘛，歇一下兒嘛！」

區老太爺走到屋裡，又伸頭到屋簷下去看了一看，皺了眉回來，向大家道：「這樣子，雨是不會就停，我們大家身上都打溼了，必須找個安身的地方，弄點火來烘烘衣服才好。」那茶館老闆銜著旱菸袋，走近前來，對他們看了一遍，向門外指著道：「再上一段坡子，那裡有一座賣面的棚棚，是你們下江人，你到那裡去想想法子吧！」區老爺對他這個善意的建議，還沒有答應，卻聽得前排桌子角裡有人插嘴道：「別個要能走的話，他不會上坡去找旅館，為什麼到棚子裡去？」

老太爺回頭看時，原來是那桌子倒豎過來的桌腿，擋住了燈光，那裡正有一個人躺在長板凳上呢。這時，那人坐起來了，看上去是個苦力模樣，舊藍布短襖，用帶子攔腰一繫，頭上紮了一道白布圈子，臉上黃瘦得像個病人，也沒有怎麼介意。那人倒先失驚道：「呀！原來是區家老太爺，你受驚了！我知道你公館炸了，下去看了一趟，沒有看到人，想是你們走了，朗格這時候冒了雨跳？」老太爺聽他說出這串話，好像是熟人，卻又不怎麼認得。及至他走近，燈光照得更清楚點，這才想起來了，便是自己曾在宗保長面前替他講過情的楊老么。因問道：「你病好了？」他道：

「得了老太爺那兩塊錢，買了幾粒丸藥吞，今天擺子沒有來。五哥，這就是我告訴你的那個區老太爺，真是好人！」

那茶店老闆聽了這話，兩手捧了水菸袋，向區老太爺拱拱手道：「這楊老闆是我們老么，昨天多謝老太爺救了他一命。」區老太爺上了歲數，多少知道社會上一點情形，在他們一個叫「五哥」，一個叫「老么」之下，已了解他們的關係，因道：「那也值不得掛齒。我們也不過一時看著不平，幫個小窮忙而已。」楊老么這時已走到了老闆身邊，輕輕說了兩句，他點頭道：「就是嘛！就是嘛！」楊老么向區老太爺道：「老太爺，我和這位劉老闆商量好了，雨大了，沒得轎子叫，就在這裡安歇，後面腳底下竈上，還有火，可以請到那裡去把衣服烤烤乾。」區老太爺道：「那太好了。不過脫下衣服等著烤，究竟不方便，既是這裡劉老闆有這好意，讓我們在這裡停留，那我越發要求一下，請借把傘我用用，我下去搬口箱子上來。」楊老么道：「老太爺，你相不相信我？我去把箱子給你搬上來。」區老太爺哈哈一笑道：「彼此熟人，我有什麼不放心你？不過你也是有病在身的人。」楊老么道：「我們是賤命，歇一下梢，病就好了。就怕你們家裡人不肯讓我搬。」亞男道：「這樣吧，只要有傘，我不怕雨，我和這位楊老闆下去，把東西搬來。同時也告訴大哥一聲，我們在這裡。」老太爺見大家淋得透溼，絕不能和衣圍著煤竈烤火，也就答應了她這個辦法。於是劉老闆引著區家一門老少，到下一層屋子裡去烤火。楊老么打了燈籠，撐著雨傘，由亞男引著去搬箱子。在一小時內，區家全家人總算換上了乾衣服，接著楊老么給他們陸續的搬運東西，又搬了兩捆行李捲上來。忙碌了半夜，大家便在茶館裡桌子上勉強安睡。

次日早上，雨算是住了，天色微明，老太爺就跑下坡去，看那再度遭劫的破家。到了那裡，見自己家那所破門樓子下面，是雨點淋不到的五尺之地，亞雄和幾個鄰居，在那裡堆了箱籃雜物，人都擁擠了縮成一堆，坐在衣箱或行李捲上打瞌睡。區老太爺走近時，見亞雄將一床破氈毯裹住了身子，人坐在牆角落裡，兩腿曲起，身子伏在膝蓋上睡，竟是鼾聲大作。老太爺見門樓屋簷下滿地是泥漿，瓦簷上兀自滴著水點，門前幾棵常綠樹，炸剩下的一些殘枝敗葉，在曉風下只是抖顫著。便是睡了半晚的人，這時由坡上下來，也覺淒涼得很。亞雄在這淒風苦雨之中，守過一個黑夜，這辛苦不問可知。因之站在門簷外，對他呆看著，不覺心酸一陣，有兩粒淚珠子，在臉腮上滾了下來。自己抬起袖子來將眼睛揉擦著，又咳嗽了幾聲，這樣，將坐而假寐的亞雄驚醒，他連忙站了起來說道：「喲！你老人家這早就來了。」老太爺向他周身望著，然後問道：「昨天夜裡沒有凍著嗎？」亞雄道：「凍是沒有凍著，只是這場雨下得實在討厭，那破屋子裡東西，不免都埋在泥漿裡了。」老太爺道：「大概細軟東西，已運出了十分之五六，其餘笨重的東西，只好學句大話：『破甑不顧，現在無須顧慮這些。第一件事，我們要找個地方落腳，然後把這裡東西搬走，不然今天再下一場雨，還讓你在這風雨裡坐守一夜不成？我來給你換個班，你可以到上面小茶館子裡去洗把臉，喝口熱茶，你母親和婉貞，都在惦記著你。」亞雄本不願走，聽了他父親最後這句話，只得彼此換一換班。

老太爺在這裡約莫坐了一小時，只見亞男同楊老么引著四五個力夫走向前來。亞男笑道：「這位楊老闆真肯幫忙，已經在小客店裡和我們找好了兩間房子，又找了幾個人替我們搬東西！」區老太爺心想：真不料兩塊錢的力量，會發生這樣大的效果。當時向楊老么道謝一番，並說明所有搬力照付，就忙碌了大半天，總算把全家人搶救出來一些的應用物品，都囤在小客店裡。客店雖開設在大街上，但是實在難於安身。下面是一爿小茶館，上面兩層樓，是客店。這屋子只有臨街一面開著窗戶，其餘三面，全是竹片作底，外糊黃泥石灰的夾壁。區家所歇前後兩間，是半截木板隔開的。後間只藉著木板上半截透過來的一些餘光，白天也黑沉沉的看不見。上樓梯的角落裡，雖有一個窗戶向後開著，那下面是尿池，帶來一陣陣的尿臊。兩旁夾壁漏了許多破洞，都用舊報紙糊住。前面屋予窗戶格上，糊著白紙，關起來，屋子太暗，開著呢，馬路天空上的風，向裡面灌著，又十分陰涼。

這裡有一張木板架的床，一張桌面上有焦糊窟窿的桌子，兩隻歪腳的方凳，此外並無所有。即便如此，屋子裡已不許兩個人轉身。區家人將東西放在後屋子裡，一家人全在前面坐著，彷彿擁擠在公共汽車裡一樣。而且每行一步，樓板搖撼著閃動了夾壁，夾壁又閃動了窗戶，那窗戶格上的紙，被震得呼呼有聲。

老太爺在這樓上坐不住，泡了一碗茶，終日在樓底下小茶館裡坐著。如此，他本已十分不耐了，而且衣袋的二百元錢，經這次災難，花了一些搬家費，便將用個精光。第二三兩個兒子，都走了，大兒子是個奉公守法的小公務員，叫他有什麼法子能挽救這個危局？他躺在茶館裡的竹椅上，只沉沉的想著，有時口銜了旱菸袋，站在茶館屋簷下，只是看來往行人出神。忽見西門德家裡的劉嫂，手裡提了一隻包裹，由面前經過，便叫住她問話。劉嫂抬頭向樓上看看，因道：「老太爺就住在這裡？」區老太爺皺了眉道：「暫住一兩天吧，我也打算搬到鄉下去了。你們先生搬過南岸去沒有？」劉嫂道：「太太在旅館裡住得很安逸。她說不忙展。先把東西辦齊備了，再展過南岸去。我們先生還問過老太爺呢！」說著，逕自去了。

區老太爺想著，最近半月，西門德在經濟上非常活動，認識了兩位商家，很有辦法，他也曾說過，替亞英想點辦法，現在亞英走了，何妨請他和我想點辦法？自己雖是年到六旬的人，也並非不能作事，必須有了職業，才可以開口向人家借筆款子，必須有一筆款子，才可以重建這個破家。小客店裡雖然住得下去，每日這兩頓飯，就在小館子裡吃不起。

早上，全家人吃一頓紅苕和乾燒餅，已是七八塊錢了。他想著想著，更不能忍住，就順路向西門德所住的旅館裡走去。

只走到那門口，見停著一輛流線型的小轎車，就表現著這旅館非同等閒，不免倒背了兩手，低頭看看身上衣服。好在這陪都市上，除了穿西服的人是表示他一種不窮的身分而外，穿長衣的人，倒很少穿綢緞。自己這件藍布大褂，卻也不破爛，總在水平線上，事到如今，也顧不得碰釘子與否了，只好硬著頭皮向旅館裡面走去。

正好西門德由裡面走出來，手裡撐了一根烏漆手杖，搖晃著身軀走路，頂頭看到，便伸手來和老太爺握著，因道：

「這幾日之間，我非常惦念，回想到我們作鄰居的時候，每日晚間擺龍門陣，自也有其樂越，現在搬到什麼地方去住了？」區老太爺見他說話的情形，相當表示好感，便嘆了一口氣道：「一言難盡。現在我全家都在『雞鳴早看天』的小店裡。」西門德道：「那太委屈了。」區老太爺道：「委屈？便是這種委屈的待遇，我們也擔負不了。西門先生有工夫嗎？我想和你談談。」西門德看了一看手錶，因道：「那很好，我可以和老先生談半小時，請到我房間裡坐。」於是他在前面引路，將區老太爺引到自己房間裡來。區老太爺見四壁粉漆著水湖色，四沿畫著彩漆，這在轟炸頻仍的都市裡，是絕對少有的點綴，這間屋子的高貴也就可想而知。踏著樓板上面的地毯，走到沙發椅子上坐下。西門德便在桌上取過一聽炮台菸來敬客。老太爺原來就看到桌上這個綠紙金字的菸聽子的，心想這未必裝的是真煙，及至博士拿著煙敬客，他還看了看上面的字。西門德擦著火柴給他點上，笑道：「我可買不起這個，這是那錢經理送來的。作商家的人，轉到內地來，竟是比從前還要闊。」老太爺吸著菸，默然了一會，他真覺得有萬語千言，不知從何說起。

西門德坐在他對面椅子上，因道：「老太爺，我這幾天雖沒有去找你，但是我和內人談起來，就想到這一個炸彈，府上最是受窘。亞雄兄是個忠厚人，亞杰走了，亞英又沒回家，而且也失了業，剩下的全是老弱，這實在要趕快想法。我看城裡住不得，你們還是下鄉吧。反正在城裡沒有生財之道，住在城裡，樣樣東西比鄉下貴，第一是房子就沒有辦法。這是霧季，敵機就算不常來轟炸，將來霧季過去了，你府上一門老弱，逃警報也大有問題。戰事知道還有多少年才能結束，應該早作個長久打算。我這話對嗎？」說時，他望著客人的臉。

區老太爺笑著點了兩點頭道：「到底是老鄰居，我的話還沒有說出來，你已經猜著我的心事了。我這個家，城裡圍已無法安頓，便是疏散下鄉，而這筆重建家庭的費用，也非借款不可……」西門德不等說完，便搶著道：「可是我和府上一樣同時被炸的。」區老太爺搖手道：「我也不能那樣不識時務，今天來向西門先生借錢。我現在想不服老，也出來找一點工作。這些日子，博士頗和商界人接近，可不可以和我們作個介紹人呢？前幾日西門先生曾慨然的答應給我家亞英找一個位置的。」西門德聽他如此說了，倒不覺哈哈笑了起來。見他手上夾住的那支紙菸已經是吸完了，於是又取了一支送過去，因道：「何至於此？暫時受點波折，不必介意。」區老太爺正了臉色向他望了望道：「博士，我絕對不是笑話。自然這是暫時的波折。然而這暫時的波折，我就無法可以維持下去。假如我現在能找得一個職業，我就可以借這點職業作幌子，和親戚朋友去借錢，人家也料著我有個還錢的機會。我那兩孩子都出門去了，而亞雄又是個寒酸小公務員，人家見我這樣窮而無告的家，怕不肯借錢，因為那不是借錢，簡直是告幫了。」

西門德微偏了頭望了窗戶外的遠山影子，口裡莫名其妙地說了一聲「這個」。區老太爺看他這樣子，是透著為難，便笑道：「我也是這樣一種幻想，若博士一時想不出辦法，過兩三日再談吧。」西門德突然站了起來，將手連連搖著道：「且慢，且慢！我有一點辦法了，就不知道老太爺是不是願意這個職務？」老太爺道：「若不是拉包車，當大班轎伕，我都願意。其實就是當車伕轎伕，只要有那種力氣，我也是願意幹的。」西門德笑道：「老先生牢騷之至！我說的這個職務，還是與老先生身分極相合，是到人家家裡去授家庭課。」老太爺道：「這我倒優為之，但不知學生程度如何？若是初中程度的話，便是英文、算學我也能對付。」西門德道：「不，就只教國文。程度倒都是高中畢業。」區老太爺道：「這麼大的學生，還在家裡念國文？」西門德道：「這也是戰時一種現象，就是這裡錢先生的朋友當中，有三五個學生，屢考大學不取，事後把他們的考卷調查一下，平均分數不到三十分。據傳說，再增加十來分，就有考取的希望。他們的父兄，也沒有多大的希望，僅僅盼望他們能夠爬上十分去。於是檢查一下，到底是哪樣功課最差。除了一位算學是零分而外，其餘有算學不成的，有英文不成的，而國文不行，卻是最普通的現象。不僅是不行而已，一百多個字的語體文裡面，竟可查出五個以上的別字。他們父兄一想，就算作買賣，開一張發票，鬧上個把別字，這也是很嚴重的問題，就決定了不要這些青年考大學了，預備請一個懂教授法的國文先生，教他們一年國文。最後這一點是我的建議，因為補習國文，請教於頭腦冬烘的老夫子，便抬出翰林院來，也是無用的。這些高中學生，根本不能接受『政者正也，德者得也』那種朱注式的講解，必須用深入淺出的法子去教他們。這些學生的家長們聽了我這話，頗為贊成，可是有一件難事隨著發生，今年中學的師資，根本發生恐慌，國文先生尤其缺乏。」

區老太爺道：「那也不見得吧，譬如我自己還找不到這教書的門路呢。」西門德道：「這就是一種很大的矛盾了。在未被炸以前，不但老先生自己無法教書，令郎現成的教書匠，都去改行了。不過若以老先生現在的環境而論，很需要找一種職業，這還是可以幹的一件事。」區老太爺道：「若照博士的說法，這個教書先生，我還可以當得過，就請博士替我舉薦。主人在哪裡？」西門德道：「這些學生都是散住在各處的，但上課的地點，可以選定在南岸，也就是我所住的地方。這於我也有些好處，我們擺龍門陣的老友，還可以繼續的擺龍門陣。關於待遇方面，我想他們會不在乎，現在我就可以去和錢先生商量商量，請你在我這屋子裡寬坐片刻，我到隔壁屋子去問問情形。」說畢，他立刻起身走了。

區老太爺坐在這屋子裡靜候著他的回信，不免又吸了他兩支紙菸。少刻，西門德含著滿臉笑容，走將進來，拍了手道：「事情是極順利的解決了。剛才我到隔壁屋子裡去，正好有位學生家長也在這裡。我介紹老先生當面和他談一談，老先生以為如何？」區老太爺起身道：「這倒很好，以便這問題一言可決。」西門德見他很乾脆，便引他到隔壁屋子裡來。區老太爺隨在他身後，走向那隔壁屋子，在座有三個人，那位錢經理自己是認得的，此外還有兩位穿西服的朋友，架起了腳坐在沙發上吸紙菸。西門德走進來時，他們都已站起，便為他介紹著，一位是錢尚富先生，一位是郭寄從先生；最後將他引到一人面前時，只見那人穿了紅灰格子呢西服，紮著一條綠綢領帶，不過他衣服雖然穿得這樣漂亮，可是生著一張黃黑的長面孔，還有幾個碎麻子，張開口來笑時，露出一粒黃澄澄的金質門牙，更帶了幾分俗氣。西門德道：「這是慕容仁經理。就是他的令郎，要補習功課。」

區老太爺聽說又是一位經理，覺得這是轉到富翁圈子裡來了，便向著那人略拱了一拱手道：「久仰，久仰！」他所謂「久仰」，本來是應酬之詞，並也不曾有什麼真的久仰，可是這位慕容仁經理，倒是居之不疑。手裡拿了翡翠菸嘴，上面按了一枝炮台菸，卻點了不吸，像是拿一枝毛筆似的捏著在空中畫圈圈，很為得意的樣子，晃著頭笑道：「我這個雙姓，重慶市上很少，所以提起我慕容仁來，差不多的人都知道。區先生前兩天受驚了，請坐，請坐。」他這樣寒暄了兩句，倒不問人家是否坐下，他自己先坐到沙發上，將腿架了起來。區老太爺一見，心裡就老大不高興，為自己家裡子弟請先生，維持師道尊嚴，應該多恭敬些，這個樣子，恐怕不會怎樣客氣。西門德見他臉色有些不自然，便連連向他點頭道：「我們坐下來談。」

西門德就把介紹的意思說了一番，又替兩方各標榜了幾句。慕容仁手扶翡翠菸嘴噴了兩口菸，頭枕著沙發靠背，臉向著屋頂，因道：「區老先生既是老教育家，又經博士的介紹，那決錯不了，我們非常歡迎。假使老先生願意給我們教教孩子的話，食住都不成問題；南岸我們有很好的房子，那邊我們僱有下江廚師，勉強也能作兩樣下江菜。待遇方面，現在人工是貴的，我們有個包袱提回家，叫個小孩子順提了，自江邊提上坡，從前給幾分錢就行了，如今非五六角錢不提，我們請先生的報酬，自也不能太少。我們打算每月奉送法幣三百元，博士你看這個辦法如何？」區老太爺聽到他的話，不倫不類，覺得不能含糊答覆，因笑道：「十塊錢一天的鐘點費，這自然不能說少，因為東家是供給了膳宿的。不過請先生教子弟，這和其他一般僱工可有些不同。在前清科舉時代，人家家裡要請一位教書先生進門，那是件大事。」慕容仁笑道：「我也沒有把請先生當小事呀。呵！我想起來了，我應該請客。」說著他站了起來，向區老太爺微微點了個頭道：「我請老先生吃個小館。」區老太爺道：「這倒不必客氣，果然我們有成約了，將來少不了有叨擾的時候。」說這話時，在屋子裡的人都站起來了。

錢尚富倒是抱拳頭向老太爺舉了一舉手，笑道：「我也有個姪子要拜在門牆之下，今天我先來作個小東，這不算請先生，我們都要吃飯。一面談話，一面吃飯，一舉兩得。如蒙俯允，將來自要正式請老師。」老太爺覺得這人的話倒還受聽，為了西門德的關係，倒未便拒絕過深，只好說聲太客氣，隨著他們一同走出旅館。

約莫走了幾十家店面，身旁有人叫了一聲「老太爺」，回頭看時，正是那個曾幫過忙的楊老么，他肩上扛了一個篾簍子，在馬路旁邊站住，便向他點了兩點頭。他道：「老太爺現在找到了房子沒有？」他說著話，就走近了來。區老太爺道：「很困難，如今還是住在那小客店裡呢？」慕容仁正走在區老太爺後面，楊老么扛了那簍子走過來，恰是看不到迎面來的人。慕容仁喝道：「你向哪裡走？」楊老么抬眼一看，見他是個穿整齊西裝的人，而且衣襟上還掛了有一方證章，這絕不是平常的先生們，立刻退後了兩步。慕容仁將手上的手杖指了他的臉道：「你看那張鬼臉，又黑又黃，衣服上的汗臭氣，老早就燻著人作嘔，你也不在尿桶裡照照你那鬼像，大街上亂叫人！」楊老么見他瞪了兩眼，板著面孔，好像彼此之間有深仇似的，因道：「這不是笑話嗎！我又沒有招你，又沒有惹你，你罵我作啥子？慕容仁道：你敢招我，你這狗……」楊老么把肩上的篾簍子向地下一放，兩手叉住腰道：「你開口就罵人，狗啥子，你敢罵我？你罵我，我就打你！」

慕容仁說出了那個「狗」字之後，也覺言語過於野蠻，因此「狗」字之下不便再續，頓了一頓，現在楊老么倒量著他不敢罵，但他如何肯示弱？便瞪了眼道：「你這狗才，我為什麼不敢罵你？」楊老么道：「狗才？你看到我穿爛筋筋吧？你不要看你洋裝穿起……」區老太爺攔在兩人中間站著，向楊老么搖搖手道：「楊老闆，你去作你的事，不用說了！」楊老么見老太爺只管擺手，也就扛著篾簍子走了，但他依然不服氣，一面走，一面咕嚕道：「狗才？看哪個是狗才！你有錢穿洋裝，好稀奇！下個月壯丁抽籤，我自己去抽。你凶，你敢和我一路去打日本嗎？」

老太爺真沒有想到這位慕容先生如此厲害，一個窮人和他同行的人說句話，他就這樣大發雷霆，這種人如何可以和他共事？這餐飯更是不必去擾他。他這樣一沉吟，步伐走慢了，落後好幾步。倒是西門德看清楚了他的意思，假使他不去吃館子，掉身轉去，這未免給慕容仁面子上下不來，因笑道：「老太爺走不動，叫一輛車子吧。」錢尚富將手向街對過一指道：「就是那家江蘇館子，到了，到了。」既然到了，老太爺倒不好意思拂袖而去，只得忍耐著不作聲，和他們一路走向對街。那江蘇館子，正是相當有名的一家，沿門前馬路上一列停了好幾部流線型新汽車。西門德指著一輛淡綠色的汽車道：「咦，藺二爺也在這裡。」慕容仁笑道：「是的，是的！博士好眼力，不看車牌子，就認得出來。」西門德笑道：「揩油的車子，坐的太多了，哪有不認識之理？」慕容仁道：「不知道他是來吃便飯呢，還是請客？若是吃便飯，他遇到了我們，就不會要我們會東的。」說著，大家魚貫入館。

在樓梯口上，經過帳房櫃檯的時候，那帳房先生放了手上的筆，站了起來，連鞠躬帶點頭，笑道：「錢經理來了。」慕容仁道：「藺二爺在樓上嗎？是請客是吃便飯？」帳房道：「是別人請他。」慕容仁回頭向西門德道：「這我們倒不便走過去找他談話了。」西門德道：「我們吃我們的，又何必要去找他？」慕容仁已上了好幾級樓梯，他竟等不得到樓上去交代，扶著梯子扶欄等西門德上前了，回過頭來向他道：「藺二爺是個好熱鬧的人，他什麼沒有吃過，在乎我們請他？只是他要的是這份虛面子，覺得無論到什麼地方來了，都有他的部下在活動。」西門德聽說，倒不由得面色一紅，因道：「部下我可高攀不上。」慕容仁算碰了個橡皮釘子，就不再說了。

到了樓上，茶房見是一群財神，立刻引到一間大的房間裡來。大家坐下，茶房笑嘻嘻地向錢尚富道：「經理還等客人不等？」錢尚富道：「就是這幾個人，你給我們預備菜就是了。」茶房道：「今天有大魚，並且有新鮮蝦子。」西門德不免笑道：「新鮮蝦子，這是很能引誘人的食品。你打算賣幾張法幣？」茶房望著他笑了一笑。西門德笑道：「我是說一百元一張的法幣。」區老太爺向錢尚富抱了一抱拳頭，笑道：「既是吃便飯，就簡單一點好了。」錢尚富笑道：「這裡我常來，菜是應當怎樣配合，他們大概知道，不至於多花錢的。」

他們在這裡商量著酒菜，那位氣焰逼人的慕容仁，卻已不見，大家不曾去理會，區老太爺自更不必去問他，等著酒菜要上桌了，他又匆匆跑進房來，臉上帶有幾分笑容，又帶有幾分鄭重的氣色，卻向錢尚富道：「藺二爺是赴銀行界的約會，是無所謂的應酬，他聽說西門博士在這裡，非常高興，約著一會就到我們這裡來。首席留著吧！哦！首席正空著的。」說著，就忙忙碌碌將一副杯筷移到首席空位上去。區老太爺心想，幸而自己知趣，沒有敢坐在首席空位上，要不然，因為自己是個教書先生，居然坐下去，那麼，這時候人家把自己轟下來，那就太掃面子了，於是默然坐著，且觀看他們的下文。

約莫是吃過了兩樣菜，門外茶房叫聲藺二爺來了，代掀著門簾子。區老太爺在未見之先，以為蘭二爺必是一位舉止極豪華的人，不然，像慕容先生這副氣派，怎樣肯低首下心？可是這時蘭二爺進來了，身上穿的也不過是陰丹士林的藍布罩袍，比平常人所不同的，只是口角銜著一隻光亮的木菸斗。他一進來，大家全體起立，雖然沒有人喊口令，那動作倒很一致。區老太爺雖不知道這蘭二爺是何人，可是沒有主立於前，客坐於後的道理，也就跟著站立起來。在那蘭二爺眼裡，似乎只有西門德談得上是朋友，左手取下口角的菸斗，右手伸著和他握了一握，對其餘的人卻只是點點下頦而已。

西門德道：「二爺，我給你介紹，這是區莊正老先生。現在尚富兄要請他去當西席。」蘭二爺點頭道：「我聽到慕容仁說了，他們今天請先生，我特意來奉陪。」區老太爺連說「不敢當」。

慕容仁滿臉堆著笑容的向蘭二爺道：「二爺，上面虛席以待，請坐。」蘭二爺銜著菸斗連搖了兩搖頭，笑道：

「這叫胡鬧！你們請老師，哪有讓我坐首席之理？」區老太爺看到這些人的姿態，早就不願接受這聘約了，因拱手道。

「我們有言在先，今天是吃便飯，兄弟是奉陪的。」慕容仁早已拿了酒壺過去，在那空席上的杯子裡斟滿了一杯酒，然後笑道：「二爺，這酒很好，我保險有十年以上的成績，是我看到二爺在此，特意到櫃上去商量了來的。大家都久已坐下了，就不必再變動。」蘭二爺笑道：「這樣話，倒是可通。」他笑著坐下了，先乾了一杯黃酒，手按了杯子，上下嘴唇皮抿了幾下，嘖嘖有聲地去研究那酒的滋味。慕容仁按了酒壺，在桌子下方站了起來，半鞠了躬，向蘭二爺笑道：

「二爺，嘗這酒味如何？」蘭二爺又拿起杯子來，伸著在桌面子上，笑道：「再來一杯，讓我嘗嘗。」慕容仁聽了這話，立刻雙手捧了酒壺，站到他面前去斟酒。那位蘭二爺倒並不覺得有些過分，坐在那裡屁股貼著凳子，也不肯略微昂起一點，伸手出去，舉了杯子，只等慕容仁斟酒。慕容仁一面斟酒，一面笑容可掬的向蘭二爺道：「這樣的酒，二爺像喝茶一樣，就是喝三五十杯，也不算一回事。」他只管說著恭維話，忘了自己是在斟酒。蘭二爺連說「滿了滿了」，他沒有來得及正起壺來，酒由杯子裡溢位，淋了蘭二爺罩衫上一片溼跡。他「哦喲」了一聲，立刻把酒壺放在桌子角上，抽出袖子籠裡一條手絹，低了頭替他去揩擦衣襟上的酒漬。蘭二爺先乾了手上那杯酒，才放下杯子，向他笑道：「仁兄，你這斟酒的藝術，還不夠出師，應該到傳習所裡去學習幾個月。」慕容仁連說是，是力，倒好像有點惶恐似的。

區老太爺坐在席上看到，心裡就暗忖著，和這傢伙見面以來，就覺他氣焰不可一世，彷彿帶了幾十萬人在手上，天不怕，地不怕。真是一物服一物，如今見了蘭二爺，不想他竟是這樣恭順。心裡這樣忖度時，便更覺得這個聚會不是滋味，只有默然的坐著陪大家吃酒。那慕容仁向蘭二爺周旋了一陣，回到自己席上去，笑道：「二爺，剛才這裡茶房說，有蝦，弄一份來嘗嘗，好不好？」蘭二爺笑道：「那倒不必，再下去一個禮拜，我就到香港去了，要吃魚蝦海味，到香港去，可以盡量的吃。」錢尚富在無意中聽到蘭二爺要到香港去的這個訊息，心下倒著實是一喜，正有兩批貨物壓在香港不能運進來，當面託他一託，卻不比西門德、慕容仁轉了彎說更好？主意有了，便笑道：「雖然二爺不久要到香港去，在香港是香港的吃法，在重慶是重慶的吃法，讓他們弄一碗炒蝦仁來試試。」

蘭二爺笑道：「我知道錢先生最近一批貨，又賺了幾十萬，你倒是不怕請客。蝦仁不必，叫他燒一條魚來吃就是了。」錢尚富道：「已經讓他們作了一條魚了。」說到這裡，茶房正送了一大碟子雲南火腿上桌。蘭二爺笑道：「現在吃東西，倒要先打聽打聽價錢，不然，有把主人作押帳的可能。我倒要問問炒蝦仁是多少錢？」茶房放下盤子，垂手站在一邊，笑道：「二爺吃菜，還用問嗎？我們這裡有兩種蝦，一種是炒海蝦片，價錢大一點，因為是飛來的。炒新鮮蝦仁，我們是內地找來的，蝦子價錢也不貴。」蘭二爺笑道：「呵！是國產，那用不著錢經理消耗外匯了，你就來一盤吧！」慕容仁道：「不用錢經理花外匯，也不用錢經理花法幣，今天歸我請，二爺！」說著，回轉頭來向茶房道：

「叫廚師好好給我們作。」茶房笑著答應了一聲「是」，退下去了。

區老太爺一想：「自從到四川來以後，就沒有吃過蝦，總以為四川沒有這玩意，可是到了館子裡賣錢的時候，居然有，倒不知要賣多少錢？他們沒有問價錢，就叫館子裡去做，大概是不肯表示寒酸，我倒要調查調查炒蝦仁是什麼價錢。可是話又說回來了，原來他們是要請教書先生，自從蘭二爺來了，顯然變成了請蘭二爺。這飯吃得沒大意思，最好想個法子先走為妙。」他心裡這麼一想，默然不語了。這也不但是他如此，在席上的人，對於蘭二爺似乎都感到有一種不可侵犯的威嚴，所以大家都減了談鋒。

蘭二爺倒是很無拘束，端起杯子來喝了口酒，笑道：

「博士，你對書畫這些玩意是不是也感到興趣？西門德道：當年教書的時候，沒有什麼嗜好，在南京北平也常常跑古董店，可是我有個條件，只貪便宜，不問真假。」藺二爺搖搖頭道：「那叫玩什麼古董？不過這樣一來，你一定也收藏過一些東西了？」西門德向區老太爺拱拱拳頭道：「莊正先生對此道卻是世傳，他們家翰林府第，還少得了這個嗎？」藺慕如聽了這報告，倒有點吃驚，向老太爺望著道：

「府上哪位先輩是翰林公呢？」老太爺嘆口氣道：「說來慚愧，先嚴是翰林，兄弟一寒至此，是有玷家聲了。」藺慕如正端起一杯酒來要喝，聽了這話，復又把杯子放下，「哦」了一聲道：「是令尊大人，不知諱的是哪兩個字？」區老先生道：「上一字『南』，下一字『浦』。」藺慕如又「哦喲」了一聲站起來道：「大水沖了龍王廟，自家不認得自家人，先兄藺敬如，是南公的門生。先兄雖已去世了，家藏的南公墨寶還不少，現在我家裡就掛著南公一副對聯。我就知道南公是詩書畫三絕。區先生家學淵源，一定是了不得的了！今日幸會，來，來，來，先同乾一杯！」慕容仁雖不知道區老太爺的身分如何，但聽這兩人的話音，分明他父親是個翰林公。在老前輩口裡，也常聽到翰林就是一個很有地位的文官，而且藺二爺說他的哥哥是區家門生，他們是很有關係的了，早是聽得呆了，不知怎樣重新和區先生客氣起來才好。現在藺二爺說是同乾一杯，立刻鼓了兩下掌道：「這實在是奇遇，今天我這次小請客，算是請著了。我們應當公賀一杯。區老先生，你那杯子裡太淺，加滿，加滿！」說著，提了酒壺站起來，就向區老先生杯子裡斟酒，區老先生也只好欠身道謝。藺慕如已是舉起杯子，站著先乾了一杯酒，對區老先生照杯，他不能推辭，也只好幹了。彼此坐下，同席的人又公賀一杯。

慕容仁向西門德笑道：「博士，我要罰你的酒了。你只說給我介紹一位國文教員，你怎麼不說是翰林院的後代呢？聽說翰林可以作八府巡按，那官是真大呀！」藺二爺笑道：「慕容，你只好談談棉紗多少錢一包，洋火多少錢一箱；談當年的科舉，你不是丈二和尚摸不到頭腦嗎？你罰人家的酒，說明了，你還不是不知道嗎？」區老太爺見藺慕如又當面搶白這傢伙一頓，倒也痛快，但是慕容仁並不紅臉，笑道：

「我是該罰。遇到這樣有身分的人，我們竟不知道歡迎，罰罰罰！」說著端起杯子，又喝了一杯。藺慕如並不睬他，卻回轉頭來向區老太爺道：老先生一向在哪裡服務？他答道：「過去只不過在大學裡中學裡教幾點鐘書罷了。抗戰入川以後，學校都沒有遷川，和學校脫離關係了。」藺慕如道：「在學校裡當然是擔任國文了。」他道：「是的，不過歷史也湊合。」說著微微一笑。藺慕如道：「國學叢書裡面有幾部著作，署名區小浦的，那是莊正先生的昆仲行吧？老先生笑道：小浦是兄弟的筆名。」藺慕如抱了拳頭道：「失敬，失敬！那幾部書，我都看過，十分有根底。這樣好的學問，何至於去教家庭館，改天請到舍下去敘敘，雖然先兄去世了，我高攀一點，總算是師兄弟，若不是我談起書畫來，幾乎失之交臂。老先生什麼時候得閒？府上在哪裡？我送帖子來，博士作陪。」區老先生笑道：「不必了，我改天到公館裡去拜訪。」

錢尚富年輕些，對於「進士」、「翰林」、「國文」、「歷史」這一套名詞，根本少聞少見，不知道區老先生何以讓藺二爺突然敬重起來，料著這裡面定有很大的原因。藺二爺都這樣客氣，捧二爺的人那還有什麼話說？於是笑著站起來道：「二爺賞我們一個小臉，讓我們來請，好不好？」藺二爺笑道：「我是想邀著老先生談談文學。這個行業，你們不行。有你們在座，一談生意經，讓人掃興之至。」錢尚富沒想到這一下馬屁，完全拍在馬腿上，聽那番言語，比慕容仁碰的釘子還大，紅了臉苦笑著，不敢向下說了。

區老先生究竟是個忠厚長者，覺得讓姓錢的太下不來，也就笑道：「我也很願叨擾錢先生的，不過兩頓吃，我不願一頓吃了，可否分批的叨擾呢？」藺二爺笑道。「可以的，老實告訴閣下，他們是錢賺錢，賺的既多，而且不費一點力量，大可擾他。你我是憑腦力賺錢，不能和他們比的。」他說著自端起酒杯來喝酒，毫不在乎。

坐在下位相陪的郭寄從，始終不敢插言，聽到藺二爺這話，心裡有點不服，要說用錢賺錢，誰也不能賽過他去。這次柴自明託西門德賣棉紗，在他那裡繞個彎子，他就分去了盈利百分之四十。人家還是錢賺錢，他連本錢都不要，就靠他那點身分。大家和藺二爺也不過認識兩三個星期，應當客氣一點才對，可是他和人家說起話來，總是挖苦帶罵，讓人受不了，以後還是少和他見面吧。郭寄從心裡如此想著，眼神就不免向藺慕如多打量兩次。藺慕如恰是看見了，手扶了酒杯向他問道：「寄從有什麼話想說？」他不能不開口了，笑道：「我也無非是想請區老先生。」藺慕如笑道：「這有什麼可躊躇的？你直接說出來就是了。你還是想請老先生教書呢？還是請老先生吃飯呢？」郭寄從笑道：「都請。」

藺二爺忽然轉過臉來，嚮慕容仁道：「你們的子弟若是能請到區老先生教書，那是你們的造化。世上只有人才才能教出人才。慕容，你打算送老先生多少束脩？」慕容仁對束脩兩個字，卻是不大懂，微笑了，只好望著。藺二爺笑道：「也是我大意，我也沒有告訴你『束脩』兩個字怎樣解釋。這個典出在《四書》上，孔夫子說人家送他十掛乾肉，他也就肯教，所以後人就把送先生的款子叫『束脩』。這個『脩』字，下面不是三撇，是像『月』字的『肉』字，懂了吧？」慕容仁笑道：「懂了，懂了！說起就想起來了，這兩個字在尺牘大全上看過，只是不知道下面是個像『月』字的『肉』字，我以為是『修身』的『修』字呢！真是和二爺多說幾句話，也得不少學問。」藺二爺道：「你怎麼款待區老先生呢？」他笑道：「我實在不知道怎樣辦才對，打算聽候二爺的命令。」藺二爺正想著說個數目，茶房來對藺慕如道：「那邊席上請。」他站起來，和區老先生握著手道「我們一見如故，今天有事，我不能奉陪，改天我送帖子過來專約。」說罷，對其他各人只點了個頭就走了。

合座的人，原是都站起來的。慕容仁卻特別恭敬，一直送出這特別客座去，回來之後，先不入座，向區老先生拱了拱手，笑道：「兄弟有眼不識泰山，慚愧之至！原來老先生和藺大爺是師兄弟。老實說，藺家出來一條狗，也比我們有辦法得名。」區老先生不是藺慕加那一番張羅，早就要走了，聽了慕容仁這個譬喻，不覺臉色一沉。西門德也覺得這譬喻太不像話，便笑著打岔道：「坐下來說吧，坐下來說吧！」

老先生微笑道：「我還記得慕容先生說了那楊老么一聲『狗才』，那楊老么就急了，這樣看起來，狗才倒也未可厚非。兄弟可不敢高攀藺府上的狗，我這身衣服到了藺公館也許就讓狗轟出來了。」西門德向來沒見區老太爺用惡言語傷人，這也就知道他是氣極了，便哈哈大笑，連說「妙論妙論」。在一陣狂笑之後，茶房又來上菜，這話也就扯了開去。老先生卻站起來向大家一拱手道：「對不起，兄弟要先走一步，有點兒俗事要急於解決。」說畢，也不待他人挽留，直接向外走。慕容仁倒沒有把他譏諷的言語放在心上，連連拱手道：「那簡直虛約了，再用兩個菜好嗎？」老先生口裡說著「多謝」，人只管向外走。西門德博士也覺得慕容仁過於失態，自己反過意不去，隨在後面直送到館子門口，拉著區老先生的手道：「他們是國難商人，言語無狀，也不必去計較他。」老先生笑道：「我實在有點彆扭，也許是喝了點酒的關係，竟是容忍不下去。離開他們也就完了，不必談了。」說著，拱拱手自回小客店去。」

區莊正先生無精打采的走回小旅館，卻見女兒亞男，正在茶館屋簷下兩頭張望著，將兩道眉峰皺起，似乎有很重的心事。她一回頭看到了父親，跑上前執著他的手道：「爸爸，你哪裡去了？可把全家的人急死了！」老先生道：「為什麼？有什麼要緊事嗎？」亞男望著父親又笑了，因道。

「並沒有什麼要緊的事，只是你也沒有說到哪裡去，出去了這麼大半天！」老先生了解家中的意思，走上樓，在小屋子外面就叫道：「太太，我回來了，沒什麼。」區老太太真個迎到屋子門口來，苦笑道：「老太爺，你怎麼出去這麼大半天呢？」老先生進屋來，坐在床鋪上，笑道：「這麼大人，還會丟了嗎？」老太太已斟了杯熱茶送到床鋪面前的小桌上，笑道：「在外面跑了這麼大半天，又渴又餓，喝杯熱茶吧。」老先生笑道：「你正說得相反，我在外面這半天，是又醉又飽。你們以為窮極無聊，我跳了江了。我念了一肚子的書，也不致出此下策。」老太太笑道：「我們也不會想到那裡去呀！」老太爺喝了口茶，笑道：「到現在，我才知道『君子安貧，達人知命』，並不是什麼消極的話，富貴場中，實在讓我們忍耐不下去。」因把今天所遭遇的事，略略說了一遍。老太太道：「在這地方，可以攀出一位世交來，那也不壞。」老先生道：「世交？這些人在花天酒地，一時高興，說兩句風涼話，你以為他是當真思念故交？他要真有念舊的心事，就該打聽我的住址，前來拜訪。那藺慕如今天表示好感，無非要表示他哥哥是個翰林門生，而他自己也就很有學問了，這也是附庸風雅的一流作風。」老太太道：

「這家庭課，你當然是不接受了。」區莊正摸摸嘴上的短鬍樁子，微笑道：老太婆，你覺得怎麼樣？老太太道：「你若為了衣食勉強去接受的話，恐怕你那老胃病要復發了。」老先生輕輕拍了桌子笑道：「同心之言，其臭如蘭。」

亞男原是站在門口聽父母說話的，因為這屋子裡再加兩個人，那就擠起來了。等二老將話說完，她便插嘴道：「爸爸，不要急吧，我有點辦法。」老太爺望了她道：「你有辦法？」亞男道：「是的，我有點辦法，我有個女同學在鄉下疏建區裡，蓋有幾幢房子，願分一幢給我們住。因為他們家全家到雲南去了。這房子不賣，也不租給人，她在讀書，又沒工夫管房子。今天她到這裡來看了我一趟，非常之同情我們，說無條件請我們去住。」老太爺道：「現在還有這樣的好事？」老太太道：「真的，今天來了，開大門的鑰匙都交給我了，除了五六間房子不算，家具都現成，可是我不敢答應。」老先生道：「一個姑娘家，怎麼能作主？」亞男道：

「她能作主，她向來就代理家事，要不，她家走了為什麼把房子交給她呢？母親是愁著這筆搬家費，下鄉有好幾十里呢！」老太太道：「再說亞雄不能下鄉。」老先生道：「好的，等亞雄辦公回來，大家從長商議。這個機會也不能放棄了，不然，永遠住在『雞鳴早看天』的小客店裡嗎？」亞男道：「爸爸既是對原則同意了，其餘的事好辦。」區老先生笑道：「孩子話，其餘的無非是錢，錢的事還容易辦嗎？孩子話！」亞男低頭想了一想，也就笑了。他們商量了一陣子，也沒有得到結果。晚上亞雄回小客店裡來，也同意了。

到了次日，是個霧雨天，在重慶，這種日子，最苦悶而又悽慘。天像烏罩子似的，罩到屋頂上，地面是滿街稀泥，汽車在馬路上滾得泥漿紛飛。雨是有一陣子沒一陣子的下著，街上走路的人，全打著雨傘，雨傘像耍的龍燈，沿了人家屋簷走。區老先生有個家的時候，下雨天，看看書，或者打打棋譜，總也可以消磨過去。在這小客店裡一點沒有辦法，起床之後，洗完了臉，立刻坐到樓下茶館裡去。他桌面上擺著一蓋碗沱茶，一份報紙，一支早菸袋，他環抱著兩隻手，伏在桌子上，只看那屋簷外的稀疏雨絲。早上作小生意的人，已經把早茶喝過去了，吃午茶的人，還沒有來，所以早上十點鐘左邊，茶館是最冷靜的時候。這店堂裡除區莊正坐著看雨，只有那個唯一的麼師，坐在靠裡的一副座頭上打瞌睡。

約莫寂寞了半小時，有個穿青粗呢製服的人，脫下身上半舊的綠色雨衣，搭在手臂上，站在屋簷下東張西望，最後點了兩下頭，似乎表示他已經找對了這地方了，予是走進來就在最前的一副座頭上坐下。那麼師始終在打瞌睡，沒有理會到有客光顧。那人連叫了兩聲泡茶來，他才猛可的抬起頭，將手揉著眼睛。區老先生道：「這位先生連叫了你幾聲了，泡茶吧！」那人見老先生很客氣的稱呼，笑著點了點頭。麼師泡著茶送了過去，他也是寂寞孤獨的坐著。這時亞男由樓上送了一本書來，因道：「爸爸，你也悶的慌吧？有一本英文雜誌，是香港新運來的，倒還新鮮，你解解悶吧。」老先生道：「望望街景，也就把時間混過去了，天下雨，不好出門，又沒個地方作飯，這頓飯怎麼辦呢？」亞男道：「那倒容易解決，母親說給你下碗麵，其餘的人大家吃頓燒餅就是。有熱茶，連茶也可以免了。」老先生道：「要吃燒餅，就大家都吃燒餅吧，為什麼我要例外呢？接連吃了蘭天麵，我也膩了。」亞男笑著，站了一會自上樓去了。老先生拿起那份英文雜誌，就靜靜的看著。約莫是半小時，在他桌子上，有人送來舊報紙托著的四個熱燒餅，另外是兩個小麵包，老先生放下手上的雜誌，見亞男站在身邊，正在口袋裡掏出一包花生米向桌上放。他見她提著一個小布包袱，裡面全是燒餅，因道：「為什麼多給我添兩個麵包？帶給你母親去吃吧，我有四個燒餅和這些花生米，就夠了。你們也有花生米？」亞男道。「我們有辣榨菜，麵包你吃吧。」老先生不允，一定塞到她手上，結果她拿了一枚走了。

那個喫茶的人，獨自坐著，也是無聊，閒看區氏父女行為消遣。見這老先生能看英文雜誌，卻住在這雞鳴早看天的小店裡。再看父女兩人，又十分客氣，這倒是很有教育程度的人家。這樣，他們為什麼流落到這樣子？正注意著，有人叫句「大哥等久了」，只見來了一位披著紅色舊雨衣的女子，站在屋簷底下。但是她不奔向那男子，轉過身來向區老先生鞠著躬，叫了聲老伯。老先生對她的圓圓的臉，一雙大眼睛，印象很深，這是亞男的同學好友沈自強小姐，便站著道：「這樣惡劣的天氣，沈小姐還出來。」她道：「特意來拜訪的。老伯，我給你介紹介紹，這是家兄沈自安。」那個男子聽他妹妹說起過亞男，已知道這是區莊正了，便過來打招乎。老先生握著他的手笑道：「要知是沈小姐的令兄，早請過來談談了，也免得老兄枯坐這樣久。」

於是大家同在一副座頭上坐下。麼師泡上茶來，老先生就請他上樓通知一聲，區小姐的客來了。沈自強笑道：「我應當去看伯母。」老先生笑道：「沈小姐你大概上過樓的了，我們自己家裡人住在樓上，都嫌窄，所以我不得已，終日在這裡坐茶館，你若是去了，那是讓我們增加一分困難。」沈自安笑道：「小客店，我也住過的，區老伯這倒是實話。」沈自強道。「老伯，你們住在這裡，不是辦法，我們南岸的住房還可以騰出兩間屋子來，府上先搬過去，一面再找房子，好不好？我今天就是為這事來的。你只看我約家兄在這茶館子裡等著，就是真意。」區老先生道：「房子我們有了，也是亞男同學讓的。據說，住家的條件都很夠，賣不相瞞，我們就是籌不出搬家費來。」沈自強望著桌上的燒餅，還只咬去半個，便道：「我知道這是老伯午飯，不必客氣，你請吧。真對不住，你是一位老教育家，替國家教了多少人才，而現在讓你老人家無地方可住，而且無飯可吃。」沈自安看看老先生這清癯的面孔，和桌上那枯燥的燒餅，心裡未免一動，憑人家那樣好的學問，又是那樣好的道德，日子卻是這樣過著，心裡默然，倒也說不出話來。

這時亞男由樓上下來了，向前握著沈自強的手道：「自強，你太熱心了。這樣壞的天氣，你還是跑來了！」她道：「那是什麼話！天氣惡劣，不作事，也不吃飯嗎？」她說到最後一句，立刻要收回去，已來不及，很後悔，立刻又接著道：「我聽到老伯說，你們有了房子了。」亞男苦笑了一笑，點點頭道：「房子是有了，可是……」說著又搖搖頭。

沈自強道：「亞男，我給你介紹，這是家兄，自安。」彼此見過禮。沈自安向外面一指道：「我們到外面桌子上去談談，讓老伯吃過點心。」於是也不待區老先生謙遜，他們竟自遷移到另一副座頭上去了。老先生很了解這些青年們是什麼用意，肚子餓了，也不能和人家客氣，讓麼師向茶碗裡兌過開水，就著熱茶，把燒餅麵包吃過。見他三人還是談得很起勁，也不去打攪，自拿起英文雜誌來看。

三十分鐘後，亞男悄悄走過來，挨了桌子坐下，低聲道：「爸爸，那位沈先生願意幫我們一個忙，借五百元讓我們搬家。」區老先生放下書本，將手按著望了望客人，因道：

「那不妥，我和人家才初次見面呀！而況我們收入毫無把握，把什麼還人家呢？」亞男道：「我早知道爸爸有這番意思了，他說我們什麼時候有錢，什麼時候歸還，而且……」她不曾交待完，沈自強小姐已經走過來，她手上握著一個手絹包，塞在亞男手上，笑道：「不許說客氣話！」老先生立刻站起來，拱拱手道：「沈先生，沈小姐，這，這，這，不可以。」那沈自安穿起雨衣，說聲「再會」，已走上了街。

沈小姐卻是夾著雨衣就向外面走。老先生追封屋簷下，他們已經走遠了。老先生回到座位上，搖搖頭道：「這不好，這不好，萍水相逢，怎好讓人家幫這麼一個大忙！」亞男拿著那個手絹包顛了幾顛，皺著眉道：「論他熱心，不妨接受，說起他的職業，我們就不忍收下。」老先生道：「他有什麼工作？」亞男道：「他是給一個二等要人開汽車的。是你老人家常說的話，愧煞士大夫階級了。」

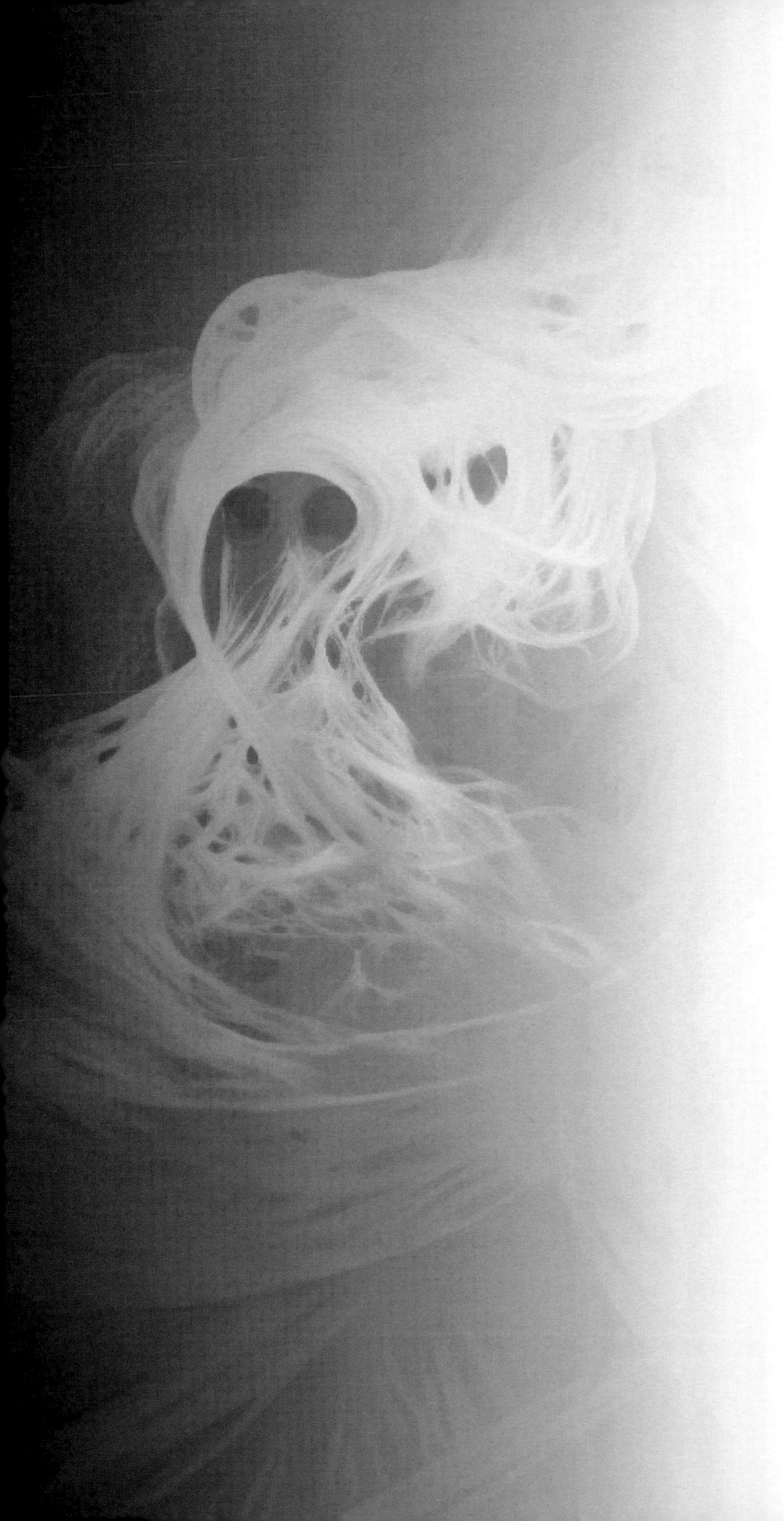

馬無夜草不肥

區莊正父女，對於這個意外的幫助，實在受到可以下淚的感動。當日和區老太商量著，既是人家幫忙，出於至誠，就把這錢借用了吧，點點鈔票的數目，果是五百元，對於搬家的費用盡有富餘。晚上區亞雄回來，聽說沈自安是給二等要人開汽車的，他說了有一百遍「愧死士大夫階級」。有了錢。大家心也就寬了。第二天放了晴，大家就籌備著搬家下鄉。亞男也就上街去買下安家的東西。在大街上走著，看到西門德家的劉嫂，坐著人力車，車上堆滿了大小包袱。她手上還捧著幾隻糕餅盒子，隨叫了一聲劉嫂，她立刻按住車子，笑道：「大小姐，我們今天展過江了。房子好的很，是洋樓，外面還有花園。我們先生作了一筆生意，賺了不少錢。你二天到我們家去耍吧！」亞男看她眉飛色舞，自是得意之至，便道：「我們明天也搬下鄉了。房子也很好，日本鬼子炸也炸不到的。你也可以到我們的新家去看看。」她交代了這句話，逕自走了，也沒有希望真有什麼後果。

劉嫂回家去，自把這話告訴了西門德。西門德想到，藺慕如有個約會，要約區莊正吃飯，這又可以拉上一番交情，犧牲了是可惜的。當天他讓太太過江，自己還住在旅館裡和錢尚富、郭寄從談一筆生意。次日早上，又陪著慕容仁上廣東館子吃早點，再談一筆生意。到了十一點鐘，才抽出身來向小客棧裡去拜訪區莊正。到了門口時，只見停著一輛大卡車，區家的行李和人，全在車上，已是快要走了。區老先生跳下車來，迎著握了手道：「不敢當，不敢當！還要博士來送行。」博士笑道：「老先生很有辦法，弄到卡車搬家，這在重慶是奢侈品了。」區老先生道：「全是朋友幫忙的，這就叫天無絕人之路。」博士笑道：「老先生怎麼會是絕路？現放著藺二爺你那個老世交，幫忙的地方就多了。去看過二爺沒有？」老先生搖搖頭道：「我太寒酸了。」說著低頭看看身上那件舊藍布大褂。西門德道：「那是你太客氣，你該去一趟。這一下鄉，豈不失了聯繫？」區老先生道：「不會的，真要找我的話，向亞雄機關裡叫個電話，口信就帶到了。」西門德在身上掏出筆記本和自來水筆，向老先生要了新地址記上，因道：「我馬上就去看藺二爺，把你的意思轉達。若是他約老先生的話，請老先生務必來。」區老先生覺得他究是一番盛意，自然也就答應了。

西門德看著老先生全家坐了卡車走去，也彷彿若有所失，點著頭自言自語道：「區莊正的道德學問，是很好的，可惜不會適應環境！」於是叫著人力車子直奔藺公館。這裡是來的相當熟了，傳達迎著他笑道：「西門先生，今天有位客和你同姓，正在客廳裡和二爺談話呢！」西門德道：「我的同姓？我這個姓，重慶應該是並無分店啦！」傳達道：

「也是個單名，是個恭字。」西門德笑著拍手道：「妙極！是我本家兄弟。他在廣西呢，什麼時候來的？你先去通知一聲，我在外面等著。」

傳達去了，不多一會，帶著笑容出來道：「果然是博士一家。二爺請你去，在小客廳裡呢！」西門德走向小客廳，見西門恭和藺慕如對坐在沙發上，含笑談話，看那樣子，很是親熱。他站在客廳門口，停了一停。藺慕如立刻站起來笑道：「德不孤，必有鄰。你看，你在重慶會有了本家了！」西門恭早是站起來向前握著手，他還沒有脫去遠道來的裝束，穿了一套灰呢中山服，長圓的臉，嘴上養撮小鬍子，活畫出一個政客的樣子。就是這些，也可以知道他混的不錯。

他握著西門德的手笑道：「久違了！久違了！德兄很好。還是這樣子。」西門德謙遜一番，共同入座。

蘭慕如將茶几上的紙菸，向前推了一推，表示敬客，然後笑道：「你來的正好，我現在組織一個國強公司，要募些股子，我這裡有現成的章程，你拿去看看，可有什麼可斟酌的地方？」說著，向茶几上一指，那裡放有一疊道林紙精印的章程，而且還蓋了橡皮印，很大的紫色楷字，這分明是車成馬就之局，還有什麼可斟酌的餘地？西門德於是拿起一份來看了一遍，連連點頭道：「很好，很好！二爺若是願意要錢郭二位入股的話，我想，他們百兒八十萬沒有問題。」說畢，將手放在腿上，輕輕撫摸著，看主人的顏色。蘭慕如仰靠在沙發椅子上，慢慢說道：「入股自不分什麼階級，不過他們完全是種市儈人物，把銀錢看得很重的，他放心我嗎？」西門德笑道：「笑話！他們巴結還巴結不上呢！」蘭慕如微微一笑，想了一想，因道：「你到我書房裡來，拿一樣東西你看。恭兄，你少坐片時。」說著，他先起身。西門德知道這裡面有文章，就跟著他到書房裡去。

蘭慕如到了書房，在辦公室抽屜裡，取出兩張支票交給他道：「這是那批棉紗的錢，我算要了，共是三十萬，這裡有一萬元，是你的車馬費。」西門德看了不覺一驚，口裡連說：「太多，太多！」蘭慕如笑道：「你不是要安家嗎？不能算是傭金，一半算是我的人情吧！先前那批棉紗，我已經賺了一點錢，只要這批棉紗他們不打退堂鼓，這一萬元我也不在乎。那個柴自明還有貨沒有？」西門德聽他這口音，心裡就十分明白了，因道：「我今天就去找他。」蘭慕如道：「若是你肯跑路的話，最好馬上就去找他，事不宜遲！」西門德一聽這口風，料著棉紗價錢，有個極大的波動，一口答應就去。

二人同走到小客廳來，西門德就向西門恭道：「我還有點急事要去辦，不能奉陪。宗兄住在哪裡？我來拜訪。」西門恭道：「我住在大發公司招待所，久別相逢，的確想敘敘。請你約個時間，我在寓恭候。」西門德見他和藺慕如談得很好，此人絕不可失，便約定了當晚去奉訪。還是西門恭改約了次晚。西門德身上帶了兩張支票，人幾乎飛得起來。

出了藺公館，立刻坐車回旅社，區老先生那件事，早丟到九霄雲外去了。

這時，柴、郭、錢三人都在旅館裡計議著買賣，他們見博士滿面笑容進來，都問時局有什麼好訊息。西門德坐下來，一拍手笑道：「這是奇事了，你們會關心時事！」錢尚富道。不是呀，博士是個關心時局的人呀。你面上有笑容，當然是時局有什麼好訊息了。」西門德笑道：「我得了各位的傳染病，我只談錢了。」說著在衣袋裡把那張三十萬元的支票取出，交給錢尚富道：「人家大方呀，你的貨沒有交過去，人家先付錢了。仁兄，你開一張收條，註明摺合綿紗多少包，就算成事了。」

錢尚富看了支票道：「藺二爺當然是痛快，不過我沒有想賣這樣多，拿了這麼多錢，我怎樣利用它呢？」西門德道：「你不是打算買盧比？」錢尚富道：我怎麼不想買！價錢太大了，帶到仰光去用，恐怕要吃虧。」說著眉尖子皺了一皺。西門德拍手笑道：「這事你算打聽著了。藺二爺現在組織了一個國強公司，名義上是提倡國貨，流通物資，真正的用意，是在下面四個字。他現在把握了十二部載重三噸的卡車，跑昆明重慶。最近，他要到昆明去。要打通到臘戍的一條路。乾脆，他就直接由仰光運貨到重慶來，他對於緬甸的外匯，當然把握得很多。」

郭寄從坐在椅子上，怔怔的聽著，聽他說完，突然站起來，笑道：「博士，你對這門學問，還是外行。藺二爺既是要到緬甸去買貨，他的盧比就越多越好，他會讓給人？我們小商家，雖然和他共過兩次買賣，也沒有這樣大的面子呀！」西門德笑道：「你才是外行呢！作生意，還怕本錢多嗎？他現在組織國強公司，有十二部車子。這十二部車子，可以運三十六噸貨。請問這要多少資本？他藺慕如雖然手筆大，也調動不到這多款子，所以他要募股。你若把法幣作股子加入他那公司，買貨由公司負責，換句話說，你的法幣，就算變成了盧比。藺慕如在經濟界是什麼信用，那用不著我說，他的政治路線，又非常的活動，他出來組織公司，那還有什麼不保險？我得著這樣一個訊息，所以笑嘻嘻的來給各位報告。」

那個柴自明是矮子觀場的小囤積商，向來不敢有什麼大舉動，跟在錢尚富、郭寄從後面，也只是湊湊小熱鬧。這時坐在旁邊聽著，也興奮了起來，便站起來道：「現在到緬甸這條路，還是很少人走，若能夠有十二部車子跑動，那實在是個大手筆。我們弄份章程來看，好不好？」西門德在口袋裡一摸，摸出三份精印的章程來，分遞給他們，笑道：

「你們看吧。」這三人拿著章程仔細的看著，錢尚富看完，首先道：「這個我明白，所謂提倡土產，那是句陪筆，真正的用意，是流通物資。資本定額五百萬，由發起人籌募五分之三，那麼，所讓出來的股子，也就很有限了。」西門德道：「你們商量商量，若是想加入的話，還得從速。」

說到這裡，正好這小集團中最有辦法的慕容仁走了進來，見各人手上拿著章程，先接過去看了看發起人的名字。他見第一名就是藺慕如，便笑道：「二爺又要發筆大財了。」他將章程條文看了看，不懂的地方有博士站在身邊，隨時指點。博士又告訴他最大的作用，是這十二部卡車由仰光運貨進來。慕容仁不待更詳細的說，他一拍手道：「博士，你去對二爺說，我認五十萬，什麼時候交股都可以。這年月，慢說十二部車子，就是兩部車子，也是了不得的生意經了，我一定來，一定來！」說著他又連連的拍手。錢尚富道：

「既是這麼著，這三十萬元支票，我們也不必兌，乾脆，就交回二爺作股子。今天可不可以去和藺二爺談談？」

西門德坐在沙發上把腿架起來，口裡著雪茄，只是微笑。郭寄從道：「我們和二爺的交情太淺，有些話不便直說，還是勞博士的駕一趟吧！」西門德拱拱手道：「責任重大，我不便辦。而且蒙錢兄的好意，把南岸的房子分給我三間，那樣好的地方，第一天沒有去，第二天我又不回去，房東還不知道我是幹什麼的呢？我今天必得回家去休息一晚。」慕容仁道：「那也不在乎今天一晚，務必請你去說一聲。老錢，你們生意作成了，送了博士的傭金沒有？」他含笑的望著錢尚富。西門德搖著手道：「這不過幫個小忙，談不上傭金。」慕容仁道：「不！無例不可興，有例不可減。我們託別人經手買賣，還不是照樣花傭金。博士拿了支票來，把支票交給我們，這是硬碰硬的作風，一點好處沒有。吃了飯，你給我們這樣跑，幹什麼？也不談什麼加一老錢，你送博士兩萬元吧！」錢尚富算算這批棉紗，本錢不過是六七萬元，囤了大半年，賣了三十萬，對本對利不止，送跑路的兩萬元不多。便向西門德笑道：「博士，搬家也要錢用，現款吧。」於是開啟箱子，取了兩萬元關金鈔票，打了一拱，送給博士，笑道：「以後還請幫忙。」

西門德和他們混了一兩個星期，給他們說了幾批小買賣，三千兩千的轉著手，也賺了幾萬元。像一筆買賣成功，兩頭拿著三萬元的事，今天還是初次，只要跑跑路，說說話，賺錢是這樣的容易。當時含著笑，連說「客氣客氣」，倒也不再婉謝。於是拿了原支票，再到藺公館，交代清楚，立刻出來。他心裡想著，自走上了生意買賣路，太太用錢不受拘束，已經馴服得多了。今天有了這多錢，一定要回家露露臉。於是和這幾個商人閒談了一會，將鈔票塞進皮包，便行告辭，為了討太太喜歡，益發把她愛吃的東西，買上了一批，然後乘車坐轎高高興興去到新居。他這新居是幾個商人的南岸堆疊，貨賣空了，房子繼續租下來，留著轟炸季節躲警報，因之將一座洋房的半幢樓，讓給了他。房子在南岸半山上，房子面前，一個大院子，種著花木，院牆開了門，俯瞰著揚子江。西門德過了江，在南岸碼頭上，抬頭看到樹林子裡露著一幢淺灰色磚牆的樓房，知道就是自己的新居了。雖然房子在半山腰，博士已經有了錢，坐轎子就不怕重慶的所謂「爬坡」了。

他坐著轎子回家，老遠見太太站在門口，手扶了一顆樹，對山下望著，料是她等急了，身上有錢足以壓服她，並不介意，到門口下了轎子。太太第一聲便道：「你還沒有忘記過江來，我以為你不知道搬了家了。」博士含著笑，付了轎錢，夾著皮包，提著點心包向家裡走，笑道：「你來吧，我有東西交給你。」西門太太道：「我是小孩子，要你假殷勤帶東西回家！」但她還是跟了來。博士帶了笑走上樓，見第一間書房，有辦公室，有沙發，裡面一間臥室，有玻璃櫥，有綳子床。窗戶開著，上是青空，下是大江，因點著頭道。「在戰時，有這樣好的房子，可以滿意了。」西門太太道：「我不滿意。你有多大家產在這裡享福作隱士？」說著在臥室裡小沙發上坐下去，接著道：「你老不回家，把我一個人丟在這裡，像坐牢似的。」

博士不慌不忙，把皮包先放下，把提的點心包，依次的遞給太太，口裡報告著道：「甜醬麵包、果子蛋糕、廣東滷菜。」太太雖然接著，臉上並無笑容。他繼續的開啟皮包，將鈔票拿出來，手捏著兩大疊，舉了一舉，卻沒有報告是什麼。西門太太笑道：「給我看看，是多少?」西門德依舊向皮包裡一塞，又在衣服口袋裡掏出那張支票臨風一晃。太太實在不能忍耐了，就放下點心包，站起來就要奪。西門德將支票放在身後藏著，笑道：「當然會給你看。我們先得把話說明，你還是願意我在家裡守著呢，還是願意我在外面去找這些東西呢?」太太道：「說什麼廢話！我要你在家裡守著幹什麼？你以為我離不開你?」西門德笑道：「卻又來！為什麼我還沒有進門，你就說我一頓?我昨天沒有回來，不就是為了這個嗎?若不是為了怕你在家裡著急，今天我還不得回來呢！」西門太太笑道：「好吧，算你有理，趕快把東西給我看看。」西門德先將支票遞給太太，然後將一百張十元的關金券放在桌上請她點過。西門太太先把支票揣在身上，搶著再把鈔票都送到衣櫥子裡去。博士笑道：「那不行呀！你得交一部分我花呀！」她一撇嘴笑道：我知道你身上還有兩三千元，足夠你零花的了。明天我們一路過江，我到銀行裡去存比期，順便我也得採辦點安家的東西。」西門德笑道：「你還有句話沒說出來，要過江還是早去，你好到廣東館子裡去吃早點。」西門太太點頭笑道：「一點不錯。我說，老德，我早勸你的話不錯吧?『人無橫財不富，馬無夜草不肥。』若是你還像從前一樣，顧著你那頂博士帽子，我們還不是像區家一樣住在『雞鳴早看天』的小客店裡嗎?」說著，連拍了博士幾下肩膀。這麼一來，夫妻是很和睦的了。當日二人吃吃談談，非常快活。

次晨，依約一早過江。早點以後，太太去買東西，博士去找生財之道。晚上，博士不回家去，到大發公司招待所拜訪本家西門恭先生。西門恭倒沒有虛約，在寓中恭候。西門德一看他所住的屋子，比上等旅館還精緻，辦公室上，還有電話分機，料著這公司的排場，和宗兄的地位，都還不錯。

兩人先談了些別後的話，又談談時局，彼此覺得很投機。西門恭然後引他在一張長沙發上共同坐下，笑道：「多年老友，又兼同宗，有事我不瞞你。我現在來到重慶，只是個光桿委員的頭銜，排場小不了，應酬也少不了，非另想辦法不可。你看藺二爺那個公司，可以加入嗎？」西門德道：「為什麼不能加入？宗兄或者愛惜羽毛，不肯親自出面，經商入股的事，並不妨礙你政治上發展呀！作官的人，誰不經商？只是不出名而已。」西門恭吸著紙菸，笑了一笑，點頭道。

「那自然。藺二爺那裡，我答應入一百五十萬，不過有一部分是港紙，銀行裡雖有熟人，我不願出面去賣。你這條路上有熟人嗎？」西門德一拍胸道：「宗兄，一切跑路的事交給我好了。我已經把博士帽子摔掉了，什麼地方我也可以去。不過相隔多年了，你不知道我窮得信用如何，你暫時不必交大數目給我。你陸續的交給我，我陸續去替你賣。同時，在銀行裡開個戶頭，送金簿子交給我，支票圖章你留著，我賣一批港紙，給你存上一批法幣，存過之後，把存簿給你驗過數目，這樣……」西門恭連連拍著他的大腿，笑道：「言重，言重！」西門德正色道：「宗兄，我並非笑話，必須那樣做。不然，我就不敢替你跑腿。老實說，我是想取得共事人的信用，以後可以大作買賣。研究心理學的人，關於這些，不會不知道的。」西門恭覺得自己所要顧慮的問題，他全都說了，便笑道：「那也好，既作買賣，就市儈一點吧。」於是兩個人談了兩三小時，把在重慶怎樣明作官、暗經商的法門，研究得很是徹底。分手之時，西門恭就要交五萬元港幣給他，他拒絕了，說是不敢帶著過江，明早來取，西門恭也以他的慎重是對的，改約明早見面。

次日早上九點，西門德來了，又只肯按受三萬，並要了他的印鑑出去。出去了幾十分鐘，把港幣賣了，將法幣在銀行裡立了戶頭，把支票簿子和印鑑交回西門恭，並把送金簿子上的數目，送給他看過，真是分文不曾沾手。西門恭看著倒老大過意不去，留著一同午飯。下午再給他五萬，他依然只肯代賣三萬，陸續的忙了三天，給西門恭賣了二十多萬港幣，所有法幣，都存在銀行裡。西門恭見事已畢，就開了張二萬元支票送他。西門德將支票放在桌上，自己站得開開的，板著臉道：「君子愛財，取之有道。我為你賣這點港紙，還要跑路錢嗎？那就太不夠朋友了！將來我有別的什麼事託你，你再幫我的忙吧！」

西門恭笑道：「難道錢真會咬了手，你坐下，我還有事重託你呢！我還帶有兩箱西藥進來，始終沒有告訴人，怕有什麼意外。因為這是重慶現在最缺乏的東西，應該是極容易脫手的，可是這比賣港鈔還不好找買主。我既不能隨便託人，又不便到西藥房裡去兜攬，萬一有朋友知道西門恭是個提箱子的西藥販子，那我的政治生命就完了。」說著，將眉毛皺了起來。

西門德笑道：「這用不著發愁，在重慶經商的闊人，都有出面代理人。以宗兄這樣的廣結廣交，還怕找不出個代理人來嗎？這個辦法，我想藺二爺早就告訴過你了。」西門恭臉上帶了三分笑意，望了望他道：「請宗兄代我向銀行走走那無所謂，若是賣西藥的事……」西門德搶著答道：

「沒關係！我正認得幾個西藥小販子，把他們引了來，分別和宗兄當面談談價錢，好不好？」西門恭笑著搖了頭道：

「那可成了笑話。宗兄既有這樣的路線，那就益發順便拜託你了。」說著他將床鋪後面的一疊皮箱抽出兩口，先後開啟，指給他看。那裡面紅紅綠綠、大瓶小盒，全是裝潢美麗的藥品。他在每個箱夾子裡，抽出一張中英文對照的單子，交給西門德看。因道：「所有的藥品，都在這上面了。我希望快點賣掉它，老帶著兩箱藥品在身邊，又沒個家，住在這招待所裡，怪不方便。」西門德沉吟著說：「太快也不大好，那就會讓藥商壓價了，我努力和你去辦呀！」西門恭甚是高興，走上前和他握著手，而且把那張支票塞到他中山服小口袋裡。西門德覺得他出於至誠，也就不必客氣了。

當日西門德回到旅館裡，和錢尚富、郭寄從閒談，坐著像清理口袋裡東西似的，把那兩張藥單透露了出來。郭寄從在旁邊看到，問道：「博士，那是什麼貨單？」他隨便答應了兩個字：「西藥」，依然摺疊著向口袋裡塞進去。郭寄從道：「你哪裡來的這西藥單子呢？」他笑道：「在身上放了三四天了，我一位朋友，託我打聽行市。這上面什麼藥都有好幾十樣，誰有那麼大工夫，一樣樣的和他打聽價錢？郭寄從伸著手道：「給我看看。」博士遲疑著，慢慢的將單子從口袋裡掏出來遞過去。郭寄從從頭至尾將兩張單子看的一行不漏，手按了單子在膝蓋上，問道：「打算出賣嗎？」西門德道：「他只說打聽行市。」郭寄從道：「這是你不對了！你知道我作西藥，為什麼不和我商量？西門德道：「我知道的很多。你想，你要在海防香港收進來，到重慶來賣一筆錢。人家已運進來了，照行市賣給你，你要它幹什麼？」郭寄從道：「只要是可以有點利益，在重慶我為什麼不收呢？你去問你那朋友，他賣不賣？」西門德道：「他把這單子交給了好幾個人，也許別人已經兜攬去了。」郭寄從拍著單子道：「咳！老兄誤了我的事。」西門德拱拱手道：

「惶恐，惶恐！我今天就去替你接洽。他若沒有賣掉，準讓一部分給你。」郭寄從道：「為什麼不能全部？」西門德道：「我和那朋友，也不是深交，讓他多賣兩個地方，好比比價錢。人家賣不賣，根本我還不知道呢。老兄，你真有意，不妨詳細的估一估價。」郭寄從料著他在別的地方必有接洽，所以才不肯說賣出的話。於是照著單子，每項下都開了價目，尤其是幾樣缺貨，把價錢開的最高。於是把單子交回博士，並要求拿幾項樣品看看。西門德答應次日回信。

到了次日，西門德見到西門恭，說是西藥正有一批運到，這兩天價錢，正是看疲的時候，稍緩幾天再出手吧，不過每項拿點樣品給人看看也好。西門恭相信他為人誠實，用布包了二三十項樣品給他，請他斟酌行事。西門德並不立刻圓郭寄從的信，把支票兌了現鈔，一皮包提著自回家去和太太享受。這些日子，他每次回家都帶著有錢，太太十分歡迎，在樓上看到他回家，就一直迎到院子裡。這次她首先接過皮包，笑道：「老德，你天天這樣爬坡，坐碼頭上的轎子，髒得很，我已經給你買了一乘新轎子，三個轎伕也僱好了。明天就上工。你今天若不回來，明天我就派轎子去接你了。」說著，攜了博士一隻手，笑嘻嘻的上樓。她早看到皮包裡面是包鼓鼓的，料著有現鈔。進房第一件事，就是點驗收入了。博士因太太今天特別表示歡迎，也就不好干涉。

結果，兩萬元又存入了太太庫裡。

博士在家中陪了太太一整天，到次日下午，才坐著自備的轎子過江，在旅館裡見到郭寄從。郭寄從首先就道：「你失信了，這時候才來。」西門德道：「老兄，我得找著人拿了樣品才能回你的信呀。」說著，把那包樣品全數遞給他過目。郭寄從乃是個內行，把樣品看了幾樣，貨都新鮮，而且那幾樣德國貨，不大容易收到，臉上很有點高興的樣子。錢尚富坐在一旁問道：「博士，老郭估的那價目怎麼樣？」西門德坐在沙發上，將手絹擦著額頭上的汗，嘆口氣道：「把我跑的累死了。人家根本已講好了價錢，算起來，要比老郭開的多出兩三成，是我答應了照人家出的價錢買，請分一半，他勉強答應了。老郭根本不把我當朋友，價估得那樣低，我在人家面前用手腕，我在人家面前可落了個不信實。」郭寄從兀自將樣品一一的玩弄著，紅了臉道：「這是冤枉，我絕不能戲耍老兄，估的價，當然和成交的價錢不同。你說的再加兩成，可以辦到，只是這貨我全要。」西門德坐著搖搖頭道：「那太勉強人家了。」郭寄從道：「索性累博士走一趟，把款子帶了去。」西門德道：「賣藥的人倒信得過我，請你在那原估價單子上蓋個章。另外寫張條子，照估價單加二成，我只帶三分之一的現款去，把貨拿了來。見了貨，你再補我餘款。我要作得乾乾淨淨。好在我今天已有了轎子，倒不怕跑路，萬一人家已經賣了一部分，好在這是三分之一的款子，也不會超過貨價。」

郭寄從見他說得面面俱到，立刻開了張支票，在附近銀行提了十萬元現款，交給西門德。他帶款出去，果然把兩箱藥品全帶了來，對著郭寄從昂了頭道：「幸不辱命。」郭寄從大喜，立刻提了款子照數付清，另送博士兩萬元傭金。博士再回到西門恭寓所，照著郭寄從開的估價單子，結出總帳，把現款全照交了賣主。那「照估價加二成」的條子，他撕了個粉碎，坐在轎上，慢慢向外扔了。西門恭看那單子上，有原買主簽字蓋章，估價的筆跡和簽字相符，實無可疑之理，便向西門德拱手道：「諸事費神，我怎樣感謝？」西門德正色道：「宗兄，我並不是作掮客的，無非替朋友幫忙。這一點事，難道我還拿回扣嗎？」西門恭只好拱手道謝，請他吃了頓館子，並約定以後一切貿易上的事，都請他出面代理。兩個人的交情也就越發好了。

西門德單是為他本家賣這批西藥，就暗落了六七萬，加上西門恭和郭寄從送的兩張支票，又是四萬。他覺得在重慶這地方，儘管有人窮得難有三餐飯，可是找錢容易起來，也就實在太容易了。自這日起，就益發放手做去。而西門恭對他又絕對信任，外面銀錢都交他經手。他每得一筆財喜，就回家逗太太歡喜一陣。太太的脾氣好了，有時也可以教訓她一兩句，真是舒服之至。

這日，西門德又是在皮包裡裝著一皮包鈔票回家，把皮包放在辦公室上，架著腿坐在沙發上吸雪茄。西門太太拿著皮包就向臥室裡跑，等她出來了，西門德道：「你就只認得錢！我回來了，不問聲渴了餓了沒有！」太太道：「你是蘭歲兩歲小孩子嗎？吃喝都要人管！」西門德突然站起來道：「好哇！我辛辛苦苦忙著回起，連吃喝都得我自下廚房。那麼，你是幹什麼的？你就是坐享其成的。別人出血汗是應該。小孩子！你這大人，到重慶市上找個千兒八百回來試試。」說著起身向樓下走，背了兩手在院子裡來回走著，像是很生氣。西門太太追著來了，牽著他一隻衣袖，身子扭了兩扭，笑道：「夫妻之間，不能開玩笑嗎？我不過說了你一兩句，你就嚕嗦了這一大套。你現在的氣焰還了得！」西門德向他太太點著頭，笑道：「倒並不是我氣焰高，你想，你的言語多重……呵！不說閒話了，你把那皮包放在哪裡，我們都到樓下來了。」西門太太道：「不要緊，錢的事，我會比你更加小心呢，我已經鎖在箱子裡了。」說著就近一步，低聲笑道「是多少，我還沒有點數目呢！」西門德道：崔三萬八，怎麼樣？你又對它動念頭？西門太太笑道：「這回我還不高興要什麼化妝品呢。我要再買二兩金子。西門德伸著脖子向她望了一望道：什麼？你又要買二兩金子，你已經有兩隻金鐲子了，你沒有打聽金子的黑市，現在又在狂漲嗎？這三萬八千元，也不過幾兩金子罷了。你倒要買二兩！」西門太太道：「你打算把錢作什麼用？都給你喝茅台酒，你也喝不了這麼多吧！」西門德看看太太的顏色，又不免板了下來，便笑道：「你這一種錯誤觀念，我非糾正過來不可。你一看到我帶了錢回來，你就以為是我們自己的，若是每次這樣幾萬幾萬向家裡拿，那我也就不干涉你，隨便你花了。這筆款子是交運貨商行到仰光去辦貨的。」西門太太也是脖子一伸，向他一擺頭道：「你騙我！你們肯拿兩三萬塊錢到仰光去辦貨？你們就是拿出二三十萬也嫌少吧？要稱你們心的話，只有把整個仰光都搬了來，放在這裡，然後一樣一樣拿出來換錢，你們才肯心滿意足。這點錢，拿去幹什麼？」西門德笑道：「你現在也大談其生意經了。」西門太太道：「為什麼不曉得？這三萬八千元，又是什麼運動費，交際費，經過你的手，由你隨便報帳……」西門德皺了眉低聲道：「你叫些什麼？讓人家聽去了，什麼意思！」西門太太一扭身子道：「我不管，這筆款子我分一半。你若不答應，這皮包你休想……」說著，她已很快的上樓去了。

西門德背了兩手站在花圃裡出了一陣神，心想，這位太太說得出來，作得出來的，於是也跟上樓來，見太太躺在沙發上，拿了一張報在看電影廣告，便笑道：「喂！你不用生氣，我分五百元給你零用就是了。」說著捱了太太腳邊坐下，伸手拍了她的大腿。西門太太將手把博士的手一撥，板著臉道：「你那樣一個大胖子，不要擠著我坐。老媽子來了，看到也怪難為情的。」西門德不肯走開，笑道：「就是整數一千吧？」太太更不睬他，自去看報。西門德笑道：

「我實告訴你，這是郭寄從交給我的一筆貨款。因為昨日是星期，人家交給他今天的支票，怕不放心，就付了這筆現款。我本來要送到銀行裡去，恰好南岸有個人需要現款提貨，願拾五箱紙菸來作抵押，把這款子挪去用三五天。這事，就不必告訴老郭，借那人用三五天吧。四萬塊錢，怕他不出兩三千塊錢利錢，差著兩千塊錢，我還想請你把家裡的現款湊上一湊呢。怎樣可以動得？」西門太太道：「五箱紙菸，就可以抵押四萬塊錢嗎？」西門德道：「你知道什麼？出五萬塊錢，你看他賣不賣給你？五天之後，他拿錢來還我，利錢一半是你的，看好不好？你有錢買金子也好，買銀子也好，我全不問。」西門太太料著這話不假，如今西門德所許的數目，已到一千元開外，也差強人意了。便坐了起來，將手摸了西門德的臉，笑道：「不，利錢都歸我才幹。」

西門德正還想和她講這套價錢，卻聽得樓下一陣喧譁，接著有人大聲道：「請問，西門德先生是住在這裡嗎？」西門德也問道：「是哪一位？」樓下答道：「甄有為來了。」西門德輕輕拍了她的肩膀道：「借錢的來了，我去接洽。」說著站在樓廊上向下一看。這位甄老闆穿了西裝，手臂上搭著一件呢大衣，正昂了頭等樓上的訊息。西門德向他招了兩招手，笑道。「請上來。」甄有為上得樓來。搶著和他握了手，緊緊的搖撼了幾下，笑道：「兄弟是專誠而來。」西門德道：「我也是專誠在家裡恭候，請裡面坐。」，說著，將客讓進他書房裡，順手關了房門。

甄有為一看這裡排場，就知道是大方之家。坐下來，開口便笑問道：所託的事，大概是沒有問題了？刀西門德皺了眉道：「錢雖湊成，可是回到舍下來和內人一商量，她很反對這件事。萬一公司方面查起帳來，兄弟要擔著很大的責任。」甄有為道：「博士莫非不放心，我的貨已經抬在路上，說話就到，我必須把貨交給了博士，我才把錢拿走。」

西門德在抽屜中取出一支雪茄敬客，然後笑道：「並非是不放心，我和公司裡經手銀錢，向來分文不苟。公司方面所以信任我，除了我和藺二爺有私人關係之外，就是我這點慎重。不然，他們有錢不會自己向銀行或錢莊上送？」甄有為道：「這事就算公司裡知道了，博士說為朋友幫了三五天忙，也不要緊。好在我有五箱煙在這裡作抵帳，並不落空。」西門德昂著頭，噴了一口煙，笑道：「這幾天，紙菸狂漲，每天漲一千幾，甄老闆把貨壓五天，丟擲去，怕不是整萬的財喜。」說著，又噴了口煙，笑嘻嘻的不說下文。甄有為將手一拍大腿道：「好！果然五天之後，我賺一萬，以三分之一奉酬，好不好？」西門德笑道：「言而有信！」甄有為道：「我有紙菸在這裡作抵押，博士還有什麼不相信的？」

正說著，已有人在樓下高喊箱子抬來了。甄有為答應著出去，督率了力夫，將五箱紙菸都搬在西門德書房外走廊上擱下。夫去了，甄有為拍了木箱子，笑道：「原封未動，可不會假？」西門德口銜了雪茄在廊子上踱著步伐，然後站住了。將雪茄在欄杆沿上敲著灰，表示躊躇一番，因皺了眉道：「甄老闆既是把東西搬來了，力價是很貴的，我又不便讓你搬回去。我自然要寫一張收條，不過款子上了萬數……」他沒把話說完，只管將雪茄敲灰。甄有為道：「那當然我也要寫一張字據給博士。」西門德將肩膀聳了一聳，笑道：「不寫就不寫，要寫的話，就得把所約的話都寫清楚了。」說著，把客人引進書房，把筆硯攤開在桌上，即刻開了一張押據給甄有為，上面寫明收到紙菸五箱，比付押款四萬元，以五天為限，到期須加付利金二千元，逾期滿押，錢貨兩不退還。寫完了，西門德將押據交給甄有為過目。因笑道：「甄老闆我對你特別客氣，日子寬填一日，從明天算起。」

甄有為接了押據一看，紅著臉道：「怎麼寫明了二千元利息呢……」西門德搖搖手道：「甄老闆，你不用談這個，你能借到比期，還會抬了紙菸來找我嗎？我知道，你拿了這錢去，還是收貨，也許要貨款的人，就在你府上等著錢呢。你囤了貨在家裡，五天工夫，絕不會止賺二千元吧？你不要這筆款子，你損失的恐怕還不止對倍。」說完，微微冷笑一聲，把那半截熄滅了的雪茄，塞到嘴角裡銜著，並不再說什麼，腿架在沙發上坐著。

甄有為對於他這番做作，倒不好用言語去反駁，只是兩手展開那張押據反覆細看。約莫有兩三分鐘之久，才微笑道：

「既是那麼著，那就照著兄弟的話，按照這五箱紙菸五日後所得利潤，分三分之一算利錢好了。」西門德笑道：「笑話是笑話，真事是真事，五天之後，甄老闆賺了一萬，能真分我們三千三嗎？要那麼辦，也許我們要失掉交情。」甄有為點頭笑道：「博士也慮的是，照這樣辦，若是五天以後，菸價跌下去了，你不但一個利錢得不著，也許跟著蝕本呢！」西門德笑了一笑，轉身就進到裡面屋子裡去了。

甄有為把敬他的那支雪茄取來點上，吸了幾口煙，卻見西門德提著皮包出來了，沒有再說條件，也沒有說錢到底是借與不借的話，將皮包開啟，把那一百元一張或五十元一張的鈔票，一疊一疊的取出，陸續放在書桌上。五十元的放在一邊，一百元的放在一邊，然後向甄有為道：「現在快三點鐘了，甄老闆，在你府上等款的人，他不會發急嗎？」甄有為聽了，咬著牙齒對鈔票看了一看，心裡暗罵道：你一個當博士的人，玩起手段來，比我們商人還要厲害十倍。你又發了幾天財？

這樣子拿人開心呢！」但是他心裡雖這樣恨著，心事卻被西門德猜個正對，家裡可不是有人在候著款子嗎？便慘笑道。「我已經把紙菸抬來了，那有什麼法子？借博士寶座一用。」西門德笑著，讓他在書桌上寫過了借字，錢據兩交。甄有為向他借了一幅白布，將鈔票包了回去。

過了五天，甄有為果然照著契約，將鈔票帶來，除本之外淨加兩千元利息。不過他這四萬二千元的鈔票，不像西門德所給的是五十元或一百元的，乃是十元或五元的，其中還有一元的二千元，他是布包袱拿去，如今卻是皮箱子提了來。他被西門德引進書房裡，將箱子放在書桌上，開啟了箱子蓋，露出一箱鈔票，笑道：「博士，這裡除了四萬元本金之外，另有息金二千元，我是在大小紙菸店裡收來的現款，大小全有，未免雜一點，請你原諒。我雖點數過一回的，不敢保險這裡面不短少一張，請你當面過數。」西門德一看那箱子裡，大小花紙大一疊，小一卷，單點整數，恐怕不有三四百疊，便皺起眉來道：「你為什麼不開張支票給我？」甄有為在身上掏出了一盒紙菸，從從容容取一支銜在嘴角，然後取了桌上的火柴，擦著火，點煙吸了，向西門德笑道：「博士明鑑：我若是能開支票，何至於出兩千元利息，借這四萬元現款用呢？」

西門德隨手拿了一疊五元的起來一看，十張票子之間，有極新面極小的，也有極舊而極大的。他是個心理學家，看看甄有為的態度，如何不知道他這番作用，也許他就利用了怕點數目的麻煩，在幾疊鈔票中夾一疊短著數目的，因道：「這不是個麻煩嗎？力甄有為拱拱手道：「對不起，對不起，但作生意的人，信用是要保持的，絕不會短少一張。要不然，我幫著博士點點數目。」西門德笑道：「笑話，笑話！」他這樣說著，也並沒有說鈔票當數不當數。這可把隔壁屋子裡的西門太太聽著發急了，她便搶了出來向甄有為點個頭道：「對不起！甄老闆，我要插一句話了。照說，我們沒有什麼信不過的。可是這也不是我們的款子，我們負著一項責任呢！人無橫財不富，馬無夜草不肥，可是我們也看是什麼橫財呢！」甄有為紅著臉，向西門德道：「這是西門太太吧？這話兄弟可要分辯一句。作生意買賣，究竟不能算是橫財。我們不肯渾進來，也不肯渾出去。我借了博士的現款，還博士的現款，似乎我沒有什麼錯處。西門太太這話我受不了。」西門德對了這一箱子鈔票，正是哭笑不得，甄有為再把言語一僵，這就僵出亂子來了。

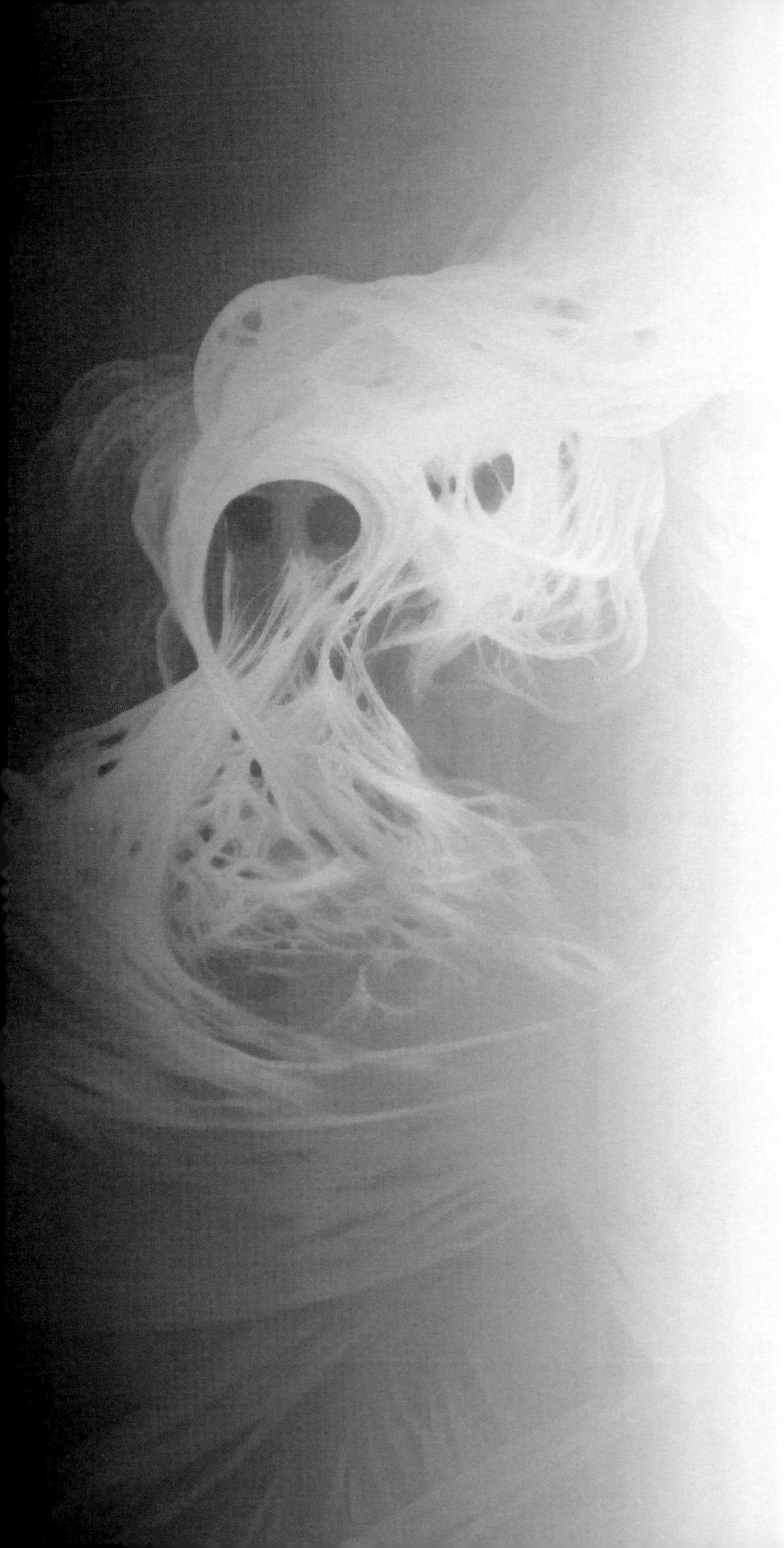

好景不常

西門德雖是作生意了，可是博士的那分脾氣，還是有的。這時看到甄有為這個樣子，把一肚皮不耐煩都勾引了起來，因將兩個手指夾了雪茄，指點了他道：「你帶這些雜票子來，分明是誠心搗亂。我幫你這樣一個忙，不到六天，你五箱紙菸快賺了一萬，還有什麼對不起你之處嗎？你否認你是發橫財，難道發的是正財嗎？你有一百張口，也不能否認這是囤積居奇。甄老闆，你相信不相信，只憑我一封信，你這五箱紙菸就休想賣得出去。」這一套話把甄有為提醒，當日把紙菸搬來就是存放在這書房外的，現在這書房裡外沒有紙菸，不知道放到哪裡去了。現在錢是拿來了，紙菸還在人家手裡，真是和人家決裂了，卻有什麼法子把紙菸搬走？於是心裡暗念了一百遍「忍耐」，卻是和緩了臉上的顏色，向他拱了兩拱手道：「博士，你何必太認真！我拿這些鈔票來，你說我是搗亂，我還十分不容易呢：票子放在這裡，請你們太太慢慢點收，如有不足，請你通知我，我隨時補來就是。」西門德見他軟了，自不能跟著向下生氣，便道：「你早有這些話，我們何必計較一場呢？」

西門太太見他們不談了，恐怕博士寬宏大量，真個不點就收鈔票，於是插嘴道：「親兄弟，明算帳，這無所謂，還是讓我來點數吧。」她站在桌子邊，將大數的鈔票先拿著點數起來，她並沒有銀行界點數鈔票的技術，一張張的掀著，口裡數著一二三四。西門德和甄有為都只好靜坐吸著菸，望了她動手，總有二十分鐘之久，她還只將大數的票子數了一半。那數量最大的一元一張的，還堆了半箱子不曾取得一疊出來。西門德隨便問一聲道：「你已經點數了多少了？」西門太太口裡唸著數目，手裡點著鈔票，答道：「數過一萬八了。」只這一聲答覆，把口裡唸的數目打斷，就不能連續了，因瞪了西門德一眼道：「你打什麼岔！數了多少，我又忘記了。」她不說第二句，點著票子又是一二三四，數了下去。西門德看了這樣子，自不敢再去打岔，又靜靜的坐了幾分鐘，透著無聊，便向甄有為道：「你要不要看著她點票子？要不然，我們到門口散散步去。」甄有為自是要懲西門德一下子，坐在這裡，倒成了懲著自己了，便微笑著和西門德一路出去。

西門太太自是心無二用，去點數鈔票，他們出去與否，並未加以注意。他二人在門外山路上慢慢的走了幾個圈子，約莫又俄延了半小時，於是緩緩回到樓上書房裡來，這就見西門太太已將大數的票子點完，那一元一張的票子，卻還有一半放在箱子裡。甄有為見她斜靠了桌子站著，脖子僵著，眼光發直，兩手掄著票子，口裡還是一二三四的數著，人進來了她不抬頭，也不作聲。甄有為雖是心裡好笑，可又對她有點可憐，因向西門德道：「博士，這兩千元票子，我保證絕不會少。若是少了，我照數補來就是了。」

西門太太已將一百張一疊的一元鈔票數了七八疊，果然不曾短少一張，看看這情形，大概是不會少，自己雖然還想用毅力堅持下去，然而脖頸痠痛得直不起來，眼睛看著鈔票上的字樣發花，也就煩膩極了，便將手上拿的一疊鈔票輕輕向桌上一抛，因回轉頭來向西門德道。「不數就不數了吧。總數是沒有錯的。」

甄有為笑道：「不會錯的，朋友們作事，言而有信，豈可作那樣不規矩的事？」說著，將西門德寫的那張押據由身上掏了出來，雙手捧著送到西門德面前，笑道：「紙菸在哪裡？我可以去找力夫來搬嗎？」西門德笑道：「那是當然。」甄有為自也不料西門德有什麼變化，聽了這話便匆匆的出門去叫了四名力夫來搬紙菸。西門德卻也很乾脆，將四箱紙菸已先搬到了書房外等候，並把甄有為寫的那張借據也交給了他，因笑道：「還有一箱紙菸，堆在老媽子房裡，老媽子鎖了門，過江去了，對不起，請你明日來搬吧。你當然可以相信得我過，我不會把你的煙吞沒了。」甄有為心裡明白，這是西門德鬧的報復手段，諒他不敢真的把煙吞沒了，只得先抬了那四箱子煙走。到了次日他來搬紙菸時，恰好是西門夫婦二人全不在家。第三日再去，西門德不在家，太太在鄰家打牌，直等了小半日，方才把紙菸箱抬去。

甄有為吃了這一回憋，怎肯甘心？他知道西門德現在經濟活動，是兩條路子，拿了他本家西門恭的錢，加入到藺慕如手下那個小組織裡去混，完全是白手成家。費了幾天的工夫，調查得了西門德不少的弊病，他便寫了兩封長信，一封給藺慕如，一封給西門恭，把西門德的弊病詳詳細細的揭露在裡面。這西門恭是由國外新回來的一位闊人，住在郊外一位朋友家裡。自然，這朋友是相當的知已，也是相當的闊人。闊人的規矩，每逢星期六下午是要坐汽車回到疏建區去看太太的，這西門恭的居停計又然，也是如此，按期回鄉間的。回來之後，就要和西門恭暢談竟日。這日晚餐既畢，計又然飽食無事，口裡銜了真呂宋菸，捲了湖縐棉袍的袖子，踏著拖鞋，背了兩手，緩步走到客室來找西門恭閒談。

這西門恭是老於仕途、年將六旬的老公務。抗戰以後，他私財不無損失，僅以北平、南京兩所公館而論，所犧牲的，已不下二十萬。年歲這樣大，若不趕快設法，此生就沒有恢復繁榮之望了。可是他在仕途上，又不是接近經濟的，要靠原來的職業弄回以往的損失，當然也不容易。所以他這次來到重慶，就把銀行裡的存款盡量的拿了出來，交給西門德出面去替他經理商業。既然是經商，目的只在弄錢，西門德是怎樣去弄，就在所不問。何況西門德是一個博士，也不至於胡來。這日忽然接到甄有為一封信，指出西門德許多弊病，他不免坐在沙發上吸著雪茄發愁。

計又然一走進門來，向西門恭笑道：「恭翁好像有一點心事，為什麼坐著出神？」西門恭先站起來讓坐，然後嘆了一口氣道：「你看作事難不難？以西門德博士身分之高，和我有本家之親，這是極為可託的一個人了。可是據人寫匿名信來報告，他竟拿了我的錢大作他自己的生意。說是他在半個月之內，買了洋房，太太買了一斤多金器，我自己還是住在你這裡，他倒買了洋房了。黑市收金子，我自己也嫌著過於不合算，他倒整斤的替太太打首飾。」西門恭好像不勝其憤慨，說話時不住將三個手指頭敲著茶几邊沿。計又然坐下來望著他搖搖頭笑道：「作生意，你實在是外行。這樣的事，你應當託一位在銀錢上翻過觔斗的人管理，至少也當找個商人經手，你弄一個窮書生管理，正是託餓狼養肥豬，他有個不把自己先弄飽的道理嗎？」西門恭道：「我也不是完全託他經管，不過由他在這裡拿了錢去交給國強公司。」計又然聽了這話，在嘴角裡取出雪茄來在茶几上的菸灰缸口，慢慢敲著灰，歪著頭沉吟了一會。

西門恭道：「你想什麼？」計又然道：「我聽到這個傳說：藺二爺現在要組織一個囤貨小機關，名字彷彿就是『國強』。他這個計劃相當的祕密，怎麼會湊上了你一個股子了？」西門恭道：「這就是西門德去辦的，據他說和藺二爺有相當交情。」計又然道：「不錯，沒有相當的交情，這路子是走不通的。」西門恭道：「以先我也不大相信他能和藺慕如合作。後來我託他在藺二爺手下辦了幾件事，都很快的成功了，所以我相信他了。至於他之所以為藺二爺所賞識，他倒也和我說過，因為根據他的心得，作了一篇工商聯營計劃書，藺慕如看到，說是很好……」計又然便插嘴笑道：「加之他又是個博士頭銜，不好也好。藺二爺手下什麼人才都有，大概就欠缺了一個博士。其實，也不是博士不走他那條路子。因為他那種二爺脾氣，說來就來，當博士的人，誰肯受他的？」西門恭笑道：「我這位本家，倒是一個能逆來順受的人。無論遇到什麼困難問題，他總可以慢慢的說出一套辦法來解決。」

計又然笑道：「這必是你也為他的說法所動，一下子就拿出幾十萬資本來了。」西門恭道：「我倒沒有那樣冒昧，我和藺慕如也有相當的友誼，我知道百十萬塊錢在姓藺的眼裡看起來，還是個極小的數目。我也不肯在他面前失了這份面子，所以兩次交出款子去，都是西門德經手，不料他就在這上面玩了我幾回花樣。他除了把款子墊給人家用，販買短期囤貨，分取利潤之外，一面又把款子存在銀行立個戶頭，提出幾十萬作比期。對於國強公司的股款，他交一部分支票，一部分現款，他在我這裡提前把錢拿了去，在那一方面是展期交出來，兩方一拖，就是半個月，借了我的資本，很弄了幾個利息錢。據這個寫信的人說，他把四萬塊錢借給人家囤一個星期紙菸，他就分得了兩三千元，我那些錢在他手上經過，那還了得！」說時，不免發生一點憤慨，臉紅起來了，把雪茄放在嘴角裡吸著，斜靠了沙發，兩腿交叉起來，只管搖撼。

計又然笑道：「這匿名信的玩意，可信可不信。不過既有這個報告，也不能不加小心，他拿錢去套做比期，那還沒有大關係。只是投機不得，若遇到了別人再玩他一手，也許本錢會弄個精光。」西門恭道：那個國強公司，也無非是爭取時間的買賣，他拿了我的本錢去作他的生意，對於公司方面，當然有影響。他就是不蝕個精光，我又何嘗不吃他的大虧！」計又然笑道：「一提醒了，你就覺得處處都是弊病了，沒有這封匿名信，你還不是讓你這位本家博士繼續經營下去嗎？有道是，投鼠忌器，你這一大筆款子交給那博士……」西門恭笑著搖了搖頭道：「我不信，他還敢吞沒我的不成！」計又然道：「那當然不敢，可是他把這事情在報上公開起來，卻和你的政治生命有關。而且這個國強公司還有其他政治上的朋友在內，也不免受著打擊。你若是打算取消他的經理權，你得斟酌斟酌，他失望之下，會不會發生反響？」

西門恭將雪茄菸頭放在嘴角吸了兩口，沉思了兩分鐘之久，因點點頭道：「我少不了親自去見藺慕如談談。」說到這裡，有一個聽差手捧了木托盤，托著一把茶壺，兩套杯碟進來，另外還有個白磁糖罐子，一隻牛乳聽子。西門恭將鼻子尖聳著嗅了兩嗅，笑道：「好香的咖啡味。」計又然笑道：「在重慶市上，很難喝到好咖啡，託人在香港帶了幾磅來，我留了一聽在城裡，帶一聽下鄉。」那聽差將杯子在茶几上放好，提壺向杯子裡斟著咖啡，熱氣騰騰。西門恭斜躺在沙發上，望了那咖啡的顏色，很是濃厚，笑道：「咖啡館裡四五塊錢一杯，就沒有熬得這樣好。」計又然指著壺笑道：「熬了一壺，你放量喝吧，我並不論杯算錢。」

那聽差去不多時，又捧了一隻雕花玻璃缸進來，缸裡盛著紅的大橘子，黃的香蕉，淡青色的梨，水果上面又放了兩柄象牙柄鍍銀的水果刀。這顏色頗為調和。水果放在茶几上，西門恭先吃驚道：「還有香蕉？」計又然微笑道：「無非是飛來的，這也沒有什麼稀奇。」西門恭放下咖啡杯子，拿起一隻梨來看了一看，笑道：「這似乎不是重慶出品。」計又然道：「雲南來的。」西門恭不覺哈哈一笑，放下梨，拿著刀，指了香蕉道：「出在華南，由香港飛來的。」指了梨道：「出在雲南昭通，由公路來的。」指了橘子道：「也是出在揚子江上游吧？船運來的。一盤水果，倒要費了海陸空的力量。」

兩人正方談得有趣，那聽差又進來了，垂手站在計又然面前，低聲道：「那個姓樂的又來了。」計又然正剝了一隻香蕉，翻出雪白的香瓤，要向口裡塞去，聽了這話，放下香蕉，將眉毛皺起，又把支擱在菸灰缸上的半截呂宋菸，塞在嘴裡，連吸了兩下。那聽差沒有得著回示，不敢走開，依然垂手站在面前。計又然自擦著火柴點煙，吸了兩口，才向聽差道：「你給他兩塊錢，讓他走吧！」聽差道：「他不要錢，他要求見先生一面。」計又然架了腿，擺了一下頭道：「討厭，他就知道我星期六一定回來，好吧，叫他進來吧！」聽差去了，西門恭不免問是什麼人。計又然道：「說起來話長，我當年在北平讀書的時候，認識了一個姓樂的。有點普通來往。這人是他兒子，現時流落在重慶，老是找來要我幫忙。其實不過他家有房子，我們出租錢租過他的房子住罷了。連朋友交情也談不上，何況不是本人，又是他兒子……」

計又然還要解釋這關係的疏淡，那個姓樂的便被聽差引進來了。西門恭看他時，穿了一件短瘦而且很薄的棉袍子，手裡倒是拿著灰呢的盆式帽，雖然清瘦得很，卻很藏有一股英氣，似乎是個學生，不像是難民之流。他走來向各人點了點頭。西門恭不便置之不理，也起身回禮。計又然手捧了咖啡杯子喝，卻只微欠了一欠身子，點了一下頭道：「請坐。」那青年道：「我只有幾句話請教。」

計又然皺了眉淡笑一聲道：「既是冒夜來找我，你就說吧，這西門先生並非外人。」那青年不敢坐沙發，在靠牆一把木椅子上坐了，帽子放在腿上，兩手扶了帽沿，低著頭道：「歷次來麻煩老伯，我也覺得不安。現在就只敢有這一次請求，我想三五天之內，就到東戰場去，希望老伯補助我一點川資。計又然笑道：青年人都會選擇好聽的說。你既是來了，我自然不能讓你白來，你上東戰場也好，你上西戰場也好，我管不著。你到外面去等著，我馬上派人送錢給你。」那青年倒知趣，看到這裡有貴客喝咖啡，吃香蕉，不敢多在這裡打攪，立刻起身告辭出去。

隨著那聽差進來低聲問道：「他在門口等著呢，給他多少錢？」計又然道：「討厭得很，給他一張五元票吧！」西門恭這就笑道：「現在的五塊錢，只夠人家買幾雙草鞋，你就只資助他這一點川資？」計又然道：「你聽他瞎說，他到東戰場去，他到東戰場去幹什麼？東戰場米要多些，要他去吃飯？」說著把手向聽差一揮。聽差走了，兩人繼續談話。

不多一會，聽差臉上紅紅的走了進來。計又然道：「那五塊他不要嗎？」聽差道：「不要錢還是小事，他還說了許多不好聽的話，說什麼囤積居奇了，什麼剝削難民的血汗了，又是什麼有錢吃飛來的香蕉，沒錢幫患難朋友了，甚至於他還說我們欠過他北平的房租。」計又然跳起來道：「混蛋！欠他的房租？他有證據嗎？當年我們在北平當大學生的時候，家裡哪一年不寄幾千塊錢去作學費，會欠了他的房租？」西門恭笑道：「這種人，請求不得，說幾句閒話，總是有的，你又何必去睬他？我們還是談我們的吧！」計又然雖被他勸解著，究竟感到掃興，因向西門恭道：「你也還是少幫人家忙為妙，結果總是不歡而散，倒不如開始就拒絕了幫忙，少了許多麻煩。」

西門恭對於計又然所提投鼠忌器的那一番話，倒是贊同，他決定先去找藺慕如談談。恰好次日接到藺慕如一封請帖，星期一中午在重慶公館裡請吃午飯，便在星期一早上，和計又然搭著順便車子入城。

西門恭在城裡看了好幾位朋友，才從從容容去赴藺公館的約會。藺慕如這天請的客，都是西門恭的熟人，有兩三位是和西門恭同走一條政治路線的，有兩位是由浙贛方面回來的，還有兩位是「儉德勵進會」的中堅分子，彼此氣味相投，都很談得來，也就料著藺慕如是一種有作用的約會。在酒席未陳列之前，藺慕如卻邀了他到隔壁小客室裡去談話。

這裡陳設著矮小的沙發和茶几，窗戶上垂了綠綢帷幔，霧季的天，屋子裡正好亮著天花板上垂下的紗罩電燈，地板上鋪著厚厚的地毯，走著沒有一點聲音，正是密談之所。兩人斜靠了沙發上坐著，藺慕如首先笑問道：「那位博士和閣下是親房嗎？」西門恭笑道：「我們這本家，僅僅因為是同姓而已，我也知道他近來的行為了，正要來和二爺談談。」藺慕如放下手上夾的三五牌香菸，把灰嗶嘰絲棉袍袖子捲了一卷，翻出裡面白府綢褂子的袖子，將手拍了拍西門恭的肩膀道：「我知道你必定也接到那封匿名信，這無所謂！我們還是合作。我先宣告一句。不過我告訴你一點訊息，你那一百五十萬股子，他還欠交二十多萬，我想著，這必是他老博士鬧的手腕。上個星期款子要繳齊，我已代你墊付了，免得懸這筆帳。」西門恭道。「唉，我哪裡知道，真對不住，下午我就補過來。」

藺慕如拱了兩拱手笑道：「沒有關係，你我合作，前途還沒有限量，二三十萬款子代墊數日，有什麼問題？我對貴本家博士，也就早看透了，他是小有才，未聞君子之大道。但我手下正用得著這樣一個人，要應付某方面一種威望的壓力，此事現已過去，不必再提。博士的小有才，真應該在『才』字旁加了一個『貝』字。我也很對得住他，以後我們的事，直接辦理就是。」西門恭有一肚子話想和他娓婉相商，不料見面之後，他完全說出，這當然省事不少，便攏著袖子向他拱了拱手道：「那就有許多事費神了。」

藺二爺在菸灰缸上拿起那半支三五牌紙菸吸了一口，笑道：「我一切都明白，西門兄，放心，我們小小玩點生意，這是極普通的事，百物昂貴，不想點辦法，難道教你我餓死不成？」說著，在身上摸出金晃晃的扁菸盒子，開啟蓋來，送到西門恭面前，微笑道。「官話當然也是要打的。你儘管去說你那一套，去走你的政治路線，這裡商業上的經營，你不用操心。賺了錢，一個不會瞞你。」西門恭笑道：「藺二爺豈是那種人？不過這樣一來，我未免坐享其成了。」藺慕如起身笑道。「我們一言為定，那面屋子裡去坐。」「一言為定」四個字，結束了這一場談話。

恰好這一場談話的主角西門德，正坐著轎子到了藺公館門首。在這個山城裡玩轎班，雖不是尋常家數，但對坐自備汽車的人，顯然還有一段距離。他一下轎子，看到門口停了好幾輛汽車，便料著主角是在請客，站在台階石上有點躊躇。心想，還是進去不進去呢？在某人門下來往，就得體貼著某人的心事。藺二爺也自有他的祕密朋友，這時候是否宜進去打攪他？西門德這樣揣摸著在主角面前的行動，而在他門下吃飯的轎伕，卻沒有體貼到他的意思，已經把轎後梢放的皮包拿了過來，雙手遞著交給他。他忽然省悟到大張旗鼓的來到藺公館，若是到了門口不進去，就向回走，讓這三名轎伕看到，也要笑自己無膽量，讓公館門口停的汽車嚇跑了。無論怎麼樣，也不應在自己走卒面前丟人，以致引著他們瞧不起。這樣一考慮，他就鼓起勇氣來，夾著皮包挺胸走了進去。

他到蘭公館裡來的相當熟了，平常可以直接到外客廳裡去坐著，讓聽差去通知主角。只因今日門口有許多汽車，不便那樣作，就站在傳達室門口向傳達點了一個頭道：「今天二爺請客嗎？」傳達笑道：「西門恭先生也在這裡。」接著他又數述了幾個客的姓名。這些人裡面，有幾位是西門德所知道的，大概與西門恭有些政治關係，料著今日這一會，非同等閒，蘭慕如大概不會抽出工夫來會自己。他便故意做出一番沉吟的樣子，笑道：「我該在今天晚上來就好了。」傳達道：「客人都在樓上，現在樓下屋子裡沒有人。」他這意思就是讓西門德在樓下屋子裡等著。西門德笑道：「我也沒有什麼要緊的事，請你悄悄通知二爺一聲，說我來了就是。」傳達在前面走，西門德夾皮包在後面跟著。傳達上樓去了，西門德也沒有進客廳，只是在走廊上走來走去。他以為西門恭在這裡，蘭慕如必定將他邀了上樓的。一會兒那傳達下來，向他搖搖頭道：「二爺說沒有什麼事，請你回去吧。」西門德透著沒有意思，只好夾了皮包緩緩走出大門來。

可是西門德坐來的籐椅轎，斜放在牆腳下，三名轎伕，一個也不見了。走到門外四處張望了一下，也沒有人影。他便喊著轎伕頭的名字，高叫了幾聲何有才，但依然沒有人答應。於是將手杖在地面上頓了幾頓，皺著眉道：這些混蛋，一轉身就不見了。不是他們伺候我，是我伺侯他們了！力說著，唉聲嘆氣的只管在門外走。這時忽然有人叫道：「博士，你怎麼在這裡站著？」回頭看時卻是慕容仁。西門德道：「二爺在請客，我不便上樓去，轎伕都跑了，我又走不了。」慕容仁答道：「你等著我，我立刻就出來，帶你到一個好玩的地方走走。」說著向西門德陜了眼睛。西門德低聲笑道：「有什麼稀奇？在南京，我們就看著她當了兩年歌女，到四川來，又是這多年，成了老太婆了。」慕容仁笑道：

「不是那個，另外兩位，保證滿意。」他一路說著，已進門去了。西門德想道：「大概是囤的貨又漲了價了，這傢伙在勁頭子上，還是不能不去陪他玩玩。不相干的事得罪了他，正事就辦不成。」如此想著，他果然就在門口等著，沒有走開。

大概總有半小時之久，慕容仁笑嘻嘻的出來了，舉著手在額邊向西門德行了個軍禮道：「對不起，讓你白等這樣久了，我不能去了，二爺留著我替他打通關。西門德道：你沒有告訴他我來了？」慕容仁道：「我不但告訴了二爺，還告訴了你那位貴本家。但是他們並沒有答覆。」西門德見慕容仁被留著打通關，自己卻冷落得未被理會，相形之下，頗有點不好意思，紅了臉笑道：「我就知道你的話不大靠得住。」說著走過牆角，又仰著脖子高聲叫轎伕何有才。

但連叫十幾聲，還是沒有什麼人答應，便頓了腳罵道：「這些東西吃不得三天飽飯，吃了三天飽飯，就不安分起來！」他儘管唧唧咕咕罵著，自然也不能發生什麼效力，不得已僱了一輛人力車，就向大街商場上去，替太太買了一些東西，準備過南岸回家。

但他心裡總覺有點遺憾，第一是西門恭到了藺公館，藺二爺應該約自己去談談；第二是慕容仁也被邀著列席打通關，難道自己一個博士，還不如這財閥門下一條走狗？路過書店，就進去買了一部《陶淵明集》。心裡想著，回家喝酒看書去，何必把這些人的舉動放在心裡？現在和他們瞎混，不過為了弄幾個錢，等自己發了二三十萬財，生活問題解決了。才不睬他們呢。這麼一轉念，心裡也就怡然自得，於是又買了一瓶茅台酒，幾包滷菜，一股子勁兒走回家去。

到了家裡，西門太太見他沒有坐自己的轎子回來，不免問一聲。西門德道：「這三個東西實在氣人，一抬到蘭公館，人就不見了。我等了他們一點多鐘，也沒有等著他們。」一說著將皮包和大小紙包一齊都放在書桌上。西門太太趕快走過來，將紙包一一抖開，先將那包滷菜開啟，右手箝了一塊油雞，放到嘴裡去咀嚼。左手兩個指頭，在滷菜裡面夾了一隻鴨肫肝，放在鼻子尖上嗅了一嗅，向西門德笑道：「你倒是開胃，又是吃，又是喝！力他皺了眉道。我讓他們氣不過，自己打了酒來喝，消消這口氣。」西門太太一面撕咬著鴨肫肝吃，一面解開紙包來看，是化妝品放到一邊，是食物放到一邊，因向西門德笑道：「今天的差事，辦得不錯，我叫你買的東西，你買了。沒有叫你買的東西，你也買了。」

西門德道：「我一氣，就多花了三百元，受累受氣，弄來幾個錢，也應該享受享受。」說著，拿了桌上一隻玻璃杯子在手，撥開酒瓶塞子，就向裡面斟酒。西門太太道：「這樣厲害的酒，你這樣大杯子喝，不會醉嗎？西門德將酒放在沙發邊茶几上，再在旁邊茶盤子裡，取出兩隻玻璃碟子，盛了滷菜，也放在茶几上，然後將買來的《陶淵明集》，取二卷在手，斜靠在沙發上，左手把卷看書，右手端了杯子喝酒，喝口酒，放下杯子來，就用手指箝塊滷菜到嘴裡咀嚼，眼裡看到陶淵明沖淡飄逸的詩句，立刻覺著心裡空洞無物，笑問道。醉了最好，把在財閥之下這一份骯髒氣忘了！」

西門太太雖不喝酒，可是坐在旁邊沙發上，也不住的夾了滷菜吃，西門德讀陶詩下酒，正到興致淋漓的時候，伸手去摸索碟子裡的滷菜，卻沒有了，因放下書本子，抬了頭向太太笑道：「你又不喝酒，把我下酒的菜都吃完了，掃興得很！」西門太太道：「你是得步進步，兩三個月前，你一包花生米也吃四兩酒下去，有這好菜下酒，你還不許別人沾光！」西門德笑道：「太太，你只會有嘴說人。兩個月前，你僅僅只想恢復失去了的一隻金戒指，如今有了兩對金鐲子，你天天還要買金子！」西門太太道：你每月賺下這多錢，全是花紙，難道我還不該買一點硬貨嗎？西門德道：「你還說賺錢的話呢！為了賺這幾個錢，受盡了市儈的氣，若不是為了你要花錢，我就立下宏誓大願，即日不上藺慕如的門了！你知道我為什麼要吃酒？就為了受了人家的氣回來！」說著他就把臉色沉了下來。

自從西門德賺著大批鈔票以後，他太太是相當敷衍他，見他這樣子說法，就不敢得罪他，笑道：「為了把你一點喝酒菜吃完了，也值不得這樣生氣。中午的鹹魚燒肉，還有一大碗，拿來你下酒就是了。」西門德道：「昨晚上？的雞湯還有沒有？煮碗麵來我吃吃。」說著，端起玻璃杯子來，就喝了一大口酒，淡笑道：「有一天吃一天！」西門太太看他這樣子，像是真生了氣，把鹹魚燒肉端來了，又真的把雞湯下了一碗麵給他吃。西門德吃喝夠了，就在沙發上昏然大睡，一覺醒來，已是電燈通明。西門太太料著他酒渴未消，叫劉嫂熬了一大瓷杯咖啡給他喝。就在這時，樓下有人叫道：「西門博士在家嗎？」西門德聽得出是錢尚富的聲音，立刻叫著請他上樓。錢尚富走進門來，臉皮紅紅的，帶三分苦笑，沒戴帽子，也沒穿大衣，也沒拿手杖，就是光穿了件藍綢袍子，可想他是匆匆而來。博士便點了頭，笑道：「錢老闆來得好，新熬的濃咖啡喝一杯。我想你一定是得了棉紗要看跌的訊息了，管它呢，我們少賺幾個錢也沒什麼了不得！」錢尚富對他臉上望望，因沉吟著道：「難得博士對這訊息還不曉得！」西門德笑道：「無非是鄂西我們打了個小勝仗，你的看法錯了。前天買進的那批棉紗，未免要吃虧。」

錢尚富對他臉上注視一下，淡笑道：「並非是這件事。剛才慕容仁來對我說，藺二爺和貴本家的事，他們直接辦理，博士欠交的十來萬款子，限明天交出來。博士怎麼會和二爺……」西門德手上還端了一大杯咖啡，聽他的話，猛吃一驚，杯子落下，噹啷一聲跌在樓板上，打得粉碎。他覺得自己這舉動過於不鎮定，便笑道：「你看，我聽你說話，聽出了神，忘記手上有杯子了。劉嫂快來，把咖啡再去重燒一壺來。」劉嫂應聲入門，忙亂了一陣。

西門德含笑在茶櫃子裡取出雪茄菸盒子來，開啟蓋，捧著呈獻給錢尚富一支，自己取了一支，銜在嘴角，架起腿來和錢尚富相對在沙發上坐著，取了茶桌上火柴，從從容容擦著火，將菸點了吸著，噴出一口菸來，笑道：「你當然知道。我還是一位心理學博士。藺先生周身是錢，瞧不起我們這種窮書生，可是我們窮書生周身是書，也有和藺二爺說不攏的時候。在此種情形之下，我們早該拆夥。不過我受了西門恭的重託，沒有將他扶上正路，我不好撒手。今天上午，他們在一處吃飯，大概商量好了，直接辦理去發國難財，我可以不必從中拉攏了。你聽了這訊息，替我著急嗎？」

錢尚富皺了眉道：「博士自有博士的看法，不過我有許多事都借重博士。上星期託博士和藺二爺商量的香港那批貨，他已經答應寫親筆信去代為催辦了。」西門德將手一搖，笑道：「你的錢不多似他，你又沒一絲政治力量，他憑什麼替你幫忙？他哪有工夫管你這些閒事？上次所說代你幫忙，那是慕容仁的主意，他說好了，包一架飛機把香港的東西都搬了來，順便給你帶些貨，這也不是什麼好意。那一筆運費和活動費，都出在你身上，你若把這個條件痛快承認了，用不著我幫忙。以前所說，姓藺的答應與否，全是他捏造的。對不起，以先我不便和你說破，怕和慕容下不去。」錢尚富聽了，臉色有些變動，看看博士的顏色，將雪茄在菸灰缸上敲著，沉吟了道：「慕容會不會和我們拆夥呢？」西門德道：「拆夥就拆夥吧！這個你不必顧慮，我的路子很多，我明天介紹你和陸先生談談。」錢尚富淡笑道：「作生意是過硬的事，博士所答應的股子，恐怕交不出來。這次三斗坪辦的那批貨，恐怕……」他沉吟了一會，沒有說下去。

西門德道：「貨不是到了萬縣了嗎？」錢尚富搖搖頭道：「沒有，沒有。哦！昨天我和你提到這話，那是另外一批貨。」說著，他在身上摸索了一陣，摸出一隻琺瑯瓷的紙菸盒子，西門德以為他要吸紙菸呢，連忙把火柴盒遞到他手上，可是他把菸盒蓋子開啟，並不拿煙來吸，只在銅夾子裡面掏出一張摺疊好了的支票展開來，交給西門德道：「這五萬款子，還差三天日期，放在我那裡也用不出去，博士收回吧！」西門德接著支票怔了一怔，問道：「錢經理，你這是什麼意思？這是我交的那筆股本，你為什麼退回？這幾萬元是預備貨到了碼頭作種種開支用的，現在我用不著。」

錢尚富把熄了的雪茄從菸灰缸上拿起，擦了火柴，慢慢的點著煙，微笑道：「那批貨還要二三十萬款子去接濟，我一時籌不到這些款子，我把這批貨讓給慕容仁了。我想，現在的時局，千變萬變，這批貨運到，不見得就可以賺錢。博士對這趟生意不作也罷！」力西門德聽說，直覺有一股烈火要由腔子裡直冒出來，瞪了眼向錢尚富望著。可是錢尚富卻悠閒的吸著雪茄，微昂了頭，好像並不怎麼注意似的。

西門德忽然哈哈一笑，兩手把那支票撕成了一二十塊，一把捏著，扔在痰盂子裡，因道：「錢老闆，生意是不合夥了，朋友我們還是朋友。我倒要忠告你一句話，藺二爺那條路子，不是你們可以走得進去的。你們以為賺了一二百萬，就是財主，他眼裡看一兩百萬，至多和你看一兩萬一樣。你不信，你儘管把熱臉去貼人家的冷屁股，只有蝕本的。話盡於此，天不早了，我拿手電筒送你下山坡吧！」說著，首先站了起來。錢尚富慘笑了一聲道：「不用，再見吧。」

西門德估量著他還不過走到大門口，便高聲罵道：「這些奸商，是世界上第一等的勢利小人！」刀說著將茶几重重拍了一下。西門太太早搶出來了，陪著笑臉問道：「你說的話，我聽到了。藺二爺對你怎麼樣了？」西門德將雪茄銜在嘴角裡半昂了頭吸著菸，紅了臉，並不理會她，兩手插在褲袋裡。西門太太看他這氣頭子還是不小，只得坐在沙發上，先呆坐了一會，偷看他的顏色。

西門太太道：「以先並沒有聽到藺二爺向你說什麼閒話，那為什麼突然要把我們擠了出來？」西門德道：「以前西門恭要走他的路子，他也想認識政治上這樣一個活動分子，所以讓我拉攏一下。他們幾次會面之後，不好意思說的話，也就好意思說了。這就用不著我在中間白分他們一筆錢用了。」西門太太道：「他們有什麼不好意思說的話呢？」西門德把嘴裡銜的雪茄取了出來，手一舉，大聲道：「他們開公司，開錢莊，起的名字不是利民，就是抗建，其實他媽的扯淡，不過是借了名義，吸收遊資，囤積居奇！他們要在會場上罵人家囤積居奇，也要在辦公室裡辦稿罵人家囤積居奇，好像都是正人君子，愛國志士！陌生朋友見面，說是一同拿出錢幹著罵人家所幹的事，怎麼好意思！他還有二十萬塊錢在我手上，明天開張支票交去就是。我們是乾淨人，脫離了他們這群銅臭也好。」說著，架了腿在沙發上吸菸，一言不發。

西門太太聽到這話，知道事情是完全決裂了，想到香港去一趟的計劃取消了，在兩路口或菜園壩買塊地皮的計劃，也不能實現了；李太太來說她路上有人出賣四兩金子，已經答應照黑市三千元一兩收下來的口頭契約，也只成了一句話了。這一個月來許多成家立業的設計，算是白操了一番心。

這實在是可惜，夢是好夢，可惜太短了！

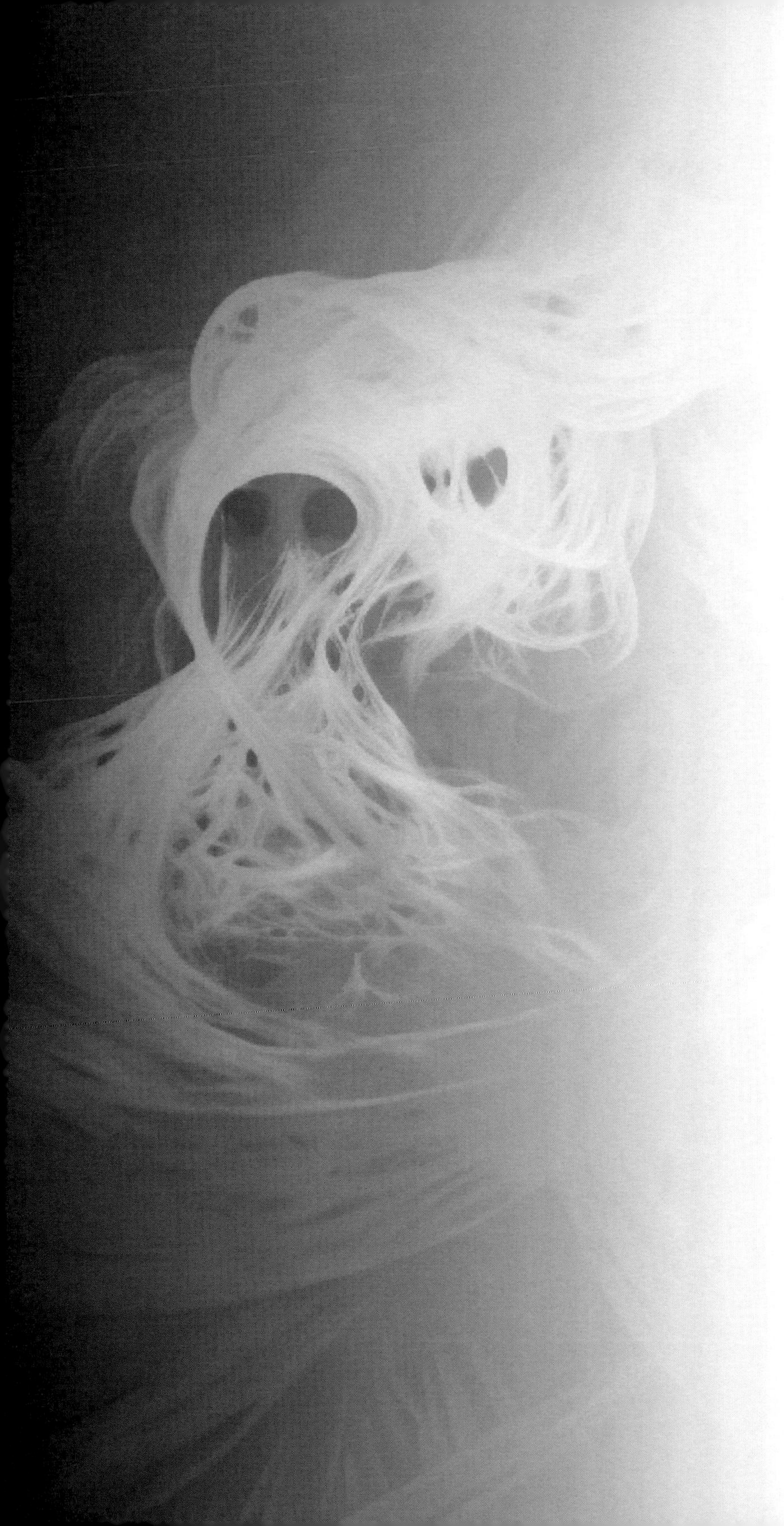

另一世界

幾小時以前，這屋子裡那一番歡娛的空氣，完全沒有了。西門德躺在沙發上，吸著他得來的真呂宋菸，那最後一盒中的一支，因為和錢尚富藺慕如這些人斷了來往，這飛機上飛來的外貨，就不容易到手了。他太太怔怔的坐在一邊，回想到這一個月來的設計，都成了幻想，心裡那一種不快，實在也沒有法子可以形容。這時，她只是把兩手抄在懷裡，看著西門德發呆。屋子裡沉寂極了，沉寂得落一根針到樓板上，都可以聽到。那辦公室上放的一架小鐘，吱咯吱咯搖撼著擺針響，每一聲都很清楚，彷佛象徵著彼此心房的跳蕩。

西門太太想拿話去問她丈夫，又怕碰釘子，幾次要開口，都默然而止。後來還是那劉嫂高高興興的進來了，問道：「菜都好了，宵夜不宵夜？」西門太太站起來問西門德道：吃飯吧？西門德將雪茄取出來，放在菸灰碟上，頭一偏道：「我還要喝酒！」西門太太道：「今天下午，你喝了酒，直睡到燈亮，你才醒過來，怎麼你又要喝酒？」西門德道：

「下午我就是為著心裡煩，才喝足了那頓酒，如今心裡更煩，我就更要喝酒了。」西門太太正還想問他話，只是笑了一笑。西門德沉重的說了一聲道：「拿酒來！」她一扭頭走出了他這間名為書房而實是接洽生意的帳房，嘴裡唧咕道：

「你向我發什麼威風，我不是大資本家，我也不是大銀行家……」西門德不等她說完，大喝一聲道：「你還說呢！還不是受了你的累嗎？你一看到我手上經過現鈔或支票，好像那就是我自己的一樣，逼著要買這個，要買那個，逼得我不能不把錢扯著用，以至在人家面前失了信用。好了，現在你不想到香港去玩一趟了，也不想收買金子了！」這一頓話說得西門太太啞口無言，再也不敢說什麼了。

劉嫂來收碗的時候，笑向西門太太道：「今晚上先生吃了這麼多酒。」西門太太和劉嫂卻還賓主相得，有事也肯和她說兩句，這便低聲笑道：「先生有氣，你們作事小心一點吧。明天不要買許多小菜了。先生和人家合股作的生意，已經退股了，我們像住在重慶一樣，又要等先生另想法子了。一天吃幾十塊錢的菜，哪裡吃得起？」劉嫂道：「明天買多少錢菜呢？」西門太太想了一想道：「日子自然要慢慢改變過去，一下子怎樣變得了？你買二十塊錢菜吧。」劉嫂道：

「二十塊錢買到啥子東西喲？三個轎伕吃粗菜，一頓也要吃兩三塊錢。」西門太太道：「這三個轎伕，一月要用千是千，他們這樣吃得。這轎子真是坐不起！」劉嫂笑道：「一個月千是千，一年萬是萬，他們還說先生轎子太大。錢賺得太少哩！」西門太太冷笑道：「他們少高興吧！」說畢，扭身進屋子去了。

到了次日，西門太太便把自己和劉嫂談的話告訴了西門德。西門德點頭道：「好，現在先由我這裡節省起吧。今天就叫他們捲鋪蓋！」然後自己開了一張支票，匆匆過江送到藺公館去，一進門就遇到了慕容仁，他點頭笑道：「極好了！二爺正託我找你呢！」說著將他引到藺慕如樓上小客廳裡來。西門德道：「請你進去說一聲，我已經帶著支票來了。還是面交呢，還是送到銀行裡去呢？」慕容仁進去不到幾分鐘，跟著藺慕如出來了。藺慕如穿了棉袍，捲著一截袖子，拿了一截雪茄在手上，緩緩的走進客廳，看到西門德，依然表現出他輕鬆愉快的態度，向他笑著點個頭道：「博士，兩三天不見，可忙？」

西門德這倒得了一個印象，藺慕如還沒有和自己發生惡感，因此自己的態度也輕鬆起來，便向他笑道：「昨日來過了，知道二爺請客，沒有敢打攪，所差的那二十萬款子，我帶來了，交給二爺呢，還是……」藺慕如笑道：「既是支票，帶來了你就交給我吧。」說著他先在沙發上坐下。

西門德開啟皮包，將支票取出交給藺慕如。他倒是隨便看看，就把支票揣在身上，然後淡淡的說道：「今天什麼時候回南岸去？」西門德倒不知他是什麼用意，以為有什麼事要商量了，因道：「晚半天再回去。」藺慕如笑道：「重慶的話劇，現在很時髦，今天晚上又有兩處上演，可以看看去。」說著回頭嚮慕容仁道：「今天中午賈先生的約會，有你沒有？」慕容仁笑答道：「不會有我，我還夠不上他請呢！」藺慕如倒不去和他申辯資格問題，在衣袋裡掏出金錶看了一看，笑道：「隨便混一混，就是十二點鐘了，你和博士談談。」說著起身走了。他態度還是那樣輕鬆愉快，笑嘻嘻地走出去。

西門德幻想著還可以與藺慕如合作下去的心事，這已不攻自破。他在家裡雖然發過一夜的脾氣，然而他仔細的想過，憑著自己這個窮書生，和資本家來往，那是極端占便宜的事，每月幾百元的收入，多幹兩個月，有什麼不好，所以也就想憑了往日的交情，和藺慕如談談，以便恢復所幹的職務。現在見他毫無留戀地走了，這算是絕了望了。他回轉身來，將放在茶几上的皮包重行關上，一言不發，夾在腋下，打算就走。慕容仁笑道：「博士哪兒去？」西門德一回頭來，見他臉上帶有三分輕薄的樣子，越發是不高興，淡淡的笑道：「我的中飯還沒有落兒，老哥請我吃頓小館嗎？可是你這忙人，中午怕有約會了。」他日裡說著，並沒有等他的答覆，自向門外走去。慕容仁知道他心裡有點難受，也不怎樣去介意。

西門德一口氣走出了藺公館，左脅夾了皮包，右手拿了一根枴杖，在街沿的人行路上走。他往日感著身體沉重，是非有代步不可的，這時心裡懊喪著，就沒有感覺到疲勞，低頭沉思著，只管慢步而行。忽然有人叫道：「博士，好久不見啦，一向都忙？」西門德停步抬頭看時，卻是區亞雄。西門德伸著手和他握了一握，因道：「正是許久沒有遇到，不知府上鄉下的房子，還可住嗎？」亞雄道：「房子很好，天下事正是踏破鐵鞋無覓處，得來全不費工夫。舍妹的女朋友看到我們住在客店裡很痛苦，她家在疏建村蓋有房子，便把我們介紹到那裡去住，另外還有舍妹的一位同學，請她令兄助了我們一筆搬家費。這債權人，你會想不到是怎樣一個人，他是給一個闊人開汽車的。我們和他向無來往，竟不要絲毫條件，一下就借了五百元給我們。」

西門德笑道：「開汽車的現在是闊人啦。你不要看輕了他們！」亞雄道：「走長途的司機，才是闊人，開私人自備汽車的，能算什麼闊人呢？那也不去管他，士大夫階級，我們也不少故舊，誰肯看到我們走投無路，扶我們一把？」西門德道：「士大夫階級，不用提了！」說著他將手杖在地面上重重頓了一下，接著道。「這讓我聯想到了一件事，也是在一次小吃上，和令尊在一處，遇到了士大夫階級之一的藺慕如。藺二爺由談字畫談起，談得和令尊攀起世交來了，他的哥哥就是你家太史公的門生，和令尊也算是師兄弟了。他自己提議要請令尊吃飯，作一次長談，大概後來知道你們家境十分清寒，對這約會就一字不提了。我是當面指定的代邀人，這樣一來，倒叫我十分過意不去。」亞雄笑道：「家父脾氣，博士當然知道得很清楚。他根本沒有提起過這事，不會介意的。」

西門德道：「雖然如此，我和令尊的交情不錯，什麼時候回家，在令尊面前替我解釋一下。」亞雄笑道：

「絕對不必介意，我還沒有回去過，以後打算每逢禮拜六下午回家，星期一天亮進城，好像闊人一樣也來個回家度個週末呢。」西門德道：「明天是星期六，你該下鄉了，見了令尊替我問好。」於是兩人握手而別。

亞雄前幾天也看到西門德在街上經過的，坐著三人換班的轎子，斜躺在轎椅上，面色是十分自得。今天看他又是步行了，而且無精打采，這就聯想到這位博士，時而步行，時而坐轎子，在這上面倒很可以測驗他的生活情形，不禁就想，還是安分作這麼一個窮公務員，不會好，反正也再不會窮到哪裡去。亞雄藏了這個問題，回機關去辦公，心裡更踏實點。

恰好司長交下兩件公事，限兩小時交卷，並且知道是另兩位科員曾擬過稿，都失敗了。亞雄坐在公事桌旁，低頭下去，文不加點，就把公事擬起來，不到兩小時，他把稿子謄清了，然後手托了稿子，站起來。他的科長是和他同坐在一間屋子裡的，因為這屋子很大，足容十幾張桌子，屋子裡有個玻璃門的小屋，是司長的辦公室，司長當然沒有什麼事，他斜坐在寫字椅上吸紙菸，喝好茶，隔了玻璃門，曾看到區亞雄坐著擬稿，不曾抬頭，心裡有點讚歎。究竟是老下屬好，見他已把公事遞給科長，就親自開門出來，向那正閱稿的張科長道：「拿來我看。」科長把公事送過去，司長看過，點了點頭，就把亞雄叫進屋子去，把公事放在桌上，且不看，向他周身打量了一下，問道：「你怎麼老穿長衣服呢？打起一點精神來呀！」亞雄道。「那套灰布中山服，預備在有什麼大典的時候才穿，因為若是穿舊了，沒有錢作新的。」司長道：「在公事方面呢。」說著取出嘴角上的紙菸，在煙碟子裡敲敲灰，接著道：「你倒辦得相當純熟，只是你對於儀表上，一點不講求，沒有法子把你拿出去，你總是這樣萎靡不振的。」亞雄苦笑道：「那還不是為了窮的原故？」司長吸了菸又沉吟著一會，點點頭道：「好吧，你若是有什麼需要的話，我私人方面可以幫助一點。——沒有什麼事了，去吧！」

亞雄倒不知道司長所指是幫的什麼忙，不過這份好意，是小公務員所難得到的，大小是個喜訊，值得和父親報告一聲。次日星期六，便決定回家。到了五點鐘，私下告訴科長，可不可以早走一小時，打算下鄉去探親？張科長已知道司長有意提拔他，立刻就答應了。

霧季的天氣，早已昏黑，區亞雄擠上長途巴士，作了三十公里的短行，到了目的地，已是家家點上了燈。因為這裡是個相當大的疏建區，小鎮市上店鋪，很是齊全，尤其是三四家茶館，前前後後在屋梁下懸了七八盞三個焰頭的長嘴菜油燈，照見店堂裡擠滿了人。街上擺小攤兒的，也是一樣，用鐵絲縛著瓦壺菜油燈，掛在木棍上。兩旁矮矮的草屋或瓦屋店鋪，夾了一條碎石磷磷的公路。公路不大寬，有幾棵撐著大傘似的樹。不新不舊的市集，遠處看去，那條直街全是幾寸高的燈焰晃動。亞雄想到成語的「燈火萬家」，應該是這麼個景象。

亞雄記得亞男說過，這市集到家還有一里路，正想著向坐茶館的人打聽路線，卻看到茶館門口一個女子提著白紙燈籠，站在橘子攤頭，好像是亞男；另一個老人扶著手杖，和菜油燈光下的小販子說話，正是父親，立刻向前叫了一聲。

老太爺道：「我以為你今天又不能回來了，怎麼這樣晚！」亞雄道：「我還沒有等下班就走的呢！」老太爺一摸鬍子，笑道：「可不是，六點鐘下班，回來怎麼不晚？我鄉居不到半月，已忘記了城市生活。」亞雄看看父親滿臉是笑容，正不是在城裡晝夜鎖著眉頭的神氣，心裡先就高興一陣。老先生買了些橘子，又買了些炒花生，由亞男將一個小旅行袋盛了。亞雄道：「大妹打燈籠在前引路，東西讓我拿著。」老太爺道：「我無事常到這裡坐小茶館，花錢不多，給你母親，也給你兒子帶些東西回去吃。」亞雄道：「父親在鄉下住得很合適。」他答道：「合適極了，就只有亞英這孩子不知跑到哪裡去了，讓我掛心！」父子說著話，順了公路外的小路走，遠遠看到零碎的燈光，散落在一片幽黑的原野上。接著又是幾陣狗叫。亞雄道：「那燈光下是我們新居所在嗎？很有趣。」到了那燈光下，看到些模糊的屋影子，間三間四的排著。其中有些空地，面前有人家將門開啟，放出了燈光。有人道：「老太爺，你是非天黑不回來，這小市鎮上的趣味很好嗎？」說話的正是區老太太。亞雄搶上前叫著媽。老太太手上舉了一盞陶器菜油燈，照著他道：「我猜你該回來了，等你吃晚飯呢。」亞雄笑道：「鄉居也頗有趣味，一切都復古了，真想不到的事。」大奶奶也是含著笑由裡面迎出來，點著頭道：「城裡人來了。」這麼一來，讓亞雄十分放心，全家是習慣於這個鄉居的生活了。他在燈光下，將家中巡視了一下，土築的牆，將石灰糊刷的平了，地面是三和土面的，也很乾淨。上面的假天花板，也是白灰糊的，沒一點灰塵。屋子是梅花形的五開間，中間像所堂屋，上面一桌四椅，雖是土紅漆的，卻也整齊。攔窗戶一張三屜桌，一把竹椅，父親用的書籍文具，都在那裡，可知道父親有個看書寫字的地方了。另一邊有一張支著架子撐著布面的睡椅，又可知道父親有休息所在。亞雄點點頭道：「這房主人，太給我們方便了。」老太爺道：「亞英在外面，他絕不會想到我們有這樣一個安身之所吧？」他又提到了亞英。亞雄猜著老人家是十分的放心不下。便道：「父親，我知道你老人家時刻對老二很惦記。他說是到漁洞溪去了，這是一水之地，我去找他一趟，好不好？」老太爺坐起來，望了他道：「你走得開嗎？」亞雄道：「司長現對我十分表示好感，我想請兩三天假不成問題。」老太爺道：「那很好，你預備什麼時候去？」亞雄道：「回到城裡，我就請假，可能星期二三就去。」老太爺聽說，立刻在臉上加了一層笑容，開始夜話起來。這覺得比住在重慶時候夜話更有趣味，直談到老太太連催幾遍睡覺，方才停止，大家都以為到了深夜了，等亞雄掏出懷裡的老掛表一看，才九點鐘，城裡人還正在看電影呢。

睡得早，自也起得早，次日天剛亮大家就醒了。亞雄的臥室窗戶，就對了屋後一片小小山坡，山坡上披著蒙茸冬草，零落的長著些雜樹，倒還有些蕭疏的意味。開著前面大門，走出來，前面是一塊平地，將細竹子作了疏籬笆來圈著，雖已到了初冬，籬笆上的亂蔓和不曾衰敗的牽牛花，還是在綠葉子下開著幾朵紫花。籬圈裡平地上有七八本矮花，尤其是靠窗子一排，左邊有十來株芭蕉，右邊有二三十竿瘦竹子，綠色滿眼，籬笆根下長著尺來深的草，亂蓬蓬的簇擁著，沒有僵蟄的蟲子，還藏在草裡唅唅的叫。看籬外，左右有人家，也大半是中西合參式的房子，半數蓋瓦頂，半數蓋草頂。家家門口，都種些不用本錢的野外植物。居然還有一家院落裡，開著若乾枝早梅，猩紅點點，夾在兩株半枯的芭蕉裡面。

亞雄正在門口四處觀望，區老太爺也來了，問道：「你瞧這地方如何？」亞雄道：「不錯！就是缺少了一灣流水。四川這地方，真是天府之國，開梅花的時候，還有芭蕉。」老太爺道：「若是四川親友多的話，我簡直不想回江南了。」亞雄笑道：「不會吧？年紀大的人，比年紀輕的人更留戀著故鄉。」老太爺道：「誠然如此。可是你想想，我們故鄉，就只有南京城裡一所房子，已經是燒掉了。鄉下也沒有田，也沒有地，回到故鄉去，還是租人家的房子住。這樣說來，哪裡是我們的故園？假如你們弟兄都能自立的話，那我就要自私，在這鄉下中小學裡教幾點鐘書，課餘無事，去上那鎮市上坐坐小茶館，倒也悠閒自得之至。」說著，他指向籬笆門外。

亞雄看時，門外小小的丘陵起伏，夾雜了幾片水田，稍遠一道山崗子上，矗立著許多房屋，正是那小鎮市。因道：

「雖住在鄉下，買日用東西也不難，這倒是理想中的疏散區。你老人家這個志願，我想是不難達到的。為了讓爸爸達到這一份願望，我一定去找著亞英來商量進行。」老太爺道：「你是老成持重的人，我想你可以把亞英勸說好。」亞雄得了父親這番誇獎，越是增加了他的信心，倒是在家很自在的度過了星期。家裡除了搬家還剩餘了一點現款，亞雄又帶了半個月薪水回來，大概是半個月以內不必愁著饑荒，他也暫不必有內顧之憂了。

次日，亞雄坐了最早的一班車子進城，到了辦公室裡向司長上了一個簽呈，請病假五天。他是個老公事，自把理由說得十分充足，暗下卻寫了一封信給司長，說不敢相欺，有一個弟弟失蹤，須要親自去尋找，以慰親心。那司長不但不怪他托病，反贊成手足情深，而且公事上也說得過去，竟批准他在會計處去支了二百元的醫藥費。這麼一來，亞雄連川資都有了。當日就搭了短程小輪到漁洞溪去。這漁洞溪是重慶上游六十里的一個水碼頭，每三日一個市集，四川人叫做趕場。每逢趕場，前後百十里路的鄉下人，都趕到這裡來作買賣。山貨由這裡下船，水路來的東西，又由這裡上岸，生意很好，因此也就有兩條街道。

在重慶，小公務員是不容易離開職守的，亞雄早已聽到這個有名的小碼頭，卻沒來過。這日坐小輪到了漁洞溪，卻是下午三點多鐘，小輪泊在江灘邊，下得船來，一片沙灘，足有裡多路寬。在沙灘南面，是重慶南岸，綿延不斷的山。這市鎮就建築在半山腰上。在東川走過的人，都知道這是理之當然。因為春水來了，把江灘完全淹沒，可以漲到四五丈高。順著沙灘上腳跡踏成的路走，便到了市集的山下。

踏上四五十級坡子，發現一條河街，街道是青石坡面的地，只是兩旁的店鋪，屋簷相接，街中心只有一線天，街寬也就不過五六尺。店鋪是油坊、紙行、山貨行、陶器店、炒貨店，其中也有兩家雜貨店，但全沒有什麼生意。街上空蕩蕩的，偶然有一兩個人經過，腳板直踏得石板響。冬日霧天陰慘慘地，江風吹到這冷落的市街上，更顯出一分淒涼的意味。

亞雄心想，老二怎麼會選擇這樣一個地方來作生意？於是把前後兩條街都找遍了，沒有一點結果。且先到小客店要了一個房間，把攜帶著的小旅行袋放下，然後再在街上轉了兩個圈子。徘徊之間，天色已經昏黑，這個漁洞溪，竟不如家中遷居的那小市集熱鬧，街上只有幾盞零落的燈火，多數店鋪也上了鋪門。這就不必逡巡了，且回小客店中去。那左右是斜對門三家茶館，二三十盞菜油燈亮著，人聲嘈雜，倒是座客滿著。自己沒有吃晚飯，也不能這早安歇，於是在一家小館子裡買了十幾個黑麵包子，就到小茶館裡找個地位休息。但是處處都坐滿了人，只有隔壁這家茶館，臨街所在，有副座頭，只是一個客人在喝茶，且和人家並了桌子坐下。

亞雄看對方那人，約莫二三十歲，穿件半新陰丹士林大褂，頭上將白布紮了小包頭，純粹是鄉下小商人打扮，自己認為是個詢問的對象，便點著頭道：「老闆，你有朋友來嗎？我喝碗茶就走。」那人道：「不生關係，茶館子裡地方，有空就坐。」他說著話，也向亞雄身上打量著，看他穿套灰布中山服，還佩帶了證章，問道：「你先生由重慶來買啥子貨？」亞雄笑道：「不買什麼，我到這裡來找個人。」於是喝著茶，和那人談起來。看到賣紙菸的小販過來，亞雄買了兩支香菸，敬那人一支，彼此更覺得熱絡些。

兩人又談下去，亞雄知道那人姓吳，因問道：「吳老闆在這場上有買賣？」他道：「沒得，我是趕場的。明天這裡趕場，我懶得起早跑路，今天就來了，住在這裡。」亞雄慢慢的喝著茶，把那黑麵包子吃下。吳老闆笑道：「區先生你真省錢，出門的人，飯都不吃！」亞雄道：「我們當小公務員的人，窮慣了，這很無所謂。」吳老闆道：「在機關裡作事是個名啦，為什麼子不作生意？」亞雄料著對他說什麼「緊守職位」，他不會懂，只是說缺少本錢。兩人喝了一會兒茶，彼此作別，回到小客店去住宿。

次晨一覺醒來，亞雄只聽到亂嘈嘈的人聲，睜眼看紙窗戶外，卻還是黑的，在鋪上醒著又半小時，那人聲越來越嘈雜，就是這小客店裡，也一片響聲，人都起來了。這時，天色已經發亮了，他也不能再睡，一骨碌爬起來，向茶房討了一隻舊木臉盆的溫水，一隻粗碗的冷水，取出旅行袋裡的牙刷毛巾，匆匆洗了把臉，付了房錢，走出小客店。

這讓他驚訝，滿街全是人頭滾滾，人身塞足了整個的街。他走進人叢，前面人抵著，後面又是人推，尤其是那些挑擔子的扁擔籮筐，在人縫裡亂擠。亞雄糊裡糊塗擠了一條街，看到有個缺口是向江邊上去的，就跟著稍微稀疏的人，向下坡路走去。出了街，向前看去，那沙灘也成了人海，長寬約兩里路的地面全是人。這又讓他大發了一點感想：中國真是農業社會，到了趕場，有這樣熱鬧的現象！但這沙灘上，大概也只有兩種買賣，一種是橘子柑子，一種是菜蔬，橘子柑子都是五六籮筐列成一堆，有那些不大好的橘子，索性就堆在地上賣。菜蔬更是豐盛，蘿蔔是攤在地上，一望幾十堆，青菜像堆木柴似的，堆疊成一堵短牆。作生意的帶了籮筐，就在這菜堆面前看貨論價。

亞雄一面張望，一面向前走，走到水邊，更有新發現，停泊在江邊的木船，也都是在解除安裝菜蔬、橘柑。恰又遇見那個吳老闆，站在水邊沙灘上，面前放了一挑冬筍，便點了個頭道：「吳老闆，販的是珍貴菜蔬呀！這是哪裡來的貨？」吳老闆指著面前一隻小木船頭道：「他們由上河裝來的。」亞雄看時，那船上有幾個小販，正向籮筐裡搬運冬筍，有兩個人拿著大秤在船頭上過秤。其中一個人穿了青布短襖褲，頭上戴頂鴨舌帽，叉著腰看人過秤，那形態好像亞英，可是他怎麼會變成這個樣子呢？且不問他，就冒叫一聲「亞英。」那個人立時一驚，回過頭來看著，可不就是亞英！亞雄又繼續的叫了一聲，而且抬起一隻手來。亞英看到了人，先「哦喲」了一聲，他沒想到會在這裡遇見哥哥，不覺呆了一呆。

亞雄一直奔上船頭去握了他的手道：「兄弟，你怎麼不向家裡去一封信？一家人都念你，我料著你是在吃苦！」亞英呆了許久，這才醒悟過來，先笑了一笑，然後向他道：

「我猜著，你們一定以為我在吃苦，其實我比什麼人都快活，我們且上岸去說話。」那吳老闆也就向亞雄笑道：「原來你先生是王老闆一家，他作起生意來，比我們有辦法的多。昨天我還勸著你作生意呢！」說著哈哈一笑。亞英指了吳老闆道：「我們就在一個場上作生意，走這條路的，正不止我一個人，哪個也不見得苦。」說著提了兩隻口袋下船。

亞雄到了這時，倒沒有什麼話說，跟著他來到沙灘上，站定了腳道！「我們可以同回去了？」亞英笑道：「回去作什麼？又讓我回去吃閒飯嗎？你不要以為我很苦，我這個小販子，是特殊階級，一切都是這朋友替我幫忙。」說著將站在身邊的那白馬，伸手拍了兩拍。

亞雄道：「你在哪裡得來這一匹馬呢？」亞英道：「說來話長，我們找個地方去吃早飯，慢慢的談吧！」說著，將布袋放在馬身上，牽了馬到街口上一家飯館門口停住，將馬栓在一棵枯樹幹上，把它身上的貨袋給卸了下來，然後與亞雄找了臨街的一副座頭相對坐下。

麼師走過來笑道：「王老闆要啥菜？」亞英道：「先來個雜鑲，我們吃酒，再炒一盤豬肝，來一盤鯽魚燒豆腐，來……」亞雄攔住他道：「要許多菜幹什麼？你應當知道，現在飯館子裡的菜，是什麼價錢！」亞英笑道：「這無所謂，趕場的人照例是要大嚼一頓的。」等麼師走開了，亞雄道：

「我急於要知道你的情形，你為什麼還不告訴我？」亞英道：「你不用為我發愁，我很好，平均每日可以賺五十元。」亞雄道：「你又沒有什麼本錢，怎麼有這多利益可得？」

亞英笑道：「就是為了本錢太少，要多的話，我還不止賺這麼些個呢！這事情真是偶然，我寫信告訴家裡不是三百多元本錢嗎？我除了船票錢全數都買了紙菸。恰巧我脫了一天船班，第二天才到漁洞溪，向街市上一打聽，菸價已漲了二成。有人告訴我，走進去幾十里，菸價還可以高。我當然用了一用腦筋，就選擇了一個疏散機關較多的地方走去。我蓟了那裡，兩塊本錢一盒紙菸，三塊五角賣出去，比市價還低二角，這樣我本錢就多了。在鄉店裡遇到一個油販子，賭得輸光了，正在走投無路。我告訴他願拿六七百塊錢和他合夥作生意，他出力，我出錢，挑著漁洞溪的出產，到疏建村去賣，價錢由我定，要比市價便宜一點。他和我一樣，也是失業的下江人，並無家室。我勸他既是立志出來奮鬥，一定要做點成績給人看，人生在世，單說母親懷胎十個月，也不容易，為什麼只顧賭錢？他受了我這種鼓勵，就努力起來，我們每日天不亮就跑一趟漁洞溪。他挑著油，我背著零貨，在下午兩點鐘以前，就回到疏建村去。他有一樣長處，那村子裡幾百戶人家，他認識一半。我們以便宜兩角或三角錢一斤的傾銷辦法，打動了主婦。一擔油到村就銷盡。半個月下來，我們租了一間小茅草屋，買了兩口缸，盛著油或白糖。」

這樣，兩天可以跑三趟漁洞溪，不必貨到了挨家去送，這可以說是我們有點懶了。不想懶出了賺錢之法，我們缸裡不自覺的囤了三百多斤油，每斤油比最初收入的時候，要多漲兩元一斤。於是只一個月，我們的本錢，變成了一千多。這位仁兄，又舊病復發，開始賭錢，我勸了幾次不聽，請了幾個生意人作中，分了一半錢給他，我們拆夥。他很不過意，和我在村中各主婦面前代湊了一千元的信用備款。我利用這錢，買了一匹馬，代我馱運貨物，又將貨物在下江人的小店裡寄售，付給他們一些扣頭。於是我騰出了這條身子，終日裡牽了這匹馬趕場，而且出來的時候，我可以騎著馬走，所以實際上每次趕場，我只走一半的路。——大哥，你看我不比你這守規矩的公務員強的多嗎？你在什麼時候上小館子吃飯，要過炒豬肝，又要過鯽魚燒豆腐？

兄弟兩人說話時，麼師將酒菜拿來，亞英斟著酒提起筷子來就吃菜。亞雄道：「你可知道我們家被炸的？」亞英道：「曉得一些，但也知道大家都還平安，我就沒有回去。現在你既能抽身出來看我，想是家庭已經安頓好了，你帶幾個錢回去用吧。我自己是不回去的。」亞雄道：「有人借五百塊錢給我們疏散，又有人在鄉下讓了兩間房子我們住，暫時可無問題。我是請了五天的假出來的，我倒不忙回去，我要看看你作生意是怎樣賺錢的。」

亞英笑道：「這沒有神祕。」亞雄道：「沒有神祕，你為什麼改姓王了？」亞英笑道：「果然，這件事我還忘記告訴你。我初來作生意的時候，總怕會失敗得不能見人，所以預先改了姓名叫做王福生，讓他特別庸俗一點，免得丟姓區的臉！」亞雄連喝了幾杯酒，已經提起他終年不易發生的一次酒興，這時端著杯子在手，沉吟了一會道：「徹底的把生活改變一下，我也贊成。我告訴你一個訊息，西門博士也發了財了，就因為他肯放棄博士的身分，去作一個高等跑街。可是我們老太爺就不然，西門德介紹了他一座家庭館，一個月有三四百元的束脩，他嫌主人家是市儈，辭了不幹，這樣跟時代思潮彆扭，我們焉有不窮之理？」亞英將兩杯酒斟得滿滿的，端起杯子來向亞雄一舉道：「喝！我們亡羊補牢，猶為未晚。也好，你跟著我到鄉場上去過兩天，讓你也好換一換環境。」

兩個人吃喝完畢。亞英正待取錢來會帳，麼師走過來笑道：「王老闆，你的帳已由那邊桌上一位先生代付了。」說著伸手向店裡屋角裡一指。亞雄看時，見有一個黑胖的中年人，穿著挺闊的西裝，站了起來向這裡連連招了幾下手。亞雄看時，卻有些不認識。那人了解著他的意思，已經笑嘻嘻的走向前來，點頭笑道：「區兄，不認識我了，我是在南京的鄰居褚子升。」還是亞英先想起來了，哪裡是鄰居，是巷口開熟水竈帶賣燒餅的店老闆。當年他挽捲了青布短褂的袖子，站在老虎竈邊，拿了大鐵瓢給人家舀水，褂子鈕釦常是老三配著老二，誰會想到今日之下，他穿得這樣漂亮，便笑道：「是褚老闆，怎會在這地方遇見？」褚子升向那邊桌子上指了道：「我們有幾個朋友，在這裡不遠的地方，經營了一家小工廠，現在房子已經蓋好，快要開工了。今天約了幾個人過來看看，本來就要向二位打招呼，因看到賢昆仲兩個也像是久別重逢的樣子，談得很起勁，所以沒有上前打攪。」亞雄聽他說話是一日純粹的蘇北音，同時看到他西裝背心的口袋上垂著金錶鏈，扣著自來水筆，說話也曉得引用「賢昆仲」這個名詞，顯然不是賣熟水時代的褚老闆了，便笑道：「褚先生，還認得我們這老鄰居，只是我們怎好無故叨擾呢？」褚子升伸手拍了亞雄的肩膀兩下，笑道：「這太談不上叨擾兩個字了，府上住在城裡什麼地方？我要過去拜訪老太爺。我就住在這裡。」說著在身上掏出一疊名片，向他兄弟兩人一個遞了一張。因道：「二位若有工夫，可以到我辦事處去坐坐。」

亞英將名片拿到手上，先不必看那個頭銜，只是這紙張乃是斜紋二百磅，依著眼前的市價，這名片本身就當值一元到兩元一張，豈是平常人所能用的？便告訴了他住址，約了以後再會。褚老闆還怕區氏兄弟是敷衍語，一再叮囑，要到辦事處去坐坐，他要作個小東，直等二人肯定的答應了，他才回到那邊桌子上去。亞英雖坦然自若，亞雄卻透著難為情。兄弟兩人悄悄的走出了小飯店，將地上放的兩隻布口袋，運上了馬背，亞雄頭也不回，就往前面走。

亞英趕著馬跟上來，笑道：「大哥，你有一點不好意思嗎？」亞雄道：「你看，人家一個賣熟水的，西裝革履，胸垂金錶鏈，我們枉讀一二十年書，還是來賣力氣，早知如此，浪費這讀書的光陰，幹什麼！」亞英笑道：「也許你是公務員，怕失了官體，有這麼一種見解。我覺得他未嘗不難為情，一個人陡然換了身分，總有點不合適似的。其實要想到我們是怎樣窮了，他是怎樣闊了，恐怕只有他不好意思見人。我自己也就這樣想著，將來我有了錢，穿得整整齊齊回重慶，我怎樣把發財的經過去告訴人呢？」說著正要踏著坡子上山，那馬馱著兩袋子冬筍上坡，比較吃力、遲緩，亞英就用兩手去推著馬屁股。亞雄看了哈哈大笑道：對了，你告訴人就是這樣發財的吧？亞英笑道：「這就是發財的一個訣竅，我們叫牛馬替我們出力，別人叫人類替它出力，其理一也。這馬若是會說話時，它在我背後，一定會宣傳我奴役著它，所以我憑著良心，買點好料給它吃。」亞雄道：「你說這話，教我作兄長的慚愧。我不如你這匹馬！」說著長長的嘆了一口氣。

兩人到了亞英賣貨的那個鄉場上，馬蹄踏著石板小路，啪啪有聲，不免驚動了路旁疏散來的小公館。有的主婦們由門裡搶出來，昂著頭問道：王老闆販買著什麼來了？亞英走著答應了一聲「冬筍」，前後左右的人家就有好幾個主婦喊著拿來看看。亞英向亞雄望了笑道：「你看見嗎？生意就是這樣的作法。」在他這說話的時候，那主婦們又都喊著「拿來看，拿來看」。有兩個腳快的主婦，索性跑到路上來，將他人和馬一齊攔著。同時又有人拿了秤和籃子，勒逼了亞英就在路口上發賣。他笑嘻嘻地應付著這些主顧。有一個主婦在選擇冬筍，笑問道：「冬筍漲了多少錢一斤？」亞英笑道：「老主顧，不漲價就是。」所有的主婦聽了這話，都表示滿意，不到半小時就秤了幾十斤去，大卷的鈔票向亞英手裡塞著。

亞英再趕了馬向前走，笑向亞雄道：「你看，怎麼不賺錢？儘管有人吃不起白菜，把冬筍當豆渣吃的，還大有人在。本來我今天販來的冬筍，比上次販來的要便宜二成。他們這些太太們，根本不打聽跌價了多少，倒問我漲價了多少。」亞雄道：「你若守著商人道德的話，你就該便宜些賣給他們。」亞英道：「你以為在這裡賣冬筍的，就是我一個嗎？我單獨賣便宜了，人家會叫我滾蛋的。」

魍魎世界——這年頭，不瘋魔不行

作　　者：張恨水
發 行 人：黃振庭
出 版 者：複刻文化事業有限公司
發 行 者：複刻文化事業有限公司
E-mail：sonbookservice@gmail.com
粉 絲 頁：https://www.facebook.com/sonbookss/
網　　址：https://sonbook.net/
地　　址：台北市中正區重慶南路一段六十一號八樓 815 室
Rm. 815, 8F., No.61, Sec. 1, Chongqing S. Rd., Zhongzheng Dist., Taipei City 100, Taiwan
電　　話：(02)2370-3310
傳　　真：(02)2388-1990
印　　刷：京峯數位服務有限公司
律師顧問：廣華律師事務所 張珮琦律師
定　　價： 250 元
發行日期： 2024 年 01 月第一版
◎本書以 POD 印製

國家圖書館出版品預行編目資料

魍魎世界——這年頭，不瘋魔不行 / 張恨水 著 . -- 第一版 . -- 臺北市 : 複刻文化事業有限公司 , 2024.01
面；　公分
POD 版
ISBN 978-626-7426-23-4(平裝)
857.7　　112022179

電子書購買

臉書

爽讀 APP